Klarant Verlag

AF238803

Rolf Uliczka ist geboren und aufgewachsen am Rande der romantischen Holsteinischen Schweiz und lebt mit seiner Frau seit einigen Jahren im Saterland. Menschen in all ihren Facetten und ihre Geschichten haben ihn schon immer fasziniert. Auch das Schreiben war und ist eine seiner größten Leidenschaften. Ostfriesland, das Land der Leuchttürme, des Wattenmeeres, der grünen Landschaften mit seinen geheimnisvollen Mooren und Inseln, wo jährlich Millionen ihren Urlaub verbringen, bietet ihm viel Stoff für das Unerwartete. Genau das macht auch die Spannung seiner Ostfrieslandkrimis aus.

Rolf Uliczka

Bauernmord in Bensersiel

Die Kommissare Bert Linnig und Nina Jürgens ermitteln: 3. Fall

Ostfrieslandkrimi

Klarant Verlag

Copyright © 2018 Klarant GmbH, 28355 Bremen
Klarant Verlag, www.klarant.de – www.ostfrieslandkrimi.de
ISBN: 978-3-95573-802-0
1. Auflage 2018
Umschlagabbildung: Klarant Verlag
Ähnlichkeiten in dem Ostfrieslandkrimi „Bauernmord" mit real existierenden Personen sind rein zufällig und nicht beabsichtigt. Anmerkung des Autors: Es handelt sich bei dem Ostfrieslandkrimi „Bauernmord in Bensersiel" um eine frei erfundene Geschichte. Die gegenwärtig in der dortigen Region tatsächlich bestehenden Probleme und rechtlichen Verfahren im Zusammenhang mit einem „faktischen Vogelschutzgebiet" sind nicht Gegenstand dieser Geschichte. Eventuelle Ähnlichkeiten sind rein zufälliger Natur und nicht beabsichtigt. Der beschriebene Schwefelwasserstoff-Unfall ist reine Fiktion, auch wenn es ähnliche Unfälle tatsächlich schon gegeben hat. Real existierende Personen, Örtlichkeiten, Gesellschaften, Firmen und Gastronomie, wie zum Beispiel das *Hotel Benser-Hof*, das *Café Waterkant*, das *Café am Yachthafen*, sowie der *SVH Bensersiel*, sind im Zusammenhang mit der frei erfundenen Geschichte ausschließlich fiktiv eingebunden.

Kapitel 1

„Architekturbüro Dirksen, Jasmin Koch, schönen guten Tag. Was kann ich für Sie tun?"

„Nils Sanders, aus Bensersiel in Ostfriesland. Moin. Ich müsste ganz dringend mit Gerrit Dirksen sprechen."

„Um was geht es denn, Herr Sanders?"

„Es geht um eine wirklich dringende Angelegenheit, in der ich ihn persönlich sprechen müsste."

„Einen kleinen Moment, ich höre nach, ob Herr Dirksen frei ist."

„Es ist für ihn wirklich ganz wichtig, Frau Koch! Existenziell wichtig!"

„Schon gut, Herr Sanders. Ich habe ja verstanden. Einen Moment bitte." Sie drückte eine Taste am Telefon. „Chef, da ist ein Nils Sanders aus Bensersiel in der Leitung. Es sei für Sie existenziell wichtig!"

„Ah, der Nils. Das ist ein alter Freund von mir. Stellen Sie durch, Frau Koch. Moin Nils, schön, deine Stimme zu hören. Aber was ist denn um alles in der Welt für mich so ungeheuer wichtig?"

„Moin Gerrit. Als dein Freund wollte ich dich persönlich informieren, bevor du es in den Nachrichten hörst: Es ist etwas ganz Furchtbares passiert. Bei euch auf dem Hof."

„Um Gottes willen. Ist was mit meinem Bruder?"

„Ja und nicht nur das. Ich sagte ja schon, es ist schrecklich. Es tut mir unheimlich leid, dir das sagen zu müssen."

„Jetzt rede schon endlich, was ist denn passiert?"

„Ein Unglück mit fünf Toten in eurer Biogasanlage. Was ganz genau geschehen ist, das wird zurzeit noch untersucht. Die Polizei wird sich sicher bald mit Dir in Verbindung setzen."

„Und mein Bruder ist dabei?"

„Ja, Gerrit. Leider. Und auch seine Frau und sein Sohn. Dann noch ein Lkw-Fahrer und ein Helfer."

„Oh mein Gott, Nils! Oh mein Gott! Das darf doch nicht wahr sein! Wie konnte denn so etwas passieren? Fünf Tote? Hat es eine Explosion gegeben?"

5

„Nein, keine Explosion. Ein Giftgas-Unglück durch Schwefelwasserstoff, wie mir die Feuerwehr sagte."

„Verstehe ich nicht. In einer Biogasanlage wird doch Methan produziert. Natürlich entstehen dort auch andere Gase, wie mir mein Bruder das mal erklärt hat. Aber normalerweise nur in relativ geringen Mengen, sozusagen als Abfallprodukte."

„Genau weiß ich das auch nicht. Aber so wie mir das erklärt wurde, hat der Lkw-Fahrer Schweinedärme und ähnliche Abfälle von der Schweinemast aus dem Emsland angeliefert. Als er die in den Anlieferungsbunker abgekippt hatte, haben sich diese wohl mit Resten einer anderen Substanz verbunden, wodurch Schwefelwasserstoff in einer tödlichen Menge entstand. Wie das passieren konnte, wird von der Polizei gerade untersucht. Ich habe gehört, dass dabei auch der Frage nachgegangen wird, ob es sich um einen tragischen Zufall, Fahrlässigkeit oder vielleicht sogar Vorsatz handelte."

„Wie? Ich … ich verstehe nicht, Nils."

„So wie gehört habe, hat der Lkw-Fahrer das Bewusstsein verloren und ist neben seinem Lkw zusammengebrochen. Dein Bruder hat das wohl beobachtet und ist zu ihm gerannt. Er hat ihm noch helfen wollen und ist dann auch umgefallen."

„Das darf doch nicht wahr sein. Mattes hätte sich doch denken können, dass sich da irgendein gefährliches Gas gebildet haben musste."

„Kann ich dir nicht sagen. Jedenfalls haben Herta und Lars deinen Bruder vom Haus aus sehen können, aber wohl nicht den Lkw-Fahrer. Sie haben gedacht, dass Mattes wieder einen Herzinfarkt hatte, und sind deshalb zu ihm hingerannt, gemeinsam mit einem Helfer vom Hof. Die Drei sind gar nicht ganz bis zu deinem Bruder gekommen, dann sind sie auch zusammengesackt."

Der erfolgreiche Architekt Gerrit Dirksen, ein ostfriesischer Zweimeterhüne, saß zusammengesunken wie ein Häuflein Elend in seinem Designersessel. Das schlichte, aber sehr elegant ausgestattete Büro mit den hellgrauen Möbeln schien auf einmal jeglichen Glanz verloren zu haben. Heftiger Regen hatte eingesetzt und klatschte im Takt der Windböen an die Scheiben.

Die gekrümmten Fassaden des Gebäudeensembles seines berühmten Kollegen Frank O. Gehry im Medienhafen von Düsseldorf schienen sich noch mehr zu neigen und ihr Mitgefühl ausdrücken zu wollen.

„Gerrit, bist du noch da?"

„… ja." Sein Bariton, der schon so mancher Frau eine Gänsehaut auf den Rücken gezaubert hatte, klang wie das Krächzen eine Dohle. „Das ist ja ein Alptraum! Nur ein böser Traum! Sag, dass das alles nicht wahr ist! Aber die hätten doch was riechen müssen."

„Das ist es ja gerade, Schwefelwasserstoff riecht nach faulen Eiern, wie das auf dem Hof produzierte Biogas auch. Nur dass Biogas, auch wenn man es riecht, deswegen noch nicht gleich tödlich sein muss, wie die Feuerwehrleute sagten. Deswegen hat sich wohl auch niemand was dabei gedacht. Gerrit, es tut mir unheimlich leid. Mich macht das Ganze auch total fertig."

„Und wer hat den Rettungswagen und die Feuerwehr alarmiert?"

„Das hat euer Knecht Jan gemacht."

„Oh mein Gott, der arme alte Mann hat das mit ansehen müssen?

„Ja, der war mit draußen vor dem Haus gewesen, als es passierte. Er kam nicht so schnell zu deinem Bruder, weil er ja nicht mehr so gut zu Fuß ist. Von ihm wissen wir auch, dass Herta und Lars gedacht haben, dass dein Bruder wieder einen Herzinfarkt hatte. Sonst hätten die sich wahrscheinlich vorsichtiger verhalten. Denn dass sich gefährliche Gase in einer Biogasanlage bilden können, darüber waren sie doch alle informiert."

„Genau! Deswegen verstehe ich das Ganze auch immer noch nicht. Mein Bruder weiß das doch! Und auch wie er sich verhalten muss! Wie kann er sich dann ungeschützt in Gefahr begeben?"

„Das versteht hier auch keiner. Aber selbst die Einsatzkräfte der Feuerwehr scheinen die Gefährlichkeit des Gases völlig unterschätzt zu haben. Zu dem Zeitpunkt hatte allerdings auch noch keiner eine Ahnung davon, dass es sich um Schwefelwasserstoff handelte. Die Helfer wollten die Bewusstlosen wiederbeleben, dazu legten sie - natürlich außerhalb des Gefahrenbereiches - ihre Masken ab. Dadurch haben sie selbst eine gesundheitsgefährdende Menge des Gases aus der Kleidung der Toten eingeatmet, so dass auch sie ins Krankenhaus eingeliefert werden mussten. Aber für deine Angehörigen, den Fahrer und den Helfer kam leider jede Hilfe zu spät. Mein aufrichtiges Beileid, Gerrit."

„Um Gottes willen, fünf Tote! Das muss ich erst einmal verarbeiten. Ich kann es immer noch nicht fassen. Du sagtest gerade, dass die Polizei untersucht, ob eventuell sogar Vorsatz mit im Spiel war? Wer soll denn so wahnsinnig sein!? Und warum?"

„Die geben natürlich keine Auskünfte, aber ich weiß von einem meiner Freunde bei der Feuerwehr, dass bei normalem Betrieb einer Biogasanlage sich eigentlich nicht so eine tödliche Menge an Schwefelwasserstoff bilden kann."

„Genau! Von so was habe ich auch noch nie gehört!" Aber wer sollte denn mit Vorsatz …?"

„Du weißt ja sicher, dass dein Bruder vor kurzem seinen Vorarbeiter rausgeschmissen hat. Und der hatte danach in der Kneipe getönt, dass das deinem Bruder noch sehr leidtun würde. So was spricht sich natürlich rum und irgendwer hat das wohl auch der Polizei gesteckt."

„Nein, das wusste ich nicht. Ich weiß nur, dass er vor noch gar nicht langer Zeit einen neuen Vorarbeiter hier aus dem Rheinland eingestellt hatte. Das war, nachdem sein alter Vorarbeiter von einem Segeltörn mit einem Freund nicht mehr zurückgekehrt war."

„Auch eine sehr merkwürdige Geschichte. Weder von dem Segelboot noch von den beiden Männern ist bis heute irgendetwas wieder aufgetaucht. Jedenfalls ist dieser neue Vorarbeiter am Abend vor dem Unglück bei euch auf dem Hof gesehen worden, obwohl er da eigentlich gar nichts mehr zu suchen hatte. Da könnte es doch sein, dass er bei den Substanzen im Anlieferungsbunker etwas nachgeholfen hat. Zumal, wie mein Freund mir sagte, der von Beruf eigentlich Chemielaborant ist und den Termin für die Lieferung der Schweinedärme gekannt haben soll. Aber das muss die Polizei herausfinden."

Gerrit rang mit seiner Fassung. Schließlich sagte er: „Ich regele hier schnell noch ein paar Dinge und komme dann noch heute nach Bensersiel."

„Du kannst bei mir unterkommen, falls du nicht im Haus deines Bruders schlafen möchtest."

„Was ist denn mit Jan, wer kümmert sich um den?"

„Vorerst ist er bei einem Neffen in Esens untergekommen."

„Und was passiert denn jetzt mit den Tieren?"

„Da kümmert sich unser Nachbar Werner Oltmann drum. Die haben schon einen Notdienst organisiert. Und wie es dann später weitergeht, wirst wohl du entscheiden müssen."

„Danke, dann nehme ich dein Angebot gerne an und komme zu dir. Und danke für deinen Anruf und dein Mitgefühl. Wir sehen uns. Ich bin fassungslos, Nils ... Bis dann."

Gerrit Dirksen legte auf. Nach einer Weile nahm er den Hörer erneut und drückte eine Taste auf seinem Telefon. „Frau Koch, ich möchte in der nächsten halben Stunde von niemandem gestört werden. Von niemandem!"

„In Ordnung. Chef, ist irgendwas? Sie klingen so komisch."

„Ja, Frau Koch. Ich habe gerade eine ganz schlimme Nachricht erhalten und muss mich einen Moment sammeln. Ich melde mich. Bis dahin bitte keine Störung", beendete er das Telefonat.

Dann goss er sich ein Glas Wasser ein und versuchte, sich auf seinem Sessel bei zurückgelegter Rückenlehne ein wenig zu entspannen. Erst vor einigen Jahren seine geliebte Julia und jetzt sein Bruder mit Familie! Sie waren in den letzten Jahren seine Familie und seine Heimat gewesen. Und das sollte nicht mehr existieren? Ihm traten die Tränen in die Augen. Und er fühlte sich auf einmal ganz einsam und verlassen. Eine unheimliche Leere senkte sich in sein Herz und seine Seele.

Das Bild seiner Julia kam ihm wieder ins Gedächtnis, als sei es erst gestern gewesen. Es hätte die letzte gemeinsame Motorradtour vor dem Winter in die Eifel sein sollen. Für Julia war es die allerletzte gewesen. Die Tour hatte mit so viel Spaß bei strahlendem Herbstwetter begonnen. Sie waren zu viert mit einem befreundeten Pärchen unterwegs zum Nürburgring gewesen. Dann, in einer Kurve ... Julia war auf einer Ölspur ins Rutschen gekommen und in den Gegenverkehr hineingeschleudert. Sie hatte mit ihrem zwei Monate alten Fötus unter dem Herzen, ihr

Leben noch an der Unfallstelle ausgehaucht. Die alte Wunde riss wieder auf.

Gerrit wusste nicht, wie lange er schon in seinem Sessel mehr gelegen als gesessen hatte, als seine Sekretärin ihren Kopf durch die Tür schob. „Chef, ich wollte dann gehen. Kann ich noch irgendetwas für Sie tun? Möchten Sie vielleicht reden?"

„Danke, Frau Koch. Nein, wir reden ein andermal. Nur so viel: Es hat ein furchtbares Unglück auf dem Hof meines Bruders in Ostfriesland gegeben. Fünf Tote, dabei auch meine Angehörigen. Bitte sagen Sie am Montag für die nächste Woche alle Termine ab. Ich werde gleich nach Bensersiel fahren."

Obwohl seine Sekretärin immer als sehr cool und beherrscht galt, traten ihr die Tränen in die Augen. Sie informierte Gerrit, dass man über das Unglück bereits in den Nachrichten berichtet habe. Nachdem sie ihrem Chef Beileid gewünscht hatte, verabschiedete sie sich mit tränenerstickter Stimme ins Wochenende.

Gerrit räumte gedankenverloren einige Sachen zusammen und verstaute sie in den Schubladen seines Schreibtisches. Sein Laptop und sein Tablet steckte er in einen schmalen Aktenkoffer. Dann warf er einen Blick aus dem Fenster, hinüber zum Medienhafen. Regenschauer peitschten immer noch gegen die große Fensterfront seines Büros. Das Wetter passte in diesem Moment zu seiner Stimmung. Alles schien trostlos. Und irgendwie erinnerte es ihn auch ein wenig an seine ostfriesische Heimat, wenn der blanke Hans auf die Küste traf, und wo jetzt ganz schwere Stunden und Tage auf ihn warten würden.

Kapitel 2

Lagebesprechung im Kriminalkommissariat von Wittmund.

„Liegen die Obduktionsberichte der fünf Toten aus Bensersiel jetzt endlich vor?" Kriminalhauptkommissar Bert Linnig, Leiter der Kripo in Wittmund, stand an seinem Flipchart, um die Erkenntnisse zu dokumentieren. Die Blätter wurden dann später an der langen Wand im Besprechungsraum aufgehängt, damit sich jedes Teammitglied orientieren konnte.

„Ja", meldete sich Polizeiobermeisterin Silke Jansen zu Wort. „Unsere Vermutungen haben sich bestätigt. Todesursache war eindeutig Schwefelwasserstoff."

„Wie schon zu erwarten war, hierzu keine neuen Erkenntnisse", resümierte Bert. „Wir haben inzwischen auch eine vorläufige Auswertung des Kriminaltechnischen Instituts aus Hannover vorliegen. Nina und ich haben uns gestern Abend noch durch das ganze chemische Fachchinesisch durchgearbeitet. Nina, würdest du bitte mal allgemeinverständlich …?"

Kriminalkommissarin Nina Jürgens, im Team die Vertreterin von Bert, führte daraufhin aus: „Nach dem Bericht steht nur fest, dass bestimmte Restsubstanzen in dem Anlieferungsbunker der Biogasanlage mit den entladenen Schweinedärmen eine tödliche Menge an Schwefelwasserstoff bildeten. Wir müssen nun klären, warum die besagten gefährlichen Reste sich in einer solchen Menge vor dem Entladen der Schweinedärme noch in dem Anlieferungsbunker befanden."

„Am einfachsten für uns wäre natürlich, wenn die Ursache nur eine Verkettung unglücklicher Umstände wäre", warf Bert ein.

„Ja, aber davon geht der Bericht eher nicht aus, wie du weißt. Im Gegenteil. Der Bericht spricht davon, dass sich unter normalen Umständen keine solch lebensgefährliche Menge an Schwefelwasserstoff bilden kann - selbst wenn man unterstellt, dass bei der Beseitigung von Restrückständen im Anlieferungsbunker nicht ganz so sorgfältig gearbeitet wurde und kleinere Reste übriggeblieben waren. Nicht auszuschließen sei allerdings, dass grob fahrlässige Schlamperei im Spiel gewesen sei."

„Das heißt: Im Fall einer groben Fahrlässigkeit würde sich die Frage der Verantwortlichkeit stellen. Grundsätzlich läge dabei in erster Linie die Verantwortung beim Betreiber, der nun tot ist", bemerkte Bert. „Bleibt noch die Frage nach Vorsatz. Wir müssen klären, ob der geschasste Vorarbeiter damit in Verbindung zu bringen ist. Immerhin hatte er ja wohl kurz zuvor noch in der Kneipe getönt, dass sein Rausschmiss dem Bauern noch sehr leidtun würde."

„Der hat sich nach seiner Entlassung in einer Ferienwohnung in Esens eingemietet. Da hält er sich aber zurzeit nicht auf und wir konnten ihn auch bisher noch nicht ausfindig machen. Sein Handy lässt sich auch nicht orten", meldete Polizeiobermeister Bernd Guben.

„Wir setzen ihn jetzt auf die Fahndungsliste. Das übernimmst du nachher, Bernd", gab Bert Anweisung. „Klaus Jabowski ist in unserer Datenbank kein unbeschriebenes Blatt. Er war schon mal im Rheinland an der Produktion von Designerdrogen beteiligt und saß dafür im Gefängnis. Das zeigt, dass er über eine nicht unerhebliche kriminelle Energie verfügt. Aber wieso landet ein vorbestrafter ehemaliger Chemielaborant aus dem Rheinland als Vorarbeiter auf einem Hof mit Biogasanlage in Ostfriesland?"

„Die Frage stelle ich mir auch. Leider kann uns sein Arbeitgeber nichts mehr dazu sagen." Nina seufzte. „Mattes Dirksen wird gute Gründe gehabt haben, ihn fristlos zu entlassen. Dass jemand sich über einen Rausschmiss ärgert, ist sicher normal. Dass der Gefeuerte seinem ehemaligen Chef öffentlich in der Kneipe droht, ist dann aber schon eine andere Hausnummer."

„Das sehe ich ganz genauso", ergänzte Bert. „Deshalb werden wir uns in jedem Fall näher mit ihm beschäftigen müssen. Wusste Jabowski, was für Substanzen sich noch im Anlieferungsbunker befanden? Und hat er es dann bewusst unterlassen, den Anlieferungsbunker zu säubern oder säubern zu lassen?"

„Oder ist die Säuberung unterblieben, gerade weil er in der Woche davor – sogar mit Hausverbot – rausgeschmissen worden ist und sich deshalb niemand darum gekümmert hat?", warf Nina ein. „Dann könnte man ihn dafür nicht verantwortlich machen."

„Dagegen spricht allerdings, dass eine gute Woche dazwischenlag. Ich gehe davon aus, dass der Bauer dann selbst für die Reinigung gesorgt hätte. Dazu müssen wir auch noch einmal die ortsansässigen Arbeitskräfte, die nicht auf dem Hof leben und zum Zeitpunkt des Unglücks nicht anwesend waren, befragen. Bernd, du kümmerst dich bitte darum."

„Wird gemacht."

„Nehmen wir mal an, dass der Bauer eine Reinigung des Anlieferungsbunkers veranlasst hatte, dann wäre zu klären, was der Jabowski am Abend vor der Anlieferung der Schweinedärme auf dem Hof gewollt hat. Und angenommen, er hätte den Anlieferungsbunker verunreinigt, wie ist er an die Substanzen gekommen, die in Verbindung mit Schweinedärmen Schwefelwasserstoff in einer solch tödlichen Menge bilden? Ferner, hatte er tatsächlich Kenntnis über den Zeitpunkt der Lieferung der Schweinedärme?"

„Nach Aussage des Altknechts wussten alle auf dem Hof schon seit längerem, dass und auch wann die Schweinedärme geliefert werden sollten, also auch Klaus Jabowski!", antwortete Nina.

„Deswegen brauchen wir den Jabowski! Und ich nehme an, der weiß das auch. Deswegen ist er wohl abgetaucht und hat sein Handy ausgeschaltet, damit wir es nicht orten können", vermutete Bert. „Nina, konntest du den Bruder des Verstorbenen inzwischen erreichen?"

„Ja, der hält sich seit Freitagabend bei seinem Freund Nils Sanders in Bensersiel auf. Der hatte ihn bereits telefonisch in Düsseldorf informiert, worauf Gerrit Dirksen sofort hierhergefahren ist und bis nach der Beerdigung auch hierbleiben wird."

„Das ist gut, dann können wir uns mit Fragen zum Hof an ihn wenden."

„Ich glaube nicht, dass er uns da eine große Hilfe sein wird", entgegnete Nina, „Er ist Architekt in Düsseldorf. Von Landwirtschaft und Biogasanlagen hat er keine Ahnung, wie er mir am Telefon sagte. Deswegen hätte auch sein Bruder den Hof von den Eltern übernommen."

Sie informierte dann das Team noch über die Besonderheiten von Schwefelwasserstoff hinsichtlich Geruch und Wirkung.

„Also fast etwas für den perfekten Mord", stellte Bernd fest.

„Wohl eher nicht", sagte Bert. „Man kann nämlich nicht kontrollieren, wen es trifft. Selbst der Täter könnte betroffen sein. Aber für einen Racheakt durchaus geeignet. Der Täter muss nur dafür sorgen, dass die entsprechenden Substanzen in der erforderlichen Menge im Anlieferungsbunker verfügbar sind, bevor dann die Schweinedärme entladen werden. Alles andere ist dann aber nicht mehr vorhersehbar und schon gar nicht kontrollierbar."

„Andererseits", hakte Nina ein, „hat mir der Altknecht erzählt, dass das Entladen immer entweder der Bauer selbst oder der Vorarbeiter überwacht haben.

„Nehmen wir mal an, der Vorarbeiter wäre nicht entlassen worden, dann brauchte er sich am Tag der Anlieferung doch nur krank zu melden und schon hätte er den Bauer in der Falle gehabt. Also doch ein perfekter Mord", blieb Bernd beharrlich.

„Vielleicht hast du gar nicht so unrecht und es war auch kein Zufall, dass die Belüftungsanlage einen Defekt hatte", bestätigte Nina.

„Aber auch einen ungezielten Racheakt können wir nicht ausschließen. Selbst wenn der entstehende Schwefelwasserstoff jemand anderen getroffen hätte, wäre das für den Betreiber der Anlage in jedem Fall ein Desaster. Halten wir also fest, Klaus Jabowski ist derjenige, der - so oder so - mehr Licht in das Dunkel bringen kann", fasste Bert abschließend zusammen. „Unabhängig davon sollten wir aber noch klären, ob vielleicht Wertgegenstände im Haus fehlen und was der Grund für seine fristlose Kündigung war. Nina, mach bitte dazu mit dem Bruder des verstorbenen Bauern und dem Altknecht einen Ortstermin. Er hat ja mit Familienanschluss auf dem Hof gelebt und hat sicher so einiges mitbekommen, wie du gerade schon angedeutet hast."

„Mache ich", bestätigte Nina. „Als ich ihn kurz nach dem Ereignis befragte, war er zwar ziemlich durch den Wind, wahrscheinlich durch den Schock. Einen senilen Eindruck machte er jedenfalls noch nicht." „Na, dann los!", beendete Bert das Meeting.

Kapitel 3

„Mensch Gerrit, noch mal mein aufrichtiges Beileid. So ein schlimmes Unglück. Man kann es immer noch nicht fassen. Es wurde ja sogar in den Medien mehrfach darüber berichtet. Ich glaube, selbst die Fachleute haben nicht damit gerechnet, dass eine Biogasanlage so gefährlich werden kann. Wie ich dir schon bei der Beerdigung sagte, wenn ich dir irgendwie helfen kann, dann lass es mich wissen. Und sei es nur zum Quatschen, wenn dir mal die Decke auf den Kopf fällt."

„Danke Ludger. Und nochmals vielen Dank, dass du auch mit Bärbel zu der Beerdigung gekommen bist. Ich weiß eure Freundschaft sehr zu schätzen. Aber das Leben muss weitergehen. Deswegen habe ich dich auch hergebeten."

Jasmin Koch kam mit einem Tablett in das Büro von Gerrit Dirksen und stellte zwei Tassen mit dampfendem Kaffee und einem Schälchen mit Gebäck auf den Besprechungstisch. „Herr Dirksen, brauchen Sie sonst noch etwas?"

„Danke, Frau Koch. Bitte keine Anrufe und keine Besuche. Ich melde mich, wenn wir etwas brauchen.

„Wahrscheinlich geht es um den Hof?", wollte Ludger wissen.

„Ja. Ich muss mal mit einem fachlich versierten Freund darüber sprechen. Wie gesagt, das Leben geht weiter und ich muss möglichst schnell eine Entscheidung treffen. Denn immerhin hängt von dem Hof auch die Existenz von einigen Menschen ab, die bisher dort gearbeitet und gelebt haben."

„Das spricht ganz sicher für dich, dass du gerade auch in der gegenwärtigen Situation noch an andere denkst. Sicher hast du recht, da ist eine schnelle Entscheidung gefragt. Wie sind denn deine Vorstellungen bezüglich des Hofes?"

„Nach meiner Einschätzung habe ich zwei Alternativen, verpachten oder verkaufen."

„Das würde ich genauso sehen. Denn ich glaube kaum, dass du hier alles hinschmeißen wirst, was du dir aufgebaut hast, nur um den Hof selbst zu bewirtschaften."

„Das wäre das Letzte, was mir in den Sinn käme - so sehr ich auch an meiner ostfriesischen Heimat und dem Elternhaus hänge.

Dazu würde mir zudem auch jegliches Knowhow fehlen. Mein Bruder war der Landwirt. Und das mit Leib und Seele." Gerrit hielt einen Moment inne und brauchte eine Weile, bevor er weitersprechen konnte. „Aber unter den Leuten, die er auf dem Hof zum Schluss beschäftigt hat, ist leider keiner mehr, der auch nur halbwegs in seine Fußstapfen treten könnte. Ich habe dir doch von dem vermissten Vorarbeiter erzählt, der wäre als Verwalter oder auch Pächter durchaus in Betracht gekommen. Ich frage mich wirklich, was da passiert ist. Ich glaube kaum, dass der sich mit seinem Freund und der Segelyacht irgendwo ins Ausland abgesetzt hat. Warum hätte er das tun sollen?"

„Das ist in der Tat eine äußerst merkwürdige Geschichte. Und sonst gibt es wirklich keinen halbwegs Geeigneten?"

„Nein, außer dem Altknecht sind nur noch ein paar ortsansässige Landwirtschaftshelfer auf dem Hof. Ich müsste bezüglich einer Verpachtung erst einmal einen Interessenten finden, der auch die Eignung dafür hätte. Und das dürfte nicht ganz einfach werden, wie mir die Landwirtschaftskammer bereits mitgeteilt hat."

„Und dieselbe Eignung müsste ja auch ein Verwalter mitbringen, oder?"

„Das war ja das, was ich als Erstes in Erwägung gezogen hatte. Dass beispielsweise einer der Mitarbeiter meines Bruders diese Funktion übernimmt. Aber selbst wenn einer nur halbwegs geeignet gewesen wäre, würden trotzdem alle wichtigen Entscheidungen bei mir bleiben. Dafür fehlt es mir aber einfach an dem nötigen Fachwissen und der Erfahrung."

„Also bleibt nur noch der Verkauf. Sehe ich das richtig?"

„Genau zu dieser Erkenntnis bin ich inzwischen auch gekommen. So schwer es mir auch fallen würde, mein Elternhaus mit all den Erinnerungen und emotionalen Bindungen zu verkaufen."

„Bei dem psychischen Stress, unter dem du gestanden hast und wahrscheinlich heute noch stehst, brauchst du einfach eine schnelle und kompetente Unterstützung. Als Außenstehender hat man, gerade in solchen Situationen, sicher einen klareren Blick."

„Das hast du gut beobachtet. Schön, wenn man solche Freunde hat. Von ganzem Herzen danke."

„Da nicht für, sagt ihr doch immer. Für den Fall, dass du dich tatsächlich zu einem Verkauf entschließt, hätte ich auch bereits eine Idee für dich."

„Da spricht der erfolgreiche und kompetente Makler aus dir. Ich bin sehr gespannt."

„Bärbel und ich hatten uns bei der Beerdigung für zwei Tage in Bensersiel eingemietet, wie du ja weißt. Wir haben uns dort ein wenig an dem wunderschönen Strand, dem Yachthafen des Seglerverein Harlebucht e. V., den ihr ja nur kurz SVH nennt, der Nordseetherme und auch unter anderem auf dem historischen Marktplatz in Esens umgesehen. Dabei habe ich verschiedene Gespräche mit Gastronomen und Geschäftsleuten geführt und weiß so schon ein wenig über die örtlichen Verhältnisse Bescheid. Der Schwerpunkt liegt in der dortigen Region ganz eindeutig im Fremdenverkehr. Selbst die Landwirtschaft spielt dort eine immer geringere Rolle."

„Das hatte auch mein Bruder bereits zu spüren bekommen. Und das macht eine Verpachtung ja nicht gerade leichter."

„Richtig. Das gilt aber auch für den Verkauf an einen Landwirt."

„Das habe ich bisher noch gar nicht so gesehen. Aber du hast natürlich recht damit."

„Wie du weißt, verfüge ich über ein umfassendes Netzwerk in vielen Bereichen – auch in der Tourismusbranche. Es gibt in den Niederlanden eine Gesellschaft, die in ganz Europa küstennahe Grundstücke sucht, um dort ein ganz bestimmtes touristisches Konzept zu verwirklichen. Dazu benötigen sie mindestens 160 bis 180 Hektar Land, einen schönen Badestrand, einen Yachthafen und eine gute Infrastruktur für eine bequeme An- und Abreise der Urlaubsgäste."

„Das sind alles Voraussetzungen, die Bensersiel erfüllt. Nur leider verfüge ich nur über etwa 110 Hektar. Das heißt, wir brauchen auch noch die unmittelbare Nachbarschaft dazu?"

„Das hast du schon richtig erkannt. Du kannst dir als Architekt ja auch sicher schon denken, wo da die Reise hingeht."

„Ich denke, von der Anforderungsgröße her kann es da eigentlich nur um Golfplätze gehen."

„Genau."

„Aber in einem Umkreis von fünfzig Kilometern gibt es in Ostfriesland doch bereits einige Golfplätze. Meinst du denn, dass das dann überhaupt Sinn macht?"

„Das kommt auf das Konzept an. Diese Gesellschaft, die nur zufällig ihren Sitz in den Niederlanden hat und der mehrere internationale Geldgeber angehören, verwendet ausschließlich Eigenkapital ihrer Investoren. Das heißt, sie sind auf keinerlei Fremdkapital angewiesen und daher auch wesentlich flexibler in ihren Entscheidungsprozessen. Investiert wird allerdings nur, wenn die Vorgaben erfüllt sind."

„Daran fehlt es ja schon bei meiner Hofgröße."

„Auch diesbezüglich habe ich bereits vorgefühlt. Beim Kaffeetrinken nach der Beerdigung habe ich zufällig neben einem deiner Nachbarn gesessen, Werner Oltmann. Der machte so eine Bemerkung, dass er am liebsten alles verkaufen würde. Und wie er sagte, verfügt er über gut 75 Hektar Land. Außerdem grenzt der größte Teil seines Landes bereits an dein Grundstück. Zwischen euren Grundstücken sollen nur noch zwei Resthöfe liegen, deren ehemalige Acker- und Weideflächen bereits teils von deinem Bruder und teils von ihm aufgekauft wurden. Das heißt, zusammen hättet ihr doch dann eine zusammenhängende Grundstücksfläche von über 180 Hektar."

„Das stimmt. Und du meinst, damit würden wir die Vorgaben dieser Investoren-Gesellschaft erfüllen?"

„Genauso ist es. Ich habe das vorsorglich bereits im Vorfeld geprüft. Wir brauchen nur noch die Zustimmung des Landkreises, der Stadt Esens und die Verkaufsbereitschaft für die genannten Höfe."

„Ob wir die Zustimmung des Kreises und des Stadtrates bekommen, das wird sicher davon abhängen, ob das Nutzungskonzept für die Stadt und die Region Vorteile bringt. Wie sieht denn dieses Konzept aus?"

„Du hast doch schon mal an einem Schnupperkurs auf einem Golfplatz teilgenommen. Aber aus Zeitgründen konntest du damals die Platzreife nicht erreichen, wie du mir erzählt hast."

„Ja, ich hatte zu der Zeit gerade einen Großauftrag reinbekommen. Allerdings gab es noch einen anderen Grund für mich. Das war nämlich der Konflikt, dass ich freie Wochenenden im Sommer gerne für Segeltörns mit meinem Bruder genutzt habe. Wir haben ja ein gemeinsames Boot im Yachthafen von Bensersiel liegen und sind dort auch beide Mitglied beim *SVH*."

„Aber Spaß gemacht hat dir das Golfen an sich schon, oder?"

„Grundsätzlich schon. Nur - meine Arbeit, Segeln und noch Golfen, dann vielleicht auch noch Teilnahme an Turnieren mit entsprechendem Training, das habe ich zeitlich einfach nicht unter einen Hut bekommen."

„Nehmen wir mal an, du bist in Bensersiel und nicht gerade auf dem Wasser, hättest einige Stunden Zeit und könntest diese Zeit nutzen, um vielleicht ohne Platzreife und sonstige Vorgaben zum Beispiel 9 Löcher zu spielen. Wie würdest du das finden?"

„Wenn so etwas möglich wäre, dann würde ich das sogar ganz bestimmt nutzen. Denn, wie gesagt, das Golfen an sich hat mir ja schon Spaß gemacht."

„Könntest du dir denn vorstellen, dass es noch ein paar Menschen mehr gibt, die das auch gerne so machen würden?"

„Könnte ich mir durchaus vorstellen, gerade bei Urlaubern."

„Dann hast du das Grundkonzept der Investoren eigentlich schon verstanden. Das sieht nämlich einen ganz normalen Golfplatz mit 18 Löchern, nach den üblichen Regeln, mit Platzreife, Handicap und was sonst so dazugehört, vor. Daneben dann zwei Bahnen mit jeweils 9 Löchern, wo auch Urlauber ohne Platzreife und Golferfahrung ihren Spaß haben können. Zu dem großen Golfplatz wird dann noch ein 5-Sterne-Hotel gehören, welches auch für Segler mit entsprechenden Ansprüchen geeignet wäre. Und zu den beiden Übungsplätzen für Anfänger würde dann eine Club-Ferienanlage kommen, unter anderem auch zum Beispiel mit All-inclusive-Angeboten."

„Mensch Ludger, das sieht ja auf den ersten Blick sehr vielversprechend aus. Und wie könnten wir das realisieren?"

„Heißt das konkret, dass du bereit wärst, dafür deinen Hof zu verkaufen?"

„Wenn der Preis stimmt, in jedem Fall. Was soll ich denn sonst machen? Ich selbst kann den Hof auf jeden Fall nicht weiterführen."

„Bezüglich des Preises würde ich schon mit der Investorengesellschaft in deinem Sinne verhandeln. Da kannst du dich voll auf mich verlassen. Um die Gespräche mit dem Kreis, der Stadtverwaltung und deinen Grundstücksnachbarn würde ich mich auch kümmern. Du müsstest nur zu gegebener Zeit deine Unterschrift unter den Notarvertrag setzen."

„Das sollte ich wohl hinbekommen." Obwohl es auf einmal so einfach schien, beschlich Gerrit ein mulmiges Gefühl. Er würde das ja hinbekommen, aber wie sähe das bei seinen Nachbarn aus? Daher fügte er dann noch hinzu: „Aber bezüglich meiner dortigen Nachbarn habe ich noch eine gute und eine schlechte Nachricht für dich. Welche zuerst?"

„Die gute zuerst."

„Okay, ich kenne natürlich meine Nachbarn von früher und von meinen unzähligen Besuchen in den vergangenen Jahren. Daher kann ich dir bestätigen, dass Werner Oltmann tatsächlich lieber heute als morgen verkaufen würde. Und das gilt auch für meinen Freund Nils Sanders und Gerhard Freese. Die beiden hatten ja seinerzeit schon die Betriebe ihrer Eltern nicht mehr übernommen und daher die Acker- und Weideflächen bereits an meinen Bruder und Werner verkauft."

„Und was ist dann die schlechte Nachricht?"

„Auf allen drei Höfen sitzen die Eltern noch putzmunter auf dem Altenteil. Und du kannst davon ausgehen, dass die an ihrer Scholle kleben."

„Das ist sicher nur eine Frage des Preises. Wie überall."

„Ich fürchte, mein Lieber, dass du dich da irrst. Ostfriesen ticken in Bezug auf ihre heimatliche Scholle ein wenig anders. Zumal wenn diese Höfe sich bereits seit Generationen in Familienbesitz befinden."

„Nun, was das angeht, da hat die Gesellschaft aus den Niederlanden bisher immer noch eine geeignete Lösung gefunden. Und wenn du heute Abend nichts anderes vorhast, würden Bärbel und ich dich gerne zum Abendessen einladen."

***

21

Der gekündigte Vorarbeiter war in den Niederlanden verhaftet worden.

„Ohne meinen Anwalt sage ich nichts!" Klaus Jabowski lehnte sich frech grinsend in seinem Stuhl zurück. „Schließlich habe ich nichts verbrochen."

„Das ist Ihr gutes Recht", entgegnete Bert Linnig, der zusammen mit seiner Kollegin Nina Jürgens das Verhör durchführte.

„Wenn Sie sich nichts haben zuschulden kommen lassen, aber trotzdem jede Aussage verweigern, machen Sie sich doch selbst erst recht verdächtig", ergänzte Nina. „Außerdem waren Sie nach dem Ereignis auf dem Dirksen-Hof plötzlich wie vom Erdboden verschluckt. Ihre Ferienwohnung in Esens hatten Sie auch nicht abgemeldet, was nicht gerade für ein normales Verhalten steht."

„Muss ich mich denn bei Ihnen abmelden, wenn ich verreisen will?", fragte Jabowski herausfordernd.

„Im Zusammenhang mit den Todesfällen haben wir einige wichtige Fragen an Sie", ließ Bert die Frage unbeantwortet.

„Ich war gekündigt. Geht mich alles nichts mehr an!"

„Das sehen wir aber anders", entgegnete Bert. „Nach Zeugenaussagen haben Sie in der Kneipe Drohungen gegen Ihren ehemaligen Arbeitgeber ausgestoßen und sich am Vorabend des Unglücks widerrechtlich auf seinem Grundstück aufgehalten."

„Ich sage nichts mehr!"

„Na gut", sagte Bert, „dann müssen wir davon ausgehen, dass Sie hiermit offiziell von Ihrem Zeugnisverweigerungsrecht Gebrauch machen wollen. Wir werden Ihnen einen Anwalt besorgen, sofern Sie nicht selbst einen beauftragen wollen."

„Will ich! Der kommt aber aus Köln und es wird einige Zeit dauern, bis der da ist. Also, bis dann. Wir sehen uns." Jabowski erhob sich, um zur Tür zu gehen.

„Setzen!", donnerte Bert ihn an. „Wir sagen Ihnen, wann Sie gehen können!" Sie können Ihren Anwalt von hier aus verständigen. Bis dahin bleiben Sie in Gewahrsam, wegen Verdunkelungs- und Fluchtgefahr!"

„Ihr habt sie doch nicht mehr alle", murmelte Jabowski stinksauer vor sich hin.

„Wie war das gerade?" Berts Stimme hatte einen gefährlichen Unterton.

„Nichts!"

„Hier haben Sie ein Telefon und können Ihren Anwalt anrufen." Nina gab ihm ein mobiles Festnetztelefon. „Seine Nummer werden Sie ja wohl wissen?"

Nina und Bert verließen das Vernehmungszimmer und holten sich draußen einen Kaffee am Automaten.

„Ganz schön abgebrühter Typ", sagte Bert.

„Wundert mich aber auch nicht. Drogenszene, Knast, was willst du da erwarten." Nina schlürfte genüsslich ihren Kaffee.

„Bin mal auf den Anwalt gespannt. Würde mich interessieren, wer den bezahlt."

„Wahrscheinlich dieselben Leute, für die er seinerzeit die Designerdrogen hergestellt hat."

„Wenn er auch nach dem Knast immer noch Verbindung zu der Szene hat, dann frage ich mich umso mehr, was er hier auf einem Bauernhof in Ostfriesland wollte?"

Nina grinste. „Ach, da würde mir, gerade im Zusammenhang mit dem Thema Drogen, schon so einiges einfallen. Zum Beispiel Umschlag- und Lagerplatz für Lieferungen aus den Niederlanden. Oder heimlicher Anbau von Cannabis. Man könnte ja auch so nebenbei wieder die Produktion von Designerdrogen aufnehmen.

„Und der Bauer? Glaubst du, der hätte das geduldet? Denn er hätte doch in jedem Fall was mitbekommen."

„Eben, deshalb hat er die ganze Familie aus dem Weg geräumt …"

„Mensch! Das ist doch wohl jetzt nicht dein Ernst? Wie abgefahren ist das denn! Aber das wäre ja genau das Motiv, nach dem wir suchen."

„Schau mal, ich bin nicht von hier, unterhalte mich einmal mit ein paar Nachbarn und weiß schon, dass der Erbe von Haus, Hof, Grund und Boden Gerrit Dirksen heißt, erfolgreicher Architekt in Düsseldorf ist, aber keinen Plan von Landwirtschaft hat. Der braucht doch einen erfahrenen Pächter. Aber den finde heute mal. Und dann kann der Vorarbeiter jemand präsentieren. Das ist doch wie ein Geschenk des Himmels in so einer Notsituation …"

„Gut, dass du nicht auf der anderen Seite stehst!"

„Das sind meine Erfahrungen aus der Drogenfahndung in Hannover. Da geht es nicht nur einfach um Geld, da geht es heutzutage um unheimlich viel Geld! Und dafür gehen bekanntlich einige Zeitgenossen buchstäblich über Leichen. Was also erwartest du?"

„Dann passte Jabowskis fristlose Kündigung eine Woche vor dem geplanten Ereignis ja aber wohl überhaupt nicht in den Plan."

„Wohl eher nicht. Aber für solche Leute ein kleiner Kollateralschaden. Es würde mich nicht wundern, wenn Gerrit Dirksen trotzdem von denen ganz schnell einen Pächter präsentiert bekäme und sich der Jabowski wieder als erfahrener Vorarbeiter bei ihm meldet."

„Wenn wir ihn nicht vorher überführen."

„Ich will ja nicht unken, Bert. Aber meinen Erfahrungen, gerade was diese Szene und unser Rechtssystem betrifft, sind nicht die besten. Wir hätten manchmal in die Tischplatte beißen können. Wer viel Geld hat, der hat auch die besten Anwälte. Den Rest überlasse ich deiner Fantasie."

Sie hatten Jabowski durch die Spiegelglasscheibe beobachtet. Er hatte gerade sein Telefonat beendet. Nina und Bert gingen in das Vernehmungszimmer zurück.

„Haben Sie Ihren Anwalt erreicht?", fragte Bert.

„Ja, er wird morgen um 10:00 Uhr hier sein."

„Gut, dann beenden wir hiermit offiziell die Vernehmung. Sie werden gleich zurück in Ihre Zelle gebracht."

Nina griff den Gesprächsfaden ihres Pausengespräches wieder auf, während sie zu ihren Büros gingen. „Ich stelle mir schon die ganze Zeit die Frage, was er in den Niederlanden gemacht hat? Bei mir schrillen da sämtliche Alarmglocken, wenn ich an unsere diesbezüglichen Überlegungen von vorhin denke."

„Wir werden es sehen. Weißt du, wir hatten damals in Essen ja auch unsere Drogenszene. Aber du hast sicher recht. Das ist nicht mehr mit der heutigen Situation vergleichbar! Nicht nur der Stand der Technik hat das 21. Jahrhundert erreicht. Das Verbrechen beherrscht und nutzt heute nicht nur diese Technik, sondern auch das Internet und dabei selbst die kleinste Lücke in unserem

Rechtssystem. Aber Gnade uns Gott, wenn wir als Polizisten uns den kleinsten Fehler erlauben! Dann dreschen unter Umständen nicht nur die Anwälte der Verbrecher, sondern auch noch das Disziplinarrecht des Dienstherrn, die Staatsanwälte und Richter, die Medien und wenn wir Pech haben auch noch die Politiker und die Bürger auf uns ein. Ach, vergiss es! Wir ändern doch nichts! Komm, ich lade dich auf eine Pizza ein, damit wir auf andere Gedanken kommen."

„Das ist doch ein Wort. Da sage ich nicht nein. Mir fällt gerade ein, dass ich seit dem Frühstück mal wieder nichts gegessen habe."

Bert gab noch schnell ein paar Anweisungen, bevor er dann mit Nina zu ihrem Lieblingsitaliener ging. Dabei ahnten beide nicht, wie nahe sie mit ihren Überlegungen an der Realität waren.

***

Der Cayenne war mit Tempo 250 auf der Autobahn A 31 in Richtung Emden unterwegs.

„Mensch Gerrit, wie lange bin ich nicht mehr mit einer solchen Geschwindigkeit gefahren!"

„Der Ostfriesenspieß ist eine der wenigen Autobahnen in Deutschland, wo das überhaupt noch geht. Aber du hast zudem heute Glück. Wir sind schon fast am Ende der Ferienzeit und heute ist Samstag und noch vor acht Uhr. Aber schon in einer Stunde wärst du auch hier mehr auf der Bremse als auf dem Gaspedal."

„Von so was können wir in den Niederlanden nur träumen", meldete sich Ellen Brink, die Finanzchefin von Golf&More Real Estate B.V. vom Rücksitz aus zu Wort. „Ich kenne Leute bei uns, die fahren extra auf diese Autobahn, nur um mal ihr schnelles Auto ausfahren zu können."

„Ich bin bis vor dem Tod meines Bruders …", Gerrit musste schlucken, „… im Sommer manchmal fast jedes Wochenende diese Strecke gefahren, um mit ihm zu segeln. Da kann ich das nur bestätigen, Frau Brink. Man sah das immer an den gelben Nummernschildern."

„Also, ihr zwei", sagte Ludger, „wir werden jetzt das ganze Wochenende zusammen an der Küste verbringen. Und es wird sicher nicht unser letztes Wochenende dort sein, bis wir das Projekt unter Dach und Fach haben. Was haltet ihr davon, wenn ihr euch duzt?"

„Kein Problem", sagten die beiden Angesprochenen fast wie aus einem Mund und gaben sich spontan die Hand, was für Gerrit vom Beifahrersitz aus nur mit einer halben Verrenkung möglich war.

„Gerrit."

„Ellen."

„Na, das klingt doch schon viel gemütlicher und vor allem nicht so steif und förmlich", kommentierte Ludger.

Dabei hatte Ludger keine Ahnung, was in Gerrit vorgegangen war, als er heute Morgen bei der Abfahrt in Düsseldorf das erste Mal Ellen Brink gegenüberstand. Erinnerungen an seine Julia hatten Emotionen in ihm geweckt, die schon seit langem begraben schienen. Wie bei seiner Julia hätte nur noch die typische niederländische Tracht gefehlt und Ellen wäre glatt als Frau Antje aus einem Werbespot für Holländischen Käse durchgegangen. Ihre ausgesprochen sympathische Ausstrahlung hatte ihre Wirkung auf Gerrit nicht verfehlt.

Und er ahnte nicht, dass in Ellen bei seinem Anblick Gefühle ausgelöst worden waren, die eigentlich nicht zwangsläufig zu einer solchen Geschäftsreise gehörten.

Und keiner ahnte, dass Ellen und Gerrit in Bezug auf Partnerschaft fast so etwas wie eine Schicksalsgemeinschaft waren. Auch Ellen hatte ihren Mann durch einen tragischen Unfall verloren: Absturz mit einer Cessna bei einem Schulungsflug im Landeanflug. Strömungsabriss. Seitdem hatte Ellen nur noch für ihre Arbeit gelebt und sich emotional in ein Schneckenhaus zurückgezogen. Seit Julias Tod tat auch Gerrit sich mit Partnerschaften schwer. Obwohl er charmant, sportlich trainiert und mit seinen kurzen blonden Haaren und seinem wettergegerbten Teint für Single-Damen der Düsseldorfer Society durchaus ein attraktiver Partner gewesen wäre.

Kein Wunder also, dass beide, durch das *Du* ausgelöst, ihren Gefühlen und Gedanken nachhingen. Jäh wurden sie durch eine Vollbremsung von Ludger wieder in die Realität zurückgeholt.

„Verdammt, so eine lahme Krücke!", fluchte Ludger. „Der soll gefälligst auf der rechten Seite bleiben."

„Wenn ich deinen Tacho sehe, dann sind 210 ja wohl nicht gerade lahm. Ich weiß gar nicht, was dir diese Raserei nur gibt", meldete sich seine Frau Bärbel, die schräg hinter ihm saß, zu Wort. Von hinten hatte sie seinen Tacho gut im Blick und sie hasste solche Geschwindigkeiten.

„Da müsstest du mal in den Niederlanden fahren", sagte Ellen lachend. „Da bist du schon mit 130 nur auf der Überholspur, wenn man dich lässt."

„Bin ja öfter bei euch unterwegs, Ellen. Da bekomm ich jedes Mal die Krise", warf Ludger ein.

„Aber auch bei uns kommen die Leute damit an ihr Ziel. Und das wahrscheinlich mit weniger Stress und Gefluche."

„Kann schon sein. Aber auch mit weniger Spaß", entgegnete Ludger und gab wieder Gas.

„Sag mal, Gerrit, bist du denn diesen Sommer auch schon gesegelt?", wollte Ellen wissen. „Ich segele auch gelegentlich mit Freunden im Ijsselmeer. Für mich ist das immer ein Erlebnis."

„In diesem Jahr überhaupt noch nicht. Unser Boot steht seit dem letzten Winter, eingemottet sozusagen, noch immer bei meinem Bruder in der Scheune."

„Schade, wir sollen ja dieses Wochenende so ein tolles Wetter bekommen. Da hätten wir sonst vielleicht mal einen kurzen Törn unternehmen können", sagte Ellen bedauernd.

„Ja, das wäre doch eine Idee, Gerrit", mischte sich auch Ludger in das Gespräch ein. „Wir beide und Bärbel müssten eigentlich erst am Dienstag wieder zurück sein. Da würde sich das geradezu anbieten."

„Aber denk dran, am Dienstagabend haben wir Training", mahnte Bärbel. „Wir sind nämlich mitten in der Vorbereitung für unser Tanzturnier", fügte sie dann noch erläuternd hinzu.

„Und was tanzt ihr?", wollte Ellen wissen.

„Lateinamerikanisch."

„Hätte ich mir eigentlich denken können, wenn man euch so ansieht. Trainiert und immer absolut perfekt gestylt. Und einen südeuropäischen Einschlag habt ihr auch, ich könnte mir gut vorstellen, dass bei euch beiden die Ahnengalerie bis zu den alten Römern zurückreicht. Die sollen ja gerade im Rheinland sehr aktiv gewesen sein und nicht nur Steine, sondern auch ihre Gene hinterlassen haben", merkte Ellen lachend an.

„Könnte was dran sein. Dann wird dich sicher auch nicht wundern, dass wir uns im Tanzclub bei Latein kennengelernt haben", bestätigte Ludger. „Aber noch mal zurück zu unserem Wochenende. Wie würde es denn bei dir terminlich aussehen, wenn wir erst am Dienstag zurückfahren, Ellen?"

„Ich denke, das wäre kein Problem. Ein Anruf bei unserer Geschäftsführung würde sicher genügen."

„Wir werden aber am Wochenende nicht genügend Zeit haben, um das Boot nach der Einlagerung seeklar zu machen. Schließlich haben wir ja so schon ein volles Programm", gab Gerrit zu bedenken. Außerdem war er noch nicht so weit. Mit dem Boot verbanden sich für ihn zu viele Erinnerungen, was er an dieser Stelle für sich behielt. „Ich hätte aber eine andere Idee. Ein Freund von mir hat in Bensersiel ein Motorboot am Steg liegen. Vielleicht kann ich mir das für eine Spritztour nach Langeoog ausleihen."

„Das würde mir bei einem solchen Wetter riesigen Spaß machen", meldete sich Bärbel zu Wort. „Gerrit, kannst du deinen Freund nicht gleich anrufen und nachfragen? Vielleicht haben wir ja Glück."

Gerrit zog sein Handy aus der Tasche. Auch ihm fehlte schon seit langem die Weite des Wattenmeeres und der Wellenschlag unter dem Kiel.

„Der wird jetzt gerade mit seiner Frau beim Frühstück sitzen", sagte er, während der Ruf rausging.

„Moin Gerrit, ist was passiert, weil du schon so früh in der Leitung bist? Oder ist was mit unserem Termin morgen?" Nils hatte bereits auf seinem Display gesehen, wer der Anrufer war.

„Moin, Nils, nein es ist nichts passiert. Ich bin gerade unterwegs nach Bensersiel. Und mit unserem Termin morgen bleibt auch alles wie abgesprochen. Aber wir haben sehr schönes Wetter und da kamen meine Geschäftsfreunde und ich auf die Idee, vielleicht zwischendrin mal eine kurze Spritztour nach Langeoog zu machen."

„Und da brauchst du sicher mein Boot? Deins liegt ja noch im Winterschlaf bei euch in der Scheune."

„Du bist wohl Hellseher."

„Da hast du aber auch wirklich Glück. Karins Mutter aus Essen hat heute Geburtstag und wir wollen gleich nach dem Frühstück starten. Den Bootsschlüssel kannst du dir beim Hafenmeister abholen. Es ist vollgetankt. Wäre schön, wenn du mir den Tank dann auch wieder vollmachst."

„Danke. Na klar, Volltanken ist Ehrensache. Dann wünsche ich dir und Karin eine gute Fahrt und herzlichen Glückwunsch unbekannterweise an deine Schwiegermutter. Bis morgen dann."

„Mensch Gerrit, das ist ja toll. Ich hoffe, ihr habt Badezeug dabei, Mädels", freute sich Ludger.

„Badezeug ist kein Problem", sagte Bärbel, „habe ich immer dabei, wenn es an die Küste geht."

„An so etwas habe ich jetzt gar nicht gedacht", meldete sich Ellen zu Wort. Aber in Bensersiel wird es sicher irgendeine Boutique geben, wo man einen Bikini bekommt."

„Gibt es", beruhigte Gerrit sie. „Vielleicht können wir die beiden Frauen ja nachher im Ort absetzen und dann zu meinem Hof fahren, Ludger. Damit ich da nach dem Rechten schauen kann. Bärbel, du kennst ja das Café am Yachthafen, da können wir uns dann treffen."

„Machen wir. Wie sieht das überhaupt auf deinem Hof aus? Wer betreut den denn jetzt?"

„Das Nötigste macht mein Nachbar Werner Oltmann mit zwei Lohnarbeitern aus dem Ort, die schon regelmäßig für meinen Bruder gearbeitet haben. Der hatte auch gleich einen Notdienst für die Versorgung der Tiere organisiert. Inzwischen sind die Ställe aber leer und die Felder liegen als Brachland.

„Und die Biogasproduktion?"

„Die Anlage wurde runtergefahren."

„Mit Werner Oltmann sind wir doch morgen um 11:00 Uhr verabredet, oder?".

„Richtig. Für seine Unterstützung auf meinem Hof kann er einen Teil unserer Ackerfläche kostenlos für den Anbau von Futtermais nutzen. Vor kurzem hat er noch mal davon gesprochen, dass er am liebsten alles verkaufen und auf eine Finca nach Mallorca ziehen würde."

„Ich denke, ihr Ostfriesen klebt so an der Scholle. Und was wäre dann mit seinen Eltern?", Ludger runzelte die Stirn, denn das war für das bevorstehende Gespräch ein wichtiger Punkt.

„Die wissen bislang wohl nichts von seiner Absicht. Aber eigentlich steckt dahinter eine sehr traurige Geschichte und das beantwortet dann sicher auch deine Frage. Begonnen hat die schon vor einigen Jahrzehnten. Da hat seine Mutter Zwillinge tot zur Welt gebracht. Sie selbst hat das nur mit knapper Not überlebt und konnte danach keine Kinder mehr bekommen."

„Oh, mein Gott", entfuhr es Bärbel, „was für ein Drama für die arme Frau."

„Und keine Chance mehr auf einen Hoferben", bestätigte Gerrit. „Da haben dann die Oltmanns einige Jahre später den Werner adoptiert."

„Okay, das heißt, Werner ist vielleicht gar kein richtiger Ostfriese", überlegte Ludger.

„Kann schon sein. Ich habe keine Ahnung, wer seine leiblichen Eltern sind. Jedenfalls lief bei ihm eigentlich alles gut. Der Werner wuchs heran und wurde ein wirklich guter Landwirt mit Leib und Seele. Er heiratete seine Claudia, die ihn auf dem Hof und mit dem Vieh voll unterstützte. Eigentlich die ideale Landfrau, leider blieb die Ehe kinderlos. Wohl auch zum Leidwesen der alten Oltmanns. Jedenfalls erzählte man sich im Dorf, dass die Claudia mit ihrer Schwiegermutter nicht das beste Verhältnis hatte. Aber so etwas soll ja wohl öfter vorkommen. Im Rentenalter haben sich dann seine Eltern auf das Altenteil zurückzogen, wie das sonst auch so üblich ist. Sein Vater hat zwar manchmal noch ein bisschen auf dem Hof mitgearbeitet, aber die beiden Alten sind auch viel unterwegs, Radfahren und Bergwandern."

„Was zieht denn den Werner jetzt nach Mallorca?" Ellen hob die Augenbrauen.

„Soweit ich weiß, hat sich die Claudia vor zwei Jahren in einen Feriengast aus dem Süden der Republik verguckt - übrigens auch ein Landwirt. Zu dem ist sie hingezogen. Seitdem ist der Werner wieder solo. Da liegt vielleicht auch der Grund für seine Idee, alles hinzuschmeißen und sich mit Anfang fünfzig auf Mallorca zur Ruhe zu setzen."

„Nun Gerrit, es klingt zwar brutal: Aber des einen Freud ist des anderen Leid. Und für uns doch keine schlechte Ausgangslage", gab sich Ludger optimistisch. „Zumal wir damit den größten Teil der benötigten Fläche bereits im Sack hätten."

„Bezogen auf die grundbuchmäßigen Eigentümer aller vier Höfe, die wir brauchen, hast du Recht, Ludger. Aber auf allen drei Höfen, außer meinem, haben wir Nießbrauch der noch lebenden Eltern, wie ich dir ja schon mal sagte. Und die sind das Problem."

„Das hatten wir woanders auch schon. Das ist für uns kein unlösbares Problem, nur eine kleine Herausforderung. Und um den Rahmen für diese Herausforderung abzustecken, bin ich ja heute mit dabei", versuchte Ellen der Diskussion eine positive Wendung zu geben.

„Da widerspreche ich dir grundsätzlich auch nicht. Aber hier müssen wir zwei ganz wesentliche Aspekte mit berücksichtigen. Erstens sind die Eltern Landwirte und zweitens sind das Ostfriesen."

„Und was ist daran so besonders?" Ellen runzelte die Stirn.

„Es liegt in der Natur der Sache, dass ein Landwirt, sogar im wahrsten Sinne des Wortes, noch mehr an seiner Scholle klebt als zum Beispiel ein kaufmännischer Angestellter."

„Das ist sicher richtig", hakte Ellen sofort ein, „aber diese Herausforderung hatten wir bei fast allen unserer bisherigen Projekte. Wo hätten sonst die benötigten Flächen in den überwiegend landwirtschaftlich geprägten Küstenregionen, herkommen sollen?"

„Okay", fuhr Gerrit fort, „dann bleiben noch die Ostfriesen. Und wir gelten, zumal wenn es dann auch noch um unsere Heimat geht, als ganz besonders eigen und stur. Und einen waschechten

Ostfriesen kannst du dann auch mit keinem Geld der Welt umstimmen, wenn der nicht will. Was glaubst du, wie schwer ich mich mit meiner Entscheidung für einen Verkauf getan habe. Und wenn mich da nicht die Umstände zwingen würden ..." Gerrit sprach nicht mehr weiter und schaute nur noch aus dem Seitenfenster auf die vorbeirasende Landschaft. Auf einmal herrschte eine bedrückende Stille.

„Da kommt schon der Emstunnel", sagte Ludger und versuchte, die Stimmung wieder etwas aufzuhellen.

„Dann sind wir ja bald da", kommentierte Gerrit, der seine trüben Gedanken offensichtlich für den Moment vergessen zu haben schien. „Mensch, ich freue mich schon darauf, mal wieder richtig Wasser unter dem Kiel zu haben. Wie gut, dass wir für heute keine Termine vereinbart haben und nur Sightseeing auf der Agenda steht. Das verlegen wir dann heute auf das Wasser und die Insel Langeoog."

„Das gibt uns dann die Motivation und die Kraft für die morgigen Gespräche. Gerrit hat uns da ja nicht gerade besonders viel Mut gemacht. Aber es sollte doch mit dem Teufel zugehen, wenn wir das nicht in unserem Sinne geregelt bekommen. Ostfriesische Sturheit hin oder her. Wir sagen immer: Jeder hat seinen Preis. Jedenfalls ist das meine Erfahrung. Und wenn nicht, irgendein Weg findet sich immer. Man muss nur fest daran glauben. Und manchmal versetzt der Glaube sogar Berge", zeigte sich Ellen optimistisch.

Kapitel 4

„Er ist da!"

„Wer ist da?"

„Der Anwalt."

„Was für ein Anwalt?"

„Na, der Anwalt von dem Jabowski!"

„Und woher willst du wissen, dass das Jabowskis Anwalt ist?"

„Quietschgelber Ferrari! Kölner Kennzeichen!"

„Na und, das kann doch auch ein Tourist aus Köln sein."

„Touristen mit solchen Autos fahren doch eher an die Côte d'Azur!"

Nina musste unwillkürlich über ihren eigenen Dialog mit Bert grinsen, der an seinem Schreibtisch auf die Post konzentriert war, während sie aus seinem Bürofenster die Straße beobachtete. Mein Gott, dachte sie, ist ja schon wie bei einem alten Ehepaar aus einem Sketch von Loriot.

Dabei war ihr eigentlich gar nicht zum Lachen zu Mute, wenn in ihr die Erinnerungen an Hannover wieder hochkamen. Ihre Zeit bei der Drogenfahndung mit den unregelmäßigen Dienstzeiten und Einsätzen und ihre gescheiterte Ehe, weil ihr Ex die geregelten Dienstzeiten einer Beamtenkollegin aus seiner Dienststelle vorgezogen hatte. Und jetzt schien sich dieser Drogensumpf auch in das beschauliche Ostfriesland auszuweiten.

„Und was gibt es da zu grinsen!?" Bert hatte kurz von seiner Post hochgeschaut.

„Ich musste an was denken."

„An was musstest du denken?"

„Ach, nichts."

„Aber gerade hast du doch gesagt, dass du an was denken musstest!"

Es klopfte an der Tür.

„Herein", sagte Bert und warf seiner Partnerin einen undefinierbaren Blick zu.

Ein smarter sportlicher Typ, Ende vierzig, in Designerjeans, hellblauem Hemd mit Krawatte und grauem Jackett betrat den Raum und ging zielstrebig auf Bert zu.

33

„Dennis Holtkamp. Ich bin der Anwalt von Klaus Jabowski."
Er hielt Bert die Hand hin.

„Kriminalhauptkommissar Bert Linnig." Bert war aufgestanden.
Er erwiderte den Händedruck kurz, aber kräftig.

Nina musste erneut unwillkürlich grinsen. Körpersprache! Zwei
Platzhirsche auf der Waldlichtung hätten jetzt Teile vom
Waldboden mit den Vorderhufen bis in die Baumwipfel
hinaufgeschleudert. Das versprach eine spannende Vernehmung
zu werden.

Das Grinsen auf Ninas Gesicht war Bert nicht entgangen und er
kannte seine Kollegin. Auf ihrer Stirn meinte er lesen zu können:
Zwei Alphatiere in der Brunft. Ein Grinsen huschte für den
Bruchteil einer Sekunde auch über sein Gesicht. „Wir können
gleich in den Vernehmungsraum gehen. Ihr Klient wartet da
schon. Ich gehe voraus."

Ohne sich weiter um den Anwalt zu kümmern, machte sich Bert
auf den Weg dorthin. Der Anwalt folgte, nachdem er sich Nina
ebenfalls vorgestellt hatte und ihr beim Verlassen des Büros sogar
höflich den Vortritt ließ. Geht doch, dachte Nina. Dabei stand
aber schon für sie fest: Der ist mit allen Wassern gewaschen. Also
Vorsicht! Der ist nicht so höflich und freundlich, wie er tut. Und
ihr weiblicher Instinkt hatte sie mal wieder nicht getrogen.

Kaum waren sie vor dem Verhörraum angekommen, sagt er
höflich, aber bestimmt an Bert gewandt: „Herr Kommissar, Sie
gestatten, dass ich zunächst mit meinem Klienten alleine
spreche?"

Nina und Bert zogen sich einen Kaffee aus dem Automaten und
beobachteten durch die Spiegelscheibe Anwalt und Klient bei
ihrem Gespräch. Es war nicht zu übersehen, dass die beiden sich
kannten - und das sogar ziemlich gut.

„Wie du schon befürchtet hattest. Der hat bestimmt
Unterweltkontakte und gibt die Anweisungen von seinem Big
Boss an den Jabowski weiter. Das heißt aber auch, dass das
Unglück auf dem Dirksen-Hof wohl doch kein Zufall war. So was
hat uns hier gerade noch gefehlt!" Bert war mehr als besorgt.

„Dabei hat er sich noch nicht einmal die Akte zur Einsichtnahme zeigen lassen. Daran kannst du schon erkennen, der nimmt uns gar nicht ernst. Für den sind wir hier nur Provinz."

„Wir haben ja auch wirklich nichts konkret Verwertbares in der Hand! Das hätten wir erst bei der Vernehmung aus dem Jabowski herausquetschen wollen. Verdammt, der Anwalt wird uns gleich sauber vorführen!"

„Das befürchte ich auch. Und jetzt verstehst du meine Besorgnis von gestern. Ich sehe uns schon wieder mal in die Tischkante beißen. Denn wie heißt es immer so schön: im Zweifel für den Angeklagten. Du merkst genau, dass du auf dem richtigen Weg bist, dein Gefühl sagt dir mehr als deutlich, dass es da mächtig stinkt, aber du findest keine gerichtlich verwertbaren Beweise. Ein Elend!"

Bevor die beiden sich weiter in düstere Gedanken verlieren konnten, bat der Anwalt sie herein.

„So, ich glaube, dass wir hier ganz schnell durch sein werden. Offensichtlich nur ein gegenseitiges großes Missverständnis!", begrüßte er Nina und Bert im Vernehmungszimmer. „Nehmen Sie bitte Platz!" Er machte eine großzügig einladende Geste.

Am liebsten hätte Bert ihn sofort entsprechend in die Schranken gewiesen und ihm gezeigt, wer hier das Sagen hatte. Aber es schien ihm im Moment nicht angebracht, sich provozieren zu lassen. Was ihm einen bewundernden Seitenblick von Nina einbrachte.

Bert eröffnete daher die Vernehmung stereotyp mit den rechtlich vorgeschriebenen Hinweisen und Belehrungen, ohne auf die Provokation des Anwalts einzugehen.

„Wird Ihr Klient denn nun aussagen?", fragte Bert dann an den Anwalt gewandt.

„Natürlich, Herr Kommissar, er hat ja nichts zu verbergen. Er war nur völlig überrascht, dass man ihn in seinem Urlaub in den Niederlanden plötzlich verhaftet hat. Ich sagte ja schon, alles ein Missverständnis, wie sich gleich zeigen wird."

„Herr Jabowski, dann fangen wir mal ganz von vorne an. Wie kommt eigentlich ein einschlägig vorbestrafter Chemielaborant aus dem Rheinland als Vorarbeiter auf einen ostfriesischen Bauernhof?"

„Halt!", griff sofort der Anwalt ein. „Es geht hier um die Aufklärung des Unglücks auf dem hiesigen Bauernhof. Die Vergangenheit und persönlichen Beweggründe meines Klienten, sich nach Verbüßen seiner Haftstrafe hier in Ostfriesland auf eine Stelle zu bewerben, tun dabei nichts zur Sache."

„Das sehen wir aber anders, Herr Holtkamp! Also bitte, Herr Jabowski!"

„Sie brauchen darauf nicht zu antworten", warf der Anwalt erneut ein.

„Doch", antwortete Jabowski. „Ich hab ja nichts zu verbergen. Es ist nun mal wahr, ich hab mal in die Scheiße gegriffen. Aber ich hab meine Lektion gelernt! Die Jahre im Knast haben mir gereicht. Können Sie sich vielleicht vorstellen, Herr Kommissar, was es bedeutet, wenn Sie dann raus sind und die alten Kumpels wieder um Sie rum …?"

Jabowski hielt einen Moment inne und schien mit sich zu kämpfen. Nina dachte bei sich: Entweder ist der wirklich geläutert oder ein guter Schauspieler.

Dann fuhr Jabowski fort: „Da hab ich mir gedacht, bloß ganz weit weg. Ganz weit weg, wo dich keiner kennt. Wo du das alles hinter dir lassen und ganz von Neuem anfangen kannst. Sonst steckst du morgen wieder in der gleichen Scheiße drin. Das müssen Sie mir einfach glauben!"

Also doch Schauspieler, dachte Nina, der lauernde Blick beim letzten Satz war ihr nicht entgangen. Und auch Bert schien das bemerkt zu haben. „Mir kommen gleich die Tränen. Vor allem, wenn ich an die gesundheitlichen Folgen für die Konsumenten der von Ihnen produzierten Designerdrogen denke!"

„Dafür hat mein Mandant seine Haftstrafe abgesessen. Das tut hier, wie gesagt, nichts zur Sache. Kommen Sie bitte auf den Punkt!", hakte der Anwalt erneut ein.

Wie ich mir schon dachte, höflich, aber knallhart, ging es Nina durch den Kopf. Worauf sie das Wort ergriff. „Verstehen wir das richtig? Sie wollten sich also auch räumlich von Ihrer kriminellen Vergangenheit lösen?"

„Genau, Frau Kommissarin. Ganz genau so ist das!"

„Haben Sie deshalb Ihre Vorstrafe in Ihrem Bewerbungsschreiben nicht angegeben?" Es war ein Schuss ins Blaue, denn die Bewerbungsunterlagen waren bisher noch nicht zu finden gewesen.

Nur einen ganz kurzen Moment lang schien Jabowski irritiert.

„Dann hätte ich ja den Vordruck für die Absage gleich mit beilegen können", konterte er dann schlagfertig. Und Nina dachte bei sich: eine ganz abgebrühte Kanaille!

„Ich glaube, wir verlieren uns hier!", mahnte erneut der Anwalt.

„Also gut", sagte Bert, „lassen wir das. Was waren die Gründe für die fristlose Kündigung eine Woche vor den schrecklichen Ereignissen?"

„Da müssen Sie den Dirksen fragen!"

„Der ist tot, deshalb frage ich Sie!"

„Keine Ahnung. Vielleicht hat der gemeint, dass ich seiner Ollen mal unter den Rock gefasst hätte?"

„Haben Sie?", hakte Nina ein.

„Nein! Natürlich nicht! Was denken Sie?"

„Wir stellen hier die Fragen und was meine Kollegin denkt, steht nicht zur Debatte!", übernahm Bert wieder die Gesprächsführung. „Also noch mal! Was war der Grund?"

„Keine Ahnung."

„Sie wollen mir doch jetzt hier nicht erzählen, dass Sie den Kündigungsgrund vergessen haben?"

Bevor Jabowski antworten konnte, schaltete sich Holtkamp erneut ein. „Ich muss kurz mit meinem Mandanten sprechen." Die beiden standen auf und tuschelten daraufhin in einer Ecke des Raumes miteinander. Dann setzten sie sich wieder an den Tisch.

„Der Dirksen hat herausgefunden, dass ich meine Vorstrafe verschwiegen hatte."

„Das war´s?", fragte Bert nach.

„Ja, das war´s."

„Okay. Was haben Sie am Vorabend des Unglücks auf dem Hof gemacht? Zeugen haben berichtet, dass der Landwirt Ihnen verboten hatte, sich jemals wieder auf dem Hof sehen zu lassen."

„Wer sagt denn, dass ich da gewesen bin?"

„Die Fragen stellen wir! Im Übrigen, Sie wurden dort gesehen."

„Ich war nicht auf dem Hof!"

„Wo waren Sie denn?"

„Zuhause."

„Kann das jemand bezeugen?"

„Mein Fernseher."

„Sehr witzig!"

„Ich hatte noch keine Gelegenheit gehabt, Akteneinsicht zu nehmen", reklamierte der Anwalt. „Ich möchte die Zeugenaussage sehen, mit der mein Mandant belastet wird."

Nina zog aus der vor ihr liegenden Akte das Protokoll ihres Gespräches mit Jan heraus und schob es dem Anwalt zu.

„Ach, der olle Jan. Der ist doch schon senil …", warf Jabowski ein, nachdem er einen Blick auf das Protokoll erhascht hatte.

„Bleib ruhig!", sagte der Anwalt sehr bestimmt und Jabowski verzichtete auf weitere Kommentare. Nachdem Holtkamp das Protokoll gelesen hatte, gab er es Nina zurück.

„Unabhängig von der Bewertung meines Mandanten, hat der Zeuge von seinem Fenster aus im Dämmerlicht eine Gestalt über den Hof in Richtung Biogasanlage gehen sehen. Er meinte aufgrund der Größe und Statur, dass es mein Mandant hätte gewesen sein können. Konkret erkannt hat er ihn aber nicht! Ist das alles, was sie Herrn Jabowski vorzuwerfen haben?"

„Nein", entgegnete Bert. „Ihr Mandant hat nach seiner fristlosen Entlassung in einer Kneipe Drohungen gegen seinen ehemaligen Arbeitgeber ausgestoßen. Dafür gibt es mehrere Zeugen."

„Was soll er denn gesagt haben?"

„Die fristlose Entlassung werde dem Dirksen noch sehr leidtun", antwortete Nina.

„Sonst nichts?"

„So die Zeugenaussagen."

„Ein bisschen dünn für den Vorwurf eines Tötungsdeliktes. Seine Verärgerung über die Kündigung ist ja wohl nachvollziehbar, meinen Sie nicht auch? Da macht man dann schon mal ein paar unbedachte, aber nicht ernst gemeinte Äußerungen. Zumal nach ein paar Bier."

„Wir meinen gar nichts!", griff Bert wieder ein. „Wir versuchen nur, einen Sachverhalt aufzuklären. Nämlich, ob es sich bei der Ursache für das Unglück, das fünf Todesopfer und mehrere Verletzte gefordert hat, um Fahrlässigkeit oder um Vorsatz handelt."

„Und da kommt Ihnen die Vorstrafe meines Klienten gerade recht? Oder wie darf ich das verstehen? Er hat seine Strafe verbüßt und seine Lektion gelernt, wie er Ihnen vorhin selbst glaubhaft versichert hat. Er hat sogar seine Heimat und die Freunde verlassen, um ein neues Leben zu beginnen. Was – bitte schön – wollen Sie denn noch mehr?"

„Die Wahrheit!" Bert war die Zornesröte ins Gesicht gestiegen.

„Das ist die Wahrheit!", Holtkamp wurde jetzt auch im Ton schärfer. „Und da Sie offensichtlich keine konkreten Beweise für Ihre Anschuldigungen gegen meinen Mandanten haben, werde ich ihn jetzt mitnehmen. Eventuelle Entschädigungsansprüche wegen der unbegründeten Verhaftung meines Mandanten in den Niederlanden behalten wir uns vor. Sie hören von uns. Wenn Sie uns jetzt bitte gehen lassen würden!"

Bert beendete offiziell die Vernehmung und verließ den Raum, ohne sich zu verabschieden. Nina erledigte noch die nötigen Formalitäten. Sie fand ihn dann mit geballten Fäusten an seinem Schreibtisch sitzend.

„Ich drehe durch!", presste Bert zwischen den Zähnen raus und schlug, wahrscheinlich zum x-ten Mal, mit der Faust auf den Schreibtisch.

„Ich sagte ja schon, wahrscheinlich werden wir heute noch in die Tischkante beißen."

„Genau! Aber ganz genau! Wie du es schon vorhergesagt hattest! Ich werde wahnsinnig! Der Jabowski wäre von uns damals in Essen erst einmal durch den Fleischwolf gedreht worden, bevor der ein Wort mit seinem Anwalt hätte reden können. Der Gesang eines Kanarienvogels wäre danach nicht schöner gewesen. Und den Anwalt hätten wir dann anschließend in die Mangel genommen und vielleicht sogar wegen Beihilfe und Verdunkelung angeklagt."

„Andererseits können wir ja froh sein, dass wir nicht mehr im Mittelalter leben, wo durch Folter unzählige unschuldige Menschen ihr Leben verloren haben."

„Nina, wo denkst du denn hin? Der wäre doch nicht von uns gefoltert worden! Aber wir hätten es zu verhindern gewusst, dass ihm vor unserem Verhör ein Anwalt souffliert, wie er uns belügen und austricksen muss, damit wir ihm nicht auf die Schliche kommen und ihm sein Verbrechen nachweisen können. Und das noch vielleicht im Auftrag von irgendwelchen Drogenbossen! Hier würde nicht nur ein Verbrecher seiner gerechten Strafe zugeführt, sondern viel unsägliches Leid durch Drogen verhindert!"

„Du hast ja leider nicht unrecht. Und es wundert auch nicht, dass der rechtschaffene Bürger, der sich nichts zuschulden kommen lässt, hierin Täterschutz vor Opferschutz sieht. Aber bei uns gilt nun mal, dass sich kein Täter selbst belasten muss. Und das ist die Spielwiese von solchen Anwälten dieses Kalibers!", holte Nina ihn wieder auf den Boden der Realität zurück.

„Stimmt. Die Anwälte damals in Essen kamen aber auch nicht im Ferrari vorgefahren. Und genau das ist es ja. Wie kommt ein Typ wie der Jabowski an einen solchen Anwalt? Hab mal nachgeschaut, der hat ihn auch damals bei der Gerichtsverhandlung vertreten. Wer ihn bezahlt hat, konnte ich nicht herausfinden."

„Da sollten wir vielleicht bei den Kölner Kollegen nachhaken."

„Gute Idee. Jedenfalls war damals die Beweislage eindeutig gewesen, so dass er seine Verurteilung nicht hatte verhindern können. Jabowski wurde direkt bei der Drogenproduktion im Rahmen einer groß angelegten Razzia verhaftet. Und die ganze Sache ist auch noch mit langer Vorbereitung über einen V-Mann gelaufen. Unsere Kollegen hatten den schon eine ganze Weile auf dem Schirm gehabt. Da gab es keine Ausflüchte."

„Ich sehe das genauso wie du. Auch ich glaube spätestens nach dem Auftritt von diesem Anwalt nicht mehr an Zufall. Mich hat ja schon gewundert, dass der Jabowski sich nach seinem Rausschmiss in Esens in einer Ferienwohnung einquartiert hat, anstatt sofort von hier zu verschwinden. Da spricht doch vieles für eine von langer Hand geplanten Aktion."

„Genau! Und das ist es ja, was mich noch in den Wahnsinn treibt. Du kannst es spüren, ja fast greifen, aber uns sind rechtsstaatlich einfach die Hände gebunden. Und was für eine kriminelle Energie dahinterstecken muss, da mag ich gar nicht drüber nachdenken. Man hätte ein Mikrofon beim vertraulichen Gespräch der beiden im Vernehmungsraum haben müssen; Telefon- und Videoüberwachung, wie man das manchmal in amerikanischen Krimis sieht. Aber wir müssen nach Recht und Gesetz handeln. Nur die Verbrecher brauchen sich nicht daran zu halten und zeigen uns den schlanken Mittelfinger."

„Wie ich gestern schon sagte, willkommen im 21. Jahrhundert. Wobei wir, im Gegensatz zu den Verbrechern, viele technische Errungenschaften aus rechtlichen Gründen eben nicht einsetzen dürfen, auch wenn wir uns noch so darüber ärgern."

Bert war bei einem seiner Lieblingsthemen und gab keine Ruhe. „Und der Hammer ist dabei, nicht selten sogar, dass wir die Persönlichkeitsrechte gerade derjenigen schützen müssen, die das gleiche Recht und Gesetz mit Füßen treten! Was ist das für eine verdrehte Welt. Dabei sollte hier in Ostfriesland doch die Welt noch in Ordnung sein!", ereiferte Bert sich weiter.

„Das heißt für uns: Akribisch weiterarbeiten, Punkt für Punkt alles zusammentragen und sei er auf den ersten Blick auch noch so unbedeutend. Und wenn es Monate dauert."

„Auch wenn ich mir absolut sicher bin, dass hier etwas mächtig stinkt, frage ich mich aber doch, warum ausgerechnet dieser Hof? Da gäbe es doch unzählige kleinere Höfe, wo man viel einfacher drankommt und genauso Drogengeschäfte abwickeln könnte."

„Lass es uns einfach rausfinden."

***

„So, wir sind gleich da. Dahinten wohnt mein Freund Nils Sanders mit seiner Familie. Es ist ein Resthof, weil das umliegende Acker- und Weideland ja nicht mehr von ihm bewirtschaftet wird", unterrichtete Gerrit seine Geschäftspartner.

41

„Vom Gebäudetyp handelt es sich um ein für Ostfriesland typisches sogenanntes Gulfhaus; das auch als Gulfhof bezeichnet wird. Früher waren im kleineren Teil der Wohntrakt und im größeren Teil Scheune und Stallungen untergebracht. Mein Freund hat sich diesen Teil zum Wohnen umgebaut. Im kleineren Teil wohnen seine Eltern auf dem sogenannten Altenteil."

„Warum bewirtschaftet dein Freund denn den Hof nicht mehr?", fragte Ellen.

„In erster Linie, weil der Hof für die heutigen Vorgaben der EU einfach zu klein war, um noch wirtschaftlich arbeiten zu können."

„Und was macht er jetzt beruflich?" Für Ellens Gesprächsstrategie war es wichtig, so viel wie möglich über ihre Gesprächspartner zu erfahren.

„Der arbeitet schon seit langem bei der Stadtverwaltung in Esens."

„Und Frau und Kinder?"

„Seine erste Frau verstarb an Krebs, da war seine Tochter Antje noch auf dem Gymnasium. Schon ein Jahr später hat er dann seine jetzige Frau Karin kennengelernt und auch sehr schnell geheiratet. Seine Tochter hat ihm wohl bis heute nicht verziehen, dass er ihr so schnell eine so junge Stiefmutter ins Haus holte. Karin ist gerade fünfzehn Jahre älter als ihre Stieftochter."

„Wohnt seine Tochter jetzt auch noch bei ihm im Haus?"

„Nein, Antje hat in Kiel Meeresbiologie studiert und lebt schon lange nicht mehr hier."

„Wir sprechen jetzt aber zunächst nur mit deinem Freund und seiner Frau, oder?", versicherte sich Ludger.

„Ja. Ob, wie und wann wir mit seinen Eltern sprechen, werden wir mit ihm heute abstimmen. Ich hatte ja schon gesagt, dass das eine gewisse Sensibilität erfordert."

Nils Sanders erwartete seine Gäste bereits. Vom äußeren Erscheinungsbild hätte er fast eine etwas kleinere Ausgabe des bekannten XXL-Ostfriesen, Tamme Hanken, sein können. Er strahlte die gleiche raue Herzlichkeit aus. So kam er auch gleich zum Wagen, um die Aussteigenden zu begrüßen. Drinnen wartete seine Frau mit duftendem Kaffee und Tee auf die Gäste.

„Wir Ostfriesen empfangen unsere Gäste gerne in der Küche", sagte Nils. „Wir können aber auch in das Wohnzimmer gehen, wenn Ihnen das lieber ist."

„Küchen haben doch einfach etwas Gemütliches. Und an dem großen Tisch haben wir alle Platz", meinte Ludger. „Oder wie seht ihr das?"

„Ich liebe diese Küchenbehaglichkeit", sagte Ellen.

„Ich auch", fügte Bärbel hinzu. „Und Gerrit müssen wir gar nicht erst fragen."

Nachdem alle Platz genommen hatten und mit Tee, Kaffee und Gebäck versorgt waren, ergriff Gerrit das Wort: „Nils, zunächst noch mal ganz herzlichen Dank! Das Boot ist wieder vollgetankt am Platz. Es war ein unvergesslicher Tag gestern auf Langeoog. Da hat einfach alles gepasst, Wetter, Wind, Strand und für mich natürlich mal wieder Wasser unterm Kiel. Wie war denn die Geburtstagsfeier in Essen?"

„Na, wie das bei Müttern immer so ist", übernahm Karin Sanders die Antwort, „sie meinen es immer zu gut, vor allem mit dem Essen."

„Aber lecker war es, wie immer und viel zu viel", ergänzte Nils und hielt sich den Bauch.

„Und ich dachte, das wäre nur bei uns in den Niederlanden so", warf Ellen ein. Alle lachten.

„Kommen wir zum Geschäftlichen", übernahm Ludger das Gespräch. „Wir haben ja nachher noch einen Termin. Herr Sanders, wenn ich das von Gerrit richtig weiß, dann wären Sie und Ihre Frau durchaus bereit, Ihren Hof hier zu einem vernünftigen Preis zu verkaufen."

Die beiden Angesprochenen nickten. „Ich muss ehrlich gestehen, dass dabei zwei Seelen in meiner Brust miteinander kämpfen", sagte Nils. „Auf der einen Seite hänge ich natürlich an meinem Elternhaus. Hier bin ich geboren und aufgewachsen und habe noch niemals woanders gewohnt. Andererseits kann meine Frau, die in Esens eine mobile Tagespflege für Senioren betreibt, dort jetzt das ganze Haus, mit einer großen Wohnung über ihrem Geschäft, kaufen. Auch ich arbeite in Esens, bei der

Stadtverwaltung. Das heißt, für uns beide würden auch die täglichen Fahrten zum Arbeitsplatz entfallen."

„Das sind doch, bei allem Verständnis für Ihre persönlichen Gefühle, gute Argumente für einen Verkauf", warf Ludger ein.

„Das schon, aber dann sind da noch meine Eltern, deren Wohnrecht hier auf Lebzeiten im Grundbuch gesichert ist.

„Dafür müsste natürlich eine gute und für alle Beteiligten akzeptable Lösung gefunden werden", stellte Ellen klar. „Sie kennen Ihre Eltern. Was schlagen Sie vor, wie wir vorgehen sollen?"

„Schwierig. Auch für mich, gerade weil ich meine Eltern kenne. Das Thema haben wir bereits diskutiert, als die Eltern aufs Altenteil gegangen sind und die Weiden und Äcker an Gerrits Bruder und Werner Oltmann verkauft wurden. Da waren sich die Eltern bereits einig, dass sie hierbleiben bis zum letzten Atemzug. Und wenn die altersbedingten Gebrechen zunehmen sollten, dann wäre ja noch Karin da, die als examinierte Altenpflegerin mit ihrem Team die Pflege zuhause auf dem Altenteil sicherstellen würde."

„Mache ich ja auch wirklich gerne für meine lieben Schwiegereltern", ergänzte Karin.

„Uns wäre es aber damals bereits lieber gewesen, wenn meine Eltern bereit gewesen wären, in ein Seniorenheim umzuziehen. Zu der Zeit stand die Wohnung über dem Geschäft meiner Frau auch gerade leer und hätte von uns gemietet werden können. Aber das verbriefte Wohnrecht meiner Eltern auf Lebenszeit war eine unabdingbare Voraussetzung für die Übertragung der Liegenschaft im Grundbuch auf mich. Daher haben wir diesbezüglich auf einen Lösungsvorschlag von Ihnen gehofft."

„Wir wären für Ihre Eltern zu einer äußerst großzügigen Abfindung bereit", bot Ellen an. „Damit könnten sie sich in jede erstklassige Seniorenresidenz mit allerbester Betreuung und Versorgung einmieten. Sie könnten ihre Lieblingsmöbel mitnehmen und sich wie zuhause auf ihrem Altenteil fühlen. Wie alt sind Ihre Eltern denn jetzt?"

„Mein Vater ist einundachtzig und meine Mutter dreiundachtzig. Obwohl mein Vater vor einigen Jahren schon mal einen

Herzinfarkt und meine Mutter einen kleinen Schlaganfall hatte, kommen sie eigentlich noch ganz gut zurecht. Sie haben aber beide bereits den Pflegegrad 2 und nehmen den mobilen Pflegedienst meiner Frau in Anspruch. Beide benutzen einen Rollator und das Haus ist alles andere als altersgerecht. Deswegen haben wir auch schon immer mal wieder versucht, sie von einem Umzug in seniorengerechtes Wohnen zu überzeugen. Leider bisher vergeblich. Da sind sie einfach nur ostfriesisch stur."

„Vielleicht können wir dazu monetär unterstützend wirken", bot Ellen erneut an.

„Nils, wie steht denn eigentlich deine Tochter Antje zu euren Überlegungen?", wollte Gerrit wissen.

„Antje hat inzwischen promoviert. Zurzeit ist sie gemeinsam mit ihrem Freund in einem Forschungsprojekt auf den Weltmeeren unterwegs. Sie untersuchen die Auswirkungen des Klimawandels auf die Wanderbewegungen der Pottwale."

„Das klingt ja sehr spannend und hochaktuell!" Bärbel war beeindruckt. „Aber dann sehen Sie sich wahrscheinlich sehr selten?"

„Wohl wahr!" Man sah Nils an, dass ihm seine Tochter fehlte. „Das letzte Mal vor fast einem Jahr."

Karin warf Nils einen liebevollen Blick zu und der nahm verstohlen ihre Hand. Auch wenn Karin mit ihrem Aussehen allein vielleicht keine Misswahl gewonnen hätte, ihre charmante Ausstrahlung hätte dann aber doch vielleicht so manches Jury-Mitglied überzeugt. Mit ihren langen braunen Haaren, ihrer sehr weiblichen Figur, die sie mit regelmäßigem Jogging gut in Form hielt, zog sie immer noch so manchen Männerblick auf sich.

„Wenn wir Antje fragen würden, müssten wir damit rechnen, dass sie sich voll auf die Seite ihrer Großeltern stellt", erläuterte Nils. „Also sollten wir es nicht noch komplizierter machen, als es ohnehin schon ist. Da wir ja ganz selten Kontakt zu ihr haben, ..." Er stand auf, ging zum Küchenfenster und schaute auf den Hof hinaus.

In die bedrückende Stille hinein sagte Ludger: „Okay, vielleicht lassen wir es jetzt erst einmal dabei. Sie können jedenfalls auf unsere Unterstützung zählen. Es wäre schön, wenn Sie sich noch mal ein paar Gedanken dazu machen könnten. Auch wir werden aus unserem Fundus an Erfahrungen zu diesem Thema schöpfen. Gerne stehen wir Ihnen natürlich auch persönlich zur Seite, denn wir verfolgen ja alle ein gemeinsames Ziel. Und das ist, objektiv betrachtet, auch für Ihre Eltern nicht zum Nachteil. Wir werden uns in jedem Fall melden, wenn wir wieder hier an der Küste sind. Und das wird in der nächsten Zeit öfter der Fall sein. Nochmals vielen Dank für das Boot gestern, den Tee, Kaffee und ihre Kooperationsbereitschaft. Ich glaube, der nächste Termin wartet schon auf uns."

„Da nich für. Sie sind jederzeit herzlich willkommen!", sagte Nils, während er mit Karin die Gäste zum Auto begleitete.

***

„Wenn da schon der mobile Pflegedienst in Anspruch genommen wird und das Haus nicht seniorengerecht ausgestattet ist, sehe ich gute Voraussetzungen für einen erfolgreichen Abschluss. Hier kommt es im Wesentlichen darauf an: Wie sage ich es meinem Kinde", resümierte Ellen im Auto auf dem Weg zum nächsten Termin bei Werner Oltmann.

„Das sehe ich genauso", stimmte Ludger ihr zu.

„In Bezug auf ‚wie sag ich es meinem Kinde' braucht Nils aber eure verkaufsrhetorische Unterstützung. Das schaffen Karin und er nicht alleine", gab Gerrit zu bedenken. „Ich kenne seine Eltern. Vor allem sein Vater kann sehr stur sein. Und seine Mutter glaubt an Vorsehung und Übersinnliches. Das macht es sicher auch nicht einfacher."

„Glaubt mir, das haben wir alles schon erlebt. In anderen Küstenregionen ticken die Menschen auch nicht viel anders als hier in Ostfriesland. Das gilt auch für die Niederlande. Da werden wir die Sanders schon unterstützen. Und es wäre wirklich das erste Mal, dass wir dabei nicht erfolgreich wären."

„Dein Wort in Gottes Ohr", zeigte sich Gerrit immer noch skeptisch.

Nach wenigen Minuten lag bereits der Hof von Werner Oltmann vor ihnen.

„Das ist aber ein großes Anwesen", stellte Ludger fest.

„Ja", antwortete Gerrit. „Da haben wir ein Gulfhaus, das noch traditionell genutzt wird. Vorne als Scheune und hinten wohnen Werners Eltern. Für die Kälbermast hat er die große, modern ausgestattete Stallung auf der rechten Seite dahinten gebaut. Er selbst wohnt in einem neuen typischen Friesenhaus auf der anderen Seite des Gulfhauses. Ihr werdet es gleich sehen."

Sie bogen gerade um den Gulfhof herum auf die Auffahrt zur großen Doppelgarage ab, da stand Werner bereits in seiner Haustür. Es war ein stattliches Haus mit einem spitzen Seitengiebel, der auch die Haustür großzügig umrahmte.

„Wir werden ja wohl schon überall erwartet", Ludger war erstaunt.

„Pünktlichkeit gehört auch zu den ostfriesischen Tugenden", sagte Gerrit mit einem stolzen Unterton.

„Ja, ja, Gerrit. Ich weiß, was du meinst", entgegnete Ludger lachend. „Da sind wir Rheinländer nicht ganz so streng."

„Das hast du aber nett umschrieben", frotzelte Gerrit grinsend zurück.

Werner Oltmann war von mittelgroßer, kräftiger Statur. Die Landwirtschaft kennt keine Sonn- und Feiertage, so begrüßte er seine Gäste in Arbeitskleidung, die er allerdings wohl frisch angezogen hatte.

„Moin! Werner Oltmann", stellte er sich vor. „Bin leider schon das ganze Empfangskomitee. Kaffee und Tee warten drinnen in der Küche."

Nachdem sie sich bekannt gemacht hatten, sagte Ludger: „Küche, Tee und Kaffee haben hier in Ostfriesland bei der Begrüßung von Gästen offensichtlich einen hohen Stellenwert."

„Mags wohl seggen!", rutschte es Werner auf Plattdeutsch heraus. „Ich geh mal voraus." Im Flur kamen ihnen zwei riesige Deutsche Doggen entgegen. „Das sind Romulus und Remus, meine Ex-Frau hatte es mit den alten Römern. Aber die tun nix."

„Ja, ich weiß. Die wollen nur spielen", erwiderte Bärbel lachend. „Aber ich mag Hunde. Und das sind ja zwei ganz tolle Exemplare." Sie hielt beiden Hunden ihren Handrücken hin, der ausgiebig beschnuffelt und offensichtlich für gut befunden wurde.

47

Denn beide Hunde begannen mit dem Schwanz zu wedeln und ließen sich von Bärbel genussvoll unter dem Hals kraulen.

„So, ab mit euch, ihr zwei! Ab in eure Ecke!" Werner hatte seine Hunde wirklich gut im Griff. Auf der Stelle verzogen sie sich in eine Ecke der Küche auf einen großen, gepolsterten Hundeplatz.

Nachdem die Gäste versorgt waren, kam Werner gleich zur Sache. „Gerrit hat mich schon sehr neugierig gemacht, dass mein Traum vom vorzeitigen Ruhestand auf Mallorca doch noch irgendwie Wirklichkeit werden könnte. Nachdem meine Exfrau mich verlassen hat, ist mir irgendwie die Lust an der Landwirtschaft vergangen. Es fehlt einfach eine Partnerin auf dem Hof, die selbständig mitarbeitet und mitdenkt und einem zudem den Rücken freihält. Habe mich zwar auch schon über Partnerbörsen im Internet um eine neue Lebensgefährtin bemüht, aber leider vergeblich. Irgendwer hatte mir auch schon mal vorgeschlagen, mich beim Fernsehen für die Serie *Bauer sucht Frau* zu bewerben. Aber ich wollte mich nicht obendrein noch zum Gespött der hiesigen Bevölkerung machen."

Dass die Idee von einem vorgezogenen Ruhestand auf Mallorca eigentlich holländische Wurzeln hatte, verschwieg Werner an dieser Stelle seinen Gästen. Ebenso, dass er ein solches Gespräch wie heute nicht zum ersten Mal führte.

„Na, Herr Oltmann, dann wollen wir mal schauen, wie wir Ihre Träume verwirklichen können", machte Ludger ihm Mut. „Schließlich wollen wir doch alle das Gleiche, nämlich, dass alle profitieren. Auch Ihre Eltern, die ja hier noch auf dem Hof leben, wie Gerrit uns berichtet hat. Wissen sie denn schon von Ihren Plänen?"

„Die wissen, dass ich auf Dauer den Hof ohne eine Partnerin alleine nicht bewirtschaften kann und will."

„Partnersuche ist schon schwierig genug. Da hab ich auch so meine Erfahrungen", Gerrit lächelte gequält. „Umso schwieriger dürfte es sein, eine Partnerin für einen solchen Hof zu finden."

„Genau, das ist wie die Suche nach der Stecknadel im Heuhaufen. Claudia vertrug sich zwar nicht so gut mit meiner Mutter, aber sie war eine Landfrau durch und durch. Sie liebte Tiere über alles. Das ging sogar so weit, dass sie Romulus und

Remus, an denen sie eigentlich sehr hing, lieber hiergelassen hat, als sie aus ihrem gewohnten Umfeld zu reißen. Damit Sie verstehen, was ich meine."

„Also sollten wir uns Gedanken machen, wie wir Ihre Eltern überzeugen können", schaltete sich Ellen in das Gespräch ein. „Als Erstes müssten Ihre Eltern realisieren, dass ihr Sohn auf Dauer den Hof nicht wie bisher weiterführen kann, ohne körperlichen oder seelischen Schaden zu nehmen. Das würde für Ihre Eltern nämlich eventuell sogar bedeuten, dass ihnen irgendwann eine Entscheidung aufgezwungen wird, die sie eigentlich gar nicht wollen. Da wäre es doch besser, sich rechtzeitig mit den Realitäten abzufinden, und selbst einen vernünftig konzipierten Entschluss zum Wohle aller zu treffen."

„Sie sprechen mir aus der Seele, Frau Brink", antwortete Werner. „In der Richtung habe ich schon versucht, es meinen Eltern schonend beizubringen. Aber leider bin ich da bisher nur auf taube Ohren gestoßen. Und wenn mein Vater spitzkriegt, dass es dabei auch noch um viel Geld geht und dass ich nach Malle will, dann nimmt er mir die Gefährdung meiner Gesundheit einfach nicht mehr ab. Das wird er dann als Vorwand werten und absolut auf stur schalten."

„Wie steht es denn um den Gesundheitszustand Ihrer Eltern und wie alt sind sie?"

„Das ist es ja gerade, sie sind beide noch sehr rüstig. Mein Vater ist achtundsiebzig, meine Mutter siebenundsiebzig. Sie versorgen sich noch völlig allein, machen regelmäßig gemeinsame Radtouren und fahren selbst mit dem Auto bis in den Bayerischen Wald in Urlaub."

„Verstehe", sagte Ludger. „Das Seniorenheim ist für die beiden gefühlt noch in ganz, ganz weiter Ferne, wenn überhaupt."

„Genauso ist es! Sie haben gerade erst wieder eine Bergwanderung im Bayerischen Wald gebucht. Sie brauchen beide, natürlich Gott sei Dank, immer noch keine regelmäßigen Medikamente und sind in Bezug auf Ernährung voll auf dem Bio-Trip. Zudem ist meine Mutter eine leidenschaftliche Köchin und kennt sich sogar bestens mit den kleingedruckten Zutatenlisten der Lebensmittel aus. Erschwerend kommt hinzu, dass der Hof ja eigentlich gut läuft. Seit ich auf Kälbermast umgestellt habe, wirft er sogar ganz guten Profit ab."

„Fahren Ihre Eltern denn regelmäßig in den Bayerischen Wald in Urlaub?", fragte Ellen interessiert.

„Manchmal sogar mehr als einmal im Jahr, bestimmt schon über dreißig Jahre. Sie sagen immer, das wäre das richtige Kontrastprogramm für ihre gesundheitliche Fitness. Einerseits die regelmäßigen Radtouren auf dem Deich, mit dem salz- und jodhaltigen Wind des Wattenmeeres um die Nase, und dann die Wanderungen über die sanften Berge des Bayerischen Waldes. Dazu mieten sie sich schon seit zig Jahren regelmäßig immer in die gleiche kleine Pension in Zwiesel ein."

„Ja, wie wäre es denn, wenn man dieses Kontrastprogramm für Ihre Eltern noch etwas komfortabler ausgestalten würde", dachte Ellen laut nach. „Zum Beispiel mit einer schicken Ferienwohnung mit allem Komfort, den das Herz begehrt, als Eigentum. Angelehnt an eine Pension, bezüglich der Restauration und so weiter, zum Beispiel in Frauenau. Das liegt in unmittelbarer Nähe von Zwiesel. Ihre Mutter könnte dann auch im Urlaub kochen, wenn sie es denn will. Aber auch das Restaurantangebot nutzen, wenn sie dazu mal keine Lust hat. Und gleichzeitig würden wir etwas Ähnliches hier im Zentrum von Bensersiel oder Esens für Ihre Eltern suchen. Kultur, medizinische Versorgung, alles fußläufig erreichbar. An beiden Orten wären Ihre Eltern absolut autark. Wäre das nicht eine ansprechende und interessante Alternative?"

„Das klingt aus meiner Sicht sehr verlockend. Wie meine Eltern das empfinden würden, weiß ich natürlich nicht. Da müsste man mit ihnen drüber reden. Das sind zudem auch Optionen, die bisher überhaupt nicht im Bereich des Denkbaren für uns gestanden haben. Ist denn das mit Frauenau tatsächlich konkret, oder jetzt nur so eine Idee von Ihnen?"

„Wir machen nicht nur an der Küste anspruchsvolle Ferienprojekte. Eines läuft zurzeit im Raum Zwiesel-Frauenau. Einer unserer Baupartner vor Ort entwickelt gerade, unabhängig von dem Projekt mit uns, in Frauenau so etwas wie betreutes Wohnen mit Eigentumswohnungen, gerade für die rüstigen

Rentner. Da sind dann auch geführte Wanderungen und viele interessante Aktivitäten mehr für die Senioren geplant."

„Mir verschlägt es gerade die Sprache, Ellen! Und ich dachte bisher, ihr wärt nur an den Küsten aktiv." Ludger stand die Überraschung ins Gesicht geschrieben.

„Ich muss zugeben, es ist unser erstes derartiges Projekt. Und die haben gerade erst vor Ort mit dem Vertrieb begonnen. Wenn Herr Oltmann einverstanden ist, dann würde ich morgen sofort, natürlich unverbindlich, eine Wohnung für seine Eltern reservieren, bevor die schönsten schon vergeben sind. Den Kaufpreis einschließlich der Erwerbsnebenkosten würden wir selbstverständlich übernehmen."

„Das klingt ja super. Ob ich das aber auch so bei meinen Eltern rüberbringe, dass die es richtig verstehen, da bin ich mir allerdings nicht so sicher."

„Das kann ich nachvollziehen", antwortete Ludger. „Wenn Sie einverstanden sind, dann werden wir einen Schlachtplan entwerfen und kommen wieder auf Sie zu. Frau Brink und ich werden Sie dann auch bei dem Gespräch mit Ihren Eltern gerne persönlich unterstützen."

„Das ist eine gute Idee. Und ich nehme Ihr Angebot, auch in Bezug auf die Reservierung der Wohnung, gerne an. Vorausgesetzt, dass mir dadurch keine Kosten und Verpflichtungen entstehen."

„Frau Brink hat ja gerade schon gesagt, dass ihre Gesellschaft die Kosten für den Kauf der Wohnung übernimmt und die Reservierung für Sie unverbindlich ist. Vielen Dank für Ihre Gastfreundschaft und das sehr kreative Gespräch. Bitte haben Sie Verständnis, wir haben noch einen Termin und möchten auch da nicht unpünktlich sein." Ludger warf bei dem letzten Satz einen vielsagenden Blick zu Gerrit, der dies mit einem Schmunzeln und Kopfnicken quittierte.

Kapitel 5

„Wo geht es jetzt hin?", wollte Ludger wissen, als sie wieder im Auto saßen.

„Zu Gerhard Freese nach Aurich!", antwortete Gerrit.

„Ich dachte, der Freese-Hof liegt auch hier, zwischen deinem und dem Oltmann-Grundstück."

„Tut er auch. Da leben die alten Freeses allein im Wohnteil eines Gulfhofs. Gerhard hatte sich zwar anfangs noch eine kleine Autoservicestation in der Scheune eingerichtet, dann aber eine Autowerkstatt in Aurich von einem Kollegen übernommen, der sich zur Ruhe setzen wollte und da gehörte auch ein Wohnteil dazu. Äcker und Weiden haben mein Bruder und der Werner gekauft."

„Und was erwartet uns da für eine Herausforderung?", fragte Ellen.

„Im Grunde eine ähnliche wie bei Werner Oltmann. Nur dass die Eltern von Gerhard schon etwas älter sind. Aber trotzdem fährt Hinnerk Freese auch mit vierundachtzig immer noch Auto und sie versorgen sich auch selbst, soweit ich weiß. In Kürze wird da sogar Diamanthochzeit gefeiert. Wahrscheinlich werde ich auch eingeladen, bei der goldenen Hochzeit war ich nämlich auch dabei."

„Also noch kein Pflegegrad", stellte Ellen etwas enttäuscht fest.

„Nee, wenn Karin Sanders da gelegentlich mal auf eine Tasse Tee hinfährt, dann dient das nur der Nachbarschaftspflege, denn die wird hier in Ostfriesland ganz großgeschrieben."

„Das hat mir eine Freundin auch erzählt. Sie ist mit ihrem Mann, nachdem er in Rente gegangen war, hierhergezogen", wusste Bärbel zu berichten. „Da wurden sie von der ganzen Nachbarschaft mit einer geschmückten Tannengirlande über der Haustür willkommen geheißen. Das wurde dann kräftig mit reichlich Bier und Schnaps begossen. Wobei die Nachbarn die Getränke auf einem Bollerwagen sogar noch selbst mitgebracht hatten."

„Ja, ja", sagte Gerrit lachend, „wir haben hier schon so unsere Gewohnheiten. Wer sich hier integrieren will, ist herzlich willkommen. Aber aufdrängen tun wir uns nicht. Wir fragen vorher, bevor wir so eine Aktion starten."

„Genau das hat meine Freundin auch erzählt."

„Da vorne biegen wir jetzt rechts auf die B 210 ab, dann ist es nicht mehr weit", Gerrit zeigte auf die vor ihnen liegende Einmündung und klärte dann seine Mitfahrer auf: „Übrigens, Aurich ist die Kreisstadt des gleichnamigen Landkreises. Esens-Bensersiel gehört aber zum Landkreis Wittmund."

„Mit dem Landrat von Wittmund und dem Bürgermeister von Esens müssen wir demnächst auch noch einen Termin machen", sagte Ellen. „Von denen brauchen wir unbedingt die Zustimmung und Unterstützung für unser touristisches Konzept. Damit werden wir den Fremdenverkehr in der Region schließlich gehörig ankurbeln. Aber erst einmal müssen wir unsere ostfriesischen Herausforderungen lösen - wie du das genannt hattest, Gerrit - bevor wir die große Trommel rühren. Sonst haben wir am Ende die Rechnung ohne den Wirt gemacht. Denn an Nießbrauch im Grundbuch kommen wir auch mit der Brechstange nicht vorbei. Da sind Kreativität und Einfallsreichtum gefragt."

„Genau", stimmte Ludger ihr zu, „deswegen veranstalten wir ja jetzt gerade diese Roadshow."

Als sie auf den Hof der Autowerkstatt Freese fuhren, sagte Ludger: „Wieso bin ich denn jetzt nicht überrascht. Der Mann dort vor der Tür ist doch bestimmt Gerhard Freese, oder?"

„Ja", bestätigte Gerrit. „Obwohl ich jetzt eher nicht glaube, dass der schon nach uns Ausschau gehalten hat. Wir sind nämlich noch etwas früh dran. Als wir hier auf den Hof eingebogen sind, kam uns doch gerade ein Auto entgegen. Das waren seine Eltern, denen er wohl noch nachgeschaut hat."

Als Gerhard Freese Gerrit erkannte, ging er auf den Wagen zu. „Moin! Ich bin Gerhard Freese! Na, da wärt Ihr ja beinahe noch mit meinen Eltern zusammengetroffen. Die sind nämlich überraschend zum Tee da gewesen."

Nachdem sie sich alle vorgestellt und begrüßt hatten, lud Gerhard die Gäste ein, ihm über die Treppe nach oben zu folgen, denn die Wohnung befand sich über der Werkstatt. „Meine Frau hat extra eine Ostfriesentorte gebacken. Die konnten wir gerade noch rechtzeitig vor meinen Eltern im Kühlschrank verstecken. Wir haben mit denen nämlich noch nicht über unsere Pläne und Euren bevorstehenden Besuch gesprochen."

Diesmal wurden sie von der Gastgeberin, Ingrid Freese, allerdings nicht in die Küche, sondern in das geräumige Wohnzimmer geführt, wo ein großer Esstisch stand. „Unsere Küche ist nicht so groß", sagte sie fast entschuldigend. „Nehmen Sie doch schon mal Platz. Leider konnte ich den Kaffeetisch noch nicht decken, da Gerhards Eltern hier waren."

„Vielleicht kann ich Ihnen behilflich sein", bot Bärbel sich an.

„Ach ja, das wäre sehr nett. Viele Hände machen schnell ein Ende."

Und so dauerte es nur eine kurze Weile, bis duftender Kaffee, Tee und eine lecker aussehende Ostfriesentorte auf dem Tisch standen.

„Oh, wie lange hatte ich so ein Vergnügen schon nicht mehr", seufzte Gerrit. „Meine Schwägerin konnte die auch so toll backen, mit den in Rum eingelegten Rosinen."

„Da sagst du was! Das Rezept habe ich von ihr. Mein Gott, wir sind über das schreckliche Unglück immer noch nicht drüber weg." Ingrid wischte sich verstohlen eine Träne aus dem Auge.

Auch Gerrit musste einen Moment lang sichtlich mit sich kämpfen. Wenn das Unglück auf dem Hof meines Bruders nicht passiert wäre, dann säßen wir jetzt alle nicht hier, ging es ihm durch den Kopf.

„Da haben wir ja, ohne es zu wissen, ein tolles Timing hingelegt", versuchte Ellen, die Gesellschaft wieder etwas aufzumuntern. „Wir wären wohl etwas in Erklärungsnot gekommen, was den Grund unseres heutigen Besuchs anbelangt, wenn wir Ihren Eltern noch begegnet wären."

„Oder wir hätten zu einer kleinen Notlüge greifen müssen. Aber eine solche Torte wäre jede Ausrede wert gewesen", ergänzte Bärbel, nachdem sie den ersten Bissen probiert hatte.

Ingrid freute es sichtlich, dass ihre Torte bei den Gästen so guten Anklang fand. Auch Ludger und Ellen machten keinen Hehl daraus, dass sie ein Genuss war. „Wenn nur die Kalorien nicht wären", stöhnte Ellen, „aber ich kann mir ein zweites Stück einfach nicht verkneifen." Und damit war sie nicht alleine.

Nachdem Torte, Kaffee und Tee reichlich zugesprochen worden war, fragte Gerhard: „Haben Sie denn schon eine Idee für uns, wie wir meinen Eltern den Auszug vom Hof schmackhaft machen können? Sie haben Ihre Erfahrungen mit so etwas, wie Gerrit mir sagte."

„Die haben wir", antwortete Ellen. „In allen Variationen und bisher haben wir noch immer eine für alle Seiten befriedigende Lösung gefunden. Daher zunächst ein paar Fragen: Ihre Eltern wohnen, wie ich hörte, ganz alleine in dem großen, einsam gelegenen Gulfhaus. Und seniorengerecht ist das Haus doch sicher auch nicht, oder?"

„Das stimmt", antwortete Gerhard.

„Dann lassen Sie uns doch da ansetzen. Irgendwann wird Ihr Vater nicht mehr mit dem Auto fahren können. Das ist einfach biologisch unausweichlich. Da braucht nur mal ein kleiner Schlaganfall oder irgendetwas Unvorhersehbares eintreten. Das könnte schon morgen sein, was wir ihm ja nicht wünschen, aber auch, wenn er Glück hat, vielleicht erst in einigen Jahren. Aber irgendwann ist es trotzdem mal so weit, dass Umstände eintreten, die bestimmte Maßnahmen erzwingen, ob es den Betroffenen nun passt oder nicht. Da ist es doch klüger, eine gut überlegte und nach eigenen Vorstellungen geplante, frühzeitige Entscheidung zu treffen. Zumal wenn diese dann auch noch mit einem entsprechend aufgepeppten Budget einhergeht. Und dabei zeigt sich meine Gesellschaft äußerst großzügig, das kann ich Ihnen jetzt bereits versprechen."

„Sicher eine vernünftige Überlegung. Da gibt es nämlich noch etwas. Meine Eltern haben heute erzählt, dass sich gestern eine Motorradbande aus den Niederlanden eine ganze Weile auf unserem Hof herumgetrieben hat. Auf die Frage meines Vaters, was sie da zu suchen hätten, haben die nur rumgepöbelt. Auch als er schließlich gedroht hat, die Polizei zu rufen, hätten sie nur gelacht und ihm den Mittelfinger gezeigt. Dann seien sie aber schließlich doch wieder verschwunden. Das hat meine Eltern sehr besorgt gemacht und das war auch der Grund, warum sie unangemeldet hierherkamen. Schließlich hört man ja so viel Schlimmes in den Medien."

„Sehen Sie, das würde ich zum Beispiel auch unter die Rubrik Unvorhersehbares einordnen. Das unterstreicht das von mir vorhin Gesagte noch in aller Deutlichkeit. Wie beruhigt könnten Ihre Eltern ihren Lebensabend in einem Ortszentrum ihrer Wahl, in einer schicken, seniorengerechten Eigentumswohnung, bei Bedarf auch mit Betreuung, verbringen. Alles, was sie benötigen, wäre quasi um die Ecke. Das ist heute der Trend bei vielen Senioren: Zurück in die Urbanität. Wobei das bei Ihren Eltern natürlich nicht die Großstadt sein müsste."

„Das klingt für mich ja ganz verlockend. Aber wie bringe ich das meinen Eltern bei? Oder wie siehst du das, Ingrid?"

„Das sehe ich ganz genauso. Denn wie ich deinen Vater kenne, haben wir nur einen einzigen Versuch, wenn überhaupt. Wenn der sich einmal festgelegt hat, dann ist er kaum noch umzustimmen, auch wenn es noch so vernünftig wäre."

Das Gespräch endete im Wesentlichen mit dem gleichen Ergebnis wie die beiden vorherigen. Nach einem herzlichen Dankeschön für die herzliche Bewirtung machten sie sich auf den Rückweg.

Gerrit sah sich in seinen Vorhersagen bestätigt. Es würde schwer werden, die alten Leute zu überzeugen. Allerdings zeigten Ellen und Ludger sich davon nicht übermäßig beeindruckt. Sie schienen für alle Probleme bereits eine Lösung im Hinterkopf zu haben. Und was verbarg sich hinter Ellens Feststellung, die Motorradgang könne man auch unter der Rubrik Unvorhergesehenes einordnen. Gerrit wusste als erfahrener Architekt genau, wie skrupellose Gesellschaften in schon so mancher Stadt mit Mietern oder Eigentümern umgegangen waren, die versucht hatten, sich ihren Plänen in den Weg zu stellen. Einige scheuten ja nicht einmal vor Brandstiftung zurück. Der Volksmund nannte das dann verniedlichend Warmsanierung. Gerrit schauderte bei diesem Gedanken.

„Gerrit, du schaust so besorgt, was bedrückt dich?" Intuitiv spürte Ellen, dass etwas nicht stimmte.

„Mir ging gerade etwas durch den Kopf. Was ist, wenn das mit der Motorradgang kein Zufall war?"

„Wie meinst du das?"

„Na ja, leider gibt es immer wieder Beispiele dafür, dass Umzugsunwillige mit Einschüchterung gefügig gemacht werden sollen. Unser Planungskonzept kommt aus den Niederlanden und die kriminellen Rocker auch. Und das, was die auf dem Freese-Hof getrieben haben, riecht für mich schon irgendwie nach einem Einschüchterungsversuch. Mit so etwas möchte ich nichts zu tun haben."

„Gerrit, was denkst du?!", reagierte Ellen entsetzt. „Als Finanzchefin verbürge ich mich für meine Gesellschaft. Da laufen keine krummen Sachen! Nein, Gerrit, mit so etwas möchte ich auch nichts zu tun haben. Das wären ja Mafia-Methoden. Deswegen würde ich mich freuen, wenn du dafür sorgen könntest, falls diese Typen noch mal wieder auftauchen, dass mir die Kennzeichen zur Nachforschung bei uns im Land geschickt werden."

Der Nachdruck, mit dem Ellen argumentierte, beruhigte Gerrit sichtlich. Dazu trugen sicher auch die bei ihm aufkeimenden Empfindungen für sie bei. Und er hatte nicht das Gefühl gehabt, dass ihr Entsetzen über seine Gedanken gespielt gewesen war. Deshalb ging er auf ihre Anregung ein: „So wie ich den alten Freese kenne, hat der sich die Kennzeichen längst notiert. Ich besorge die und schicke sie dir per Email. Das nächste Mal wird Hinnerk Freese auch mit Sicherheit sofort die Polizei rufen."

„So Leute, was irgendwelche Mafia-Methoden angeht, ich denke, da sind wir absolut auf einer Wellenlänge, das ist ein absolutes No-Go! Deshalb stelle ich fest: Für heute haben wir unser Pensum geschafft. Zum Baden am Strand ist es aber jetzt schon ein bisschen spät." Ludger schaute auf seine Uhr.

„Richtig", bestätigte Gerrit. „Strand hatten wir ja bereits gestern. Was haltet ihr denn von einer kleinen Entspannung in der Nordseetherme in Bensersiel? Dort finden wir alles, was Körper und Seele zur Entspannung brauchen."

„Gute Idee! Und dann lassen wir den Abend mit einem leckeren Abendessen im Restaurant unseres Hotels ausklingen. Ihr seid meine Gäste", schlug Ludger vor.

Auch die beiden Damen zeigten sich von den Vorschlägen begeistert. Ellen spürte ein leichtes Kribbeln im Bauch. Schmetterlinge? Sie war doch kein Teenager mehr! Und auch Gerrit ertappte sich bei dem Wunsch, dass der Abend heute vielleicht in einer Zweisamkeit mit Ellen enden würde.

Nicht lange nach dem Abendessen hatten sich Bärbel und Ludger auf ihr Zimmer verabschiedet. Ellen und Gerrit fanden sich in der Hotelbar bei einem Glas Wein wieder. An einen langen Abend schloss sich eine noch viel längere gemeinsame Nacht in Ellens Zimmer an.

Sehr bald hatten sie erkannt, dass sie nicht nur Gefühle füreinander empfanden, sondern dass sie beide ein ähnlich schweres Schicksal emotional sehr belastete. Das, was sich bisher immer als unüberwindliches Hindernis bei neu aufkeimenden Beziehungen gezeigt hatte, schien jetzt für beide geradezu einen Höhenflug der Gefühle zu bewirken.

Kapitel 6

„Werner, weißt du, ob Gerrit Dirksen an diesem Wochenende auf seinem Hof ist?" Imke war zum Stall ihres Sohnes rübergelaufen.

„Nee. Keine Ahnung. Warum willst du das wissen?"

„Dein Vater war gerade auf dem Speicher oben gewesen, um etwas zu suchen. Da hat er in den Bäumen, die um den Dirksen-Hof herumstehen, flackernden Lichtschein wahrgenommen."

„Von hier ist aber nichts zu sehen."

„Nee, das sieht man auch nur von oben. Von hier unten verdecken das Buschwerk und die höheren Bäume vom Benser Tief die Sicht. Dein Vater meinte, du solltest dort vielleicht mal nach dem Rechten sehen. Nicht, dass da ein paar Jugendliche auf dem unbewohnten Anwesen Dummheiten machen. Außerdem war bei Hinnerk Freese vor einiger Zeit eine Motorradbande aus Holland auf dem Hof aufgetaucht."

„Davon hab ich auch gehört, Mutter. Bin hier gleich fertig, werde dann mit den Hunden rüberfahren."

„Dein Vater hat angeboten, dass er mitfährt, wenn du das willst. Ist vielleicht besser, wenn ihr zu zweit seid."

„Kannst dem Vater sagen, ich geb Bescheid, wenn ich losfahre. Ausgerechnet heute habe ich meine beiden Helfer früher gehen lassen. Die wollten auf eine Grillfete."

„Ja, hoffentlich nicht auf dem Dirksen-Hof. Man weiß ja nie, was sich die jungen Leute heute so einfallen lassen. Da kommt so ein unbewohntes Gehöft vielleicht gerade wie gerufen."

„Nee, kann ich mir nicht vorstellen. Die wollten zu irgendeinem Kumpel."

„Ich sag deinem Vater Bescheid." Imke ging wieder zum Haus zurück.

Werner räumte noch einige Sachen weg und machte sich dann fertig. Auf dem Weg zum Haus seiner Eltern kam ihm sein Vater schon entgegen.

„Mensch, Vater, was willst du denn mit der Schrotflinte?"

„Wer weiß, was sich hier so rumtreibt. Die holländische Motorradbande hat den Hinnerk sogar auf seinem eigenen Hof bedroht."

„Dass die da rumgepöbelt haben, das habe ich auch gehört. Aber von Bedrohung …?"

„Na, jedenfalls hat sich Hinnerk bedroht gefühlt!", fiel Hans Oltmann seinem Sohn ins Wort. „Und mit der Flinte fühle ich mich einfach sicherer."

„Wir haben doch auch noch die Hunde dabei. Da traut sich so schnell keiner an uns ran. Ich hatte eher gedacht, dass du eventuell mit meinem Handy Videoaufnahmen machst. Das kriegst du doch sicher hin, oder?"

„Was denkst du denn? Meinst du vielleicht, die schönen Aufnahmen von unseren Bergtouren entstehen von selbst?"

„Okay, Vater. Ist ja schon gut. War nicht so ernst gemeint."

Werner holte seine Hunde aus dem Haus. Die machten erst einmal ihre Runde auf dem Hof. Dann tobten beide über die angrenzende Wiese, bis Werner sie mit einem Pfiff zurückbeorderte. Mit einem Satz sprangen die beiden riesigen Doggen dann in den hinten geöffneten Land Rover.

Die Fahrt zum Dirksen-Hof dauerte nur wenige Minuten. Schon als sie sich dem Hof näherten, konnten sie erkennen, dass zwischen Haus und Stallungen ein ziemlich großes Lagerfeuer brannte, um das einige Gestalten herumsaßen. Und dann sahen sie auch schon die Motorräder.

„Das sind die aus Holland. Bestimmt dieselben, die auch bei Hinnerk waren", sagte Hans Oltmann und umfasste noch fester den Schaft seiner Schrotflinte.

„Vater, stell die Flinte bitte so, dass man sie nicht sieht! Ich möchte nichts herausfordern. Nimm stattdessen lieber mein Handy und bleibe bitte im Auto."

„Behalt mal dein Handy, mit meinem eigenen kenne ich mich besser aus. Ich hab die Videofunktion schon eingeschaltet."

Werner war bis auf etwa zwei bis drei Autolängen an das Feuer herangefahren und stieg aus. Obwohl er kein ängstlicher Typ und auch von respektabler kräftiger Figur war, wurde ihm doch ein wenig mulmig zumute.

„Hau ab!", raunzte ihn auch gleich ein vierschrötiger, hünenhafter Kerl auf Deutsch an. „Verpfeif dich!"

„Was macht ihr hier!?", erwiderte Werner unbeirrt. „Ihr habt hier nichts zu suchen! Macht gefälligst das Feuer aus und verschwindet! Sonst rufe ich die Polizei!"

„Fick dich", schrie einer der Männer vom Feuer und setzte dann noch etwas auf Niederländisch nach, was Werner aber nicht verstand.

Er sah aus dem Augenwinkel heraus, dass ein Mann mit zwei jungen Frauen im Arm aus der Haustür des Wohnhauses kam. Er meinte, den ehemaligen Vorarbeiter von Mattes Dirksen zu erkennen. Jedenfalls verschwand dieser mit den beiden Frauen sofort wieder im Haus, als er ihn gesehen und wohl auch erkannt hatte.

Inzwischen war der Typ, der Werner zuerst angesprochen hatte, drohend auf ihn zugekommen. „Mach Platte, du Wichser! Sonst gibt´s was auf die Nuss!"

Vom Feuer her kamen anfeuernde Rufe auf Niederländisch, die mit entsprechenden Gesten untermalt wurden. Werner machte etwa zehn bis zwölf Personen aus. Drei Kerle hatten sich von den Kisten, die sie um das Feuer aufgestellt hatten, erhoben und kamen auch auf ihn zu. Inzwischen war er zum Heck seines Land Rovers gegangen und öffnete jetzt die Tür. Mit einem Satz waren die Hunde draußen.

„Bei Fuß!", donnerte Werner sie an, bevor sie sich auf die Männer stürzen konnten.

Beide Doggen bauten sich links neben ihm auf, ließen aber die Männer nicht eine Sekunde aus den Augen. Das bedrohliche Knurren schien die Rocker doch wohl zu beeindrucken, denn sie blieben stehen und rührten sich nicht mehr vom Fleck.

„Ich fordere euch noch mal auf, das Feuer auszumachen und sofort den Hof zu verlassen."

„Du fühlst dich wohl jetzt stark mit deinen Tölen!" Plötzlich hatte der Typ eine Pistole in der Hand. Offensichtlich hatte er diese aus einem Schulterhalfter unter seiner Lederjacke hervorgezogen. „Wenn dir deine Köter lieb sind, dann tust du die jetzt wieder in deine Karre und verschwindest. Und dann lass dich hier nicht wieder blicken! Ach ja, solltest du jetzt zu den Bullen rennen: Nach deinem Nummernschild wohnst du ja hier in der

Gegend. Wir werden demnächst öfter hier sein und dich finden! Da kannst du einen drauf lassen! Und jetzt verpfeif dich, sonst knall ich deine Viecher ab."

Am liebsten hätte Werner jetzt die Hunde losgelassen. Aber er war sich sicher, dass der Typ sie sofort erschießen würde. Voller Wut brachte er seine Hunde wieder zur Hecktür und ließ sie reinspringen. Dann stieg er ein und wendete, so schnell er konnte, den Wagen. „Der Klügere gibt nach!", sagte er dann zu seinem Vater. „Ich lass doch meine Hunde nicht erschießen. Die Typen schrecken offensichtlich vor nichts zurück."

„Hab ich dir ja gesagt! Aber ich hab alles gefilmt. Hoffentlich habe ich auch seine Worte drauf, ich hatte jedenfalls das Fenster runter. Du hattest recht, da wäre ich mit meiner Schrotflinte nicht weit gekommen. Schließlich hätte ich ja keinen erschießen wollen."

„Um Gottes willen, Vater, da bist du nachher noch der Dumme! Jetzt zur Polizei nach Esens zu fahren, können wir uns, glaube ich, schenken. Wir haben Wochenende. Und bis die Polizei von Wittmund mit entsprechendem Aufgebot da wären, wenn überhaupt, sind die Rocker doch längst über alle Berge."

Da hatte Werner sich aber geirrt. Die Rocker dachten nämlich gar nicht daran, das Weite zu suchen. Auch hatte er die Kopfbewegung des Wortführers nicht gesehen und dass zwei der Typen zu ihren Motorrädern gelaufen waren. Nach einer kurzen Fahrstrecke hatte Werner plötzlich die Scheinwerfer eines in ziemlichem Abstand hinter ihm fahrenden Autos im Rückspiegel. Jedenfalls dachte er das. Kurz vor seinem Hof schien das Auto dann verschwunden zu sein. Er hatte nicht bemerkt, dass erst der eine Scheinwerfer und mit kurzer Zeitverzögerung dann der zweite ausgegangen war.

„Am Montag fahren wir dann mit deinem Video zur Polizei nach Esens", sagte Werner, als er den Wagen in seiner Doppelgarage abstellte. „Aber wir sollten es uns gleich bei mir anschauen. Das muss die Mutter nicht sehen. Die macht sich nur unnötig Sorgen."

„Aber eigentlich müssten wir die Polizei doch sofort alarmieren. Das, was die da machen, ist doch Hausfriedensbruch", erwiderte sein Vater. „Hast du übrigens den gesehen, der mit den beiden Frauen aus dem Wohnhaus vom Mattes rauskam? Das war doch der Vorarbeiter gewesen, den Mattes rausgeschmissen hat. Aber wie sind die denn ins Haus gekommen. Die müssen ja die Tür aufgebrochen haben. Dann wäre das nicht nur Hausfriedensbruch, sondern sogar Einbruch!"

„Den Jabowski hab ich auch gesehen. Vielleicht hatte der noch einen Schlüssel. Gott sei Dank hat Gerrit alles Wichtige bereits zu Nils bringen lassen. Und sein Boot steht bei uns in der Scheune. Was jetzt noch da ist, geht wahrscheinlich sowieso irgendwann zum Sperrmüll. Glaube nicht, dass Gerrit sich die alten Möbel seiner Eltern nach Düsseldorf holen wird. Und was die Polizei angeht, meinst du, die hätten in Wittmund kein Wochenende? Beim Bund war dann auch immer in der ganzen Kaserne tote Hose. Nur ein paar Wachen am Kasernentor und das waren dann meistens sogar noch Zivilisten. Also Montag nach dem Frühstück. So, lass jetzt uns deine Aufzeichnung ansehen."

Was Werner seinem Vater nicht sagte, war, dass er nachher noch eine Verabredung mit einer Frau hatte. Wenn er jetzt die Polizei alarmieren würde, könnte er sein Date vergessen. Zwar hatte er Gerrit gegenüber irgendwie schon ein schlechtes Gewissen, aber er wusste ja, dass Gerrit den Hof sowieso für dieses Ferienprojekt verkaufen wollte. Dann würde ohnehin alles dem Abrissbagger zum Opfer fallen, aber das konnte er seinem Vater auf gar keinen Fall sagen.

Die beiden gingen in die Küche. Gebannt schauten sie auf das Video. „Die brüllen ja laut genug, das haben wir jedenfalls alles drauf. Auch die Pistole ist gut zu erkennen. Da sieht man auch, wie er die unter seiner Lederjacke rauszieht. Die Kameras in den Smartphones sind heute wirklich toll, selbst bei Dämmerlicht. Wenn ich da noch an die Super-8-Zeit denke", sagte Hans Oltmann.

„Ich glaube auch, dass die Polizei damit was anfangen kann. Aber die Nummernschilder der Motorräder hätten wir uns aufschreiben sollen."

„Das hat der Hinnerk doch schon gemacht."

„Dann müsste die Polizei doch eigentlich schon über diese Motorradbande Bescheid wissen. Mit unserem Video können wir dann zumindest den Hausfriedensbruch und die Drohungen beweisen. Den Einbruch wohl eher nicht, das konnten wir ja nicht filmen", stellte Werner fest.

„Nein, dann hätte ich den Anführer von denen nicht so gut draufgehabt. Also, dann bis Montag. Ich will die Mutter nicht zu lange warten lassen."

Hans Oltmann verließ das Haus seines Sohnes, um zu seinem Wohnteil am Gulfhaus zu gehen. Er wurde schon an der Tür in Empfang genommen. Imke hatte das Licht in der Küche ausgeschaltet gehabt und ihn vom Fenster aus kommen sehen.

„Ich meine, da jemand an Werners Haustür mit einem Feuerzeug gesehen zu haben", begrüßte sie ihren Mann.

„Ach, Mutter, du siehst Gespenster!"

„Ich hab gesehen, was ich gesehen habe! Schließlich war ich hier die ganze Zeit in der dunklen Küche, um auf euch zu warten. Endlich kamt ihr dann. Das Licht ging auf dem Vorplatz und in der Garage an und das Tor klappte hoch. Kurz nachdem ihr drin wart und das Licht auf dem Vorplatz ausgegangen war, blitzte zweimal ein Feuerzeug vor Werners Haustür auf. Erkennen konnte ich aber sonst nichts. Jedenfalls hatte ich eine Heidenangst und war erst wieder froh, als ich dich jetzt endlich kommen sah. Was war denn jetzt auf dem Hof von Mattes?"

„Ach, nur ein paar Jugendliche, die da ein Lagerfeuer gemacht hatten und es sich bei einer Pulle Bier gut gehen lassen wollten. Als die aber Romulus und Remus gesehen haben, sind sie ganz schnell verschwunden. Mach dir also keine Sorgen."

„Das sagst du jetzt so leicht. Ich muss immer an diese Motorradbande denken, von der Enna und Hinnerk erzählt haben."

„Mach dir einen Beruhigungstee und dann gehst du am besten zu Bett. Und denk nicht mehr daran! Damit machst du dich nur selbst verrückt! Außerdem hat Hinnerk die Kennzeichen der Motorräder schon gemeldet."

„Ja, aber nicht an die Polizei, wie Enna mir erzählt hat."

„An wen denn dann?"

„So wie sie sagte an Nils, der wollte die Nummern haben."

„Nils ist doch in der Stadtverwaltung. Der weiß, was man damit zu machen hat. Dann hat er das sicher an die Polizei weitergegeben."

„Das kann natürlich sein."

„Also, was regst du dich dann auf. Jetzt mach uns endlich einen Tee. Ich guck noch die Nachrichten und komm danach auch zu Bett."

***

„Den Weg nach Esens hätten wir uns sparen können. Ich habe mir schon gedacht, dass unser Video eher was für die Kripo in Wittmund ist." Werner war verärgert, denn er hatte schließlich einen Hof zu bewirtschaften. Auch wenn die meisten Kälber bei der Jahreszeit auf der Weide waren.

„Die sparen den Staat noch mal kaputt!", schimpfte auch Hans Oltmann. „Aber überall muss ja rationalisiert werden. Wie die im Fernsehen immer sagen, wird auf der einen Seite das Geld zu Fenster rausgeschmissen, aber bei der Polizei, wo es um unsere Sicherheit geht, da wird gespart."

„Wohl wahr!", stimmte sein Sohn zu. „Bin mal gespannt, was die in Wittmund dazu zu sagen haben. Vielleicht schicken die uns dann mit unserem Video noch nach Hannover."

Werner hatte zufällig noch einen Parkplatz vor dem Kommissariat in Wittmund bekommen, weil gerade ein Auto weggefahren war.

„Was ist denn hier los? Wollen die alle was über die Rockerbande melden?", machte Werner auf dem Weg zum Gebäude seinem Unmut Luft.

„Das hört sich eher nach einem Besäufnis an, wenn man nach dem Geräuschpegel geht, der da oben aus dem Fenster schallt", vermutete Hans.

„Was kann ich für Sie tun?", fragte der Beamte am Eingangsschalter die beiden.

„Wir wollen was über eine holländische Rockerbande melden. Ihre Kollegen aus Esens haben uns hierhergeschickt."

65

In diesem Moment betrat ein anderer Uniformierter den Raum hinter dem Schalter. „Mensch Werner, was machst du denn hier bei uns in Wittmund?"

„Moin, Bernd, das habe ich deinem Kollegen gerade schon gesagt. Wir wollten was über eine holländische Rockerbande melden, die am Samstag auf dem Dirksen-Hof ein Lagerfeuer angezündet und uns bedroht hat. Wir haben sie mit dem Handy gefilmt."

„Warte, ich mache euch auf. Alles gut, Kollege, ich kümmere mich darum."

„Woher kennst du den denn?", wollte Hans von seinem Sohn wissen.

Bernd Guben hielt inzwischen die Tür für die beiden auf.

„Kommt rein! Das ist gut, dass ihr damit herkommt. Das wird Kriminalhauptkommissar Bert Linnig brennend interessieren."

„Vater, das ist ein Schützenbruder von mir, Polizeiobermeister Bernd Guben."

„Haupt, mein Lieber! Haupt!"

„Was Haupt?", Werner war irritiert.

„Na, ich bin gerade eben befördert worden. Nix mehr Polizeiobermeister, ab jetzt Polizeihauptmeister! Es geschehen noch Zeichen und Wunder. Der Dienstherr hat sein Füllhorn ausgeschüttet und unsere Kommissarin Nina Jürgens ist jetzt Kriminaloberkommissarin geworden. Deshalb gibt es oben Bier und Mettbrötchen. Bier natürlich nur für Gäste, leider. Kommt! Ihr seid meine Gäste!"

Bereits auf der Treppe zum ersten Stock schlug ihnen lautes Stimmengemurmel, das sie auch schon vor dem Haus gehört hatten, entgegen. Je näher sie dem Besprechungsraum kamen, umso deutlicher roch es nach Zwiebelmett, frischen Brötchen und Bier. Den Besprechungsraum bevölkerte eine bunte Mischung aus uniformierten und zivil gekleideten Personen. Die Tische waren an einer Wand entlang zusammengeschoben. Darauf standen Platten mit belegten Brötchen, Getränkeflaschen, Gläser und ein Bierfass, welches gerade von einem Uniformierten bedient wurde.

„Ein Bier geht doch, oder?", Bernd grinste auffordernd.

„Ich muss nicht fahren", sagte Hans Oltmann.

„Na klar! Das muss doch begossen werden!" Werner hatte seinen Ärger vergessen. Feste mussten gefeiert werden, wie sie fallen. Das war auch bei den Schützen so. Und da hatte er mit Bernd schon so manches Bier und Korn durch die durstige Kehle gejagt. Aber heute würde er sich mit einem Bier zufriedengeben müssen. Schließlich musste er ja noch fahren.

„Na, dann auf deine Beförderung! Herzlichen Glückwunsch, Bernd! Das freut mich für dich. Und vielen Dank." Werner stieß mit Bernds Apfelschorle und seinem Vater an.

„Ja, auch von mir herzlichen Glückwunsch!", fügte Hans hinzu, bevor er trank. „Auf Ihr Wohl, Herr Guben!"

„Bernd! Einfach nur Bernd! Wir sind hier nicht so förmlich."

„Also, Bernd, dann auf dein Wohl. Und ich heiße Hans."

„Lasst euch auch die Brötchen schmecken. Ich lass euch einen Moment allein, bin gleich wieder da."

Es dauerte nicht lange und dann war Bernd wieder zurück. „Ich habe meinen Chef schon informiert, dass ihr da seid und ein Video über die niederländische Rockerbande habt. Der ist schon ganz heiß darauf. Aber jetzt erst noch einmal Prost! So viel Zeit muss sein!"

Nachdem Hans und Werner sich ihre Brötchen hatten munden lassen, sagte Bernd: „Ach, dahinten in der Ecke am Fenster sehe ich gerade unsere frischgebackene Kriminaloberkommissarin Nina Jürgens im Gespräch mit meinem Chef. Bei den beiden seid ihr mit eurer Anzeige genau richtig."

„Hallo Bert, das sind Hans und Werner Oltmann, die am Samstag die Rockerbande auf dem Dirksen-Hof gefilmt haben."

Bert und Nina begrüßten die zwei.

„Herr Kommissar, wir wollten ja eigentlich nicht bei Ihrer Feier stören", sagte Hans Oltmann etwas unsicher. Für ihn gab es noch so etwas wie Respekt vor der Obrigkeit, zu der er auch die Polizeigewalt zählte. „Und herzlichen Glückwunsch auch, Frau Oberkommissarin!"

„Vielen Dank!", sagte die Angesprochene, „Hoffe, Sie haben sich schon bei Brötchen und Bier bedient."

„Ja, vielen Dank und auch von mir herzlichen Glückwunsch!", antwortete Werner.

„Sie stören keineswegs", übernahm Bert jetzt das Gespräch. „Schließlich können wir nicht den ganzen Tag feiern und das Bier ist auch leider nur für die Gäste."

„Wenn der Dienstherr in seiner Güte schon Beförderungen ausspricht, dann kann er nicht auch noch zusätzliche freie Tage genehmigen. Wo kämen wir denn da hin, schließlich kostet das alles Steuergelder", ergänzte Nina feixend.

„Wir sind ja schon so gespannt auf das Video. Also gehen wir am besten gleich in mein Büro", wurde Bert jetzt dienstlich. „Bernd, wenn du dich bitte um Kaffee für uns alle kümmern würdest."

Bernd machte sich auf den Weg, den Auftrag auszuführen, während Bert die Oltmanns in sein Büro führte. Nachdem alle Platz genommen hatten, sagte er: „Verstehen Sie mich bitte nicht falsch, aber warum kommen Sie damit denn erst heute?"

„Na ja", druckste Werner rum, den immer noch ein schlechtes Gewissen plagte, „wir dachten, weil doch Wochenende ist. Und außerdem ist auf dem Hof sowieso nichts mehr Wertvolles zu holen ..."

„Aber dafür gibt es doch die Notfallnummer 110. Da hätten wir sofort Maßnahmen ergreifen können."

„Da haben wir, ehrlich gesagt gar nicht dran gedacht." Werner blickte hilfesuchend zu seinem Vater, der sich aber in Schweigen hüllte.

„Na, wie auch immer, jetzt sind Sie ja da. Am besten wäre es, wenn ich mir das Video auf den PC runterlade. Dann können wir uns das gleich auf dem großen Monitor ansehen."

Hans gab ihm sein Smartphone. Kurz darauf hatte Bert das Video heruntergeladen und in seinem PC gespeichert. Bald erschien Bernd mit einem Tablett und versorgte alle. Bert startete das Video. Zunächst ließen sie den ganzen Spot erst einmal ohne Unterbrechung komplett durchlaufen."

„So, bevor wir uns jetzt noch einmal die Details anschauen - ist Ihnen sonst noch irgendetwas aufgefallen, was jetzt nicht auf dem Video zu sehen ist?", fragte Bert.

„Ja", antwortete Werner. „Die sind wohl auch in das Wohnhaus eingebrochen. Denn während ich mit dem Anführer sprach, kam ein Mann mit zwei Frauen im Arm aus der Haustür raus. Drehte aber, nachdem er mich und das Auto gesehen hatte, sofort um und verschwand mit den Frauen wieder im Haus. Mein Vater hat ihn auch gesehen. Wir meinen, dass das der Vorarbeiter von Mattes Dirksen gewesen ist, den er rausgeschmissen hatte."

„Das ist für uns eine sehr wichtige Information", sagte Nina. „Ist Ihnen sonst noch etwas aufgefallen? Auch wenn es Ihnen vielleicht gar nicht so wichtig erscheint."

„Bei der Rückfahrt vom Dirksen-Hof meinte ich im Rückspiegel die ganze Zeit bis kurz vor unserem Hof in etwas weiterem Abstand ein Auto gesehen zu haben. Ich konnte mir gar nicht erklären, wo da plötzlich das Auto hergekommen sein sollte, denn bei den Holländern hatte ich nur Motorräder gesehen."

„Könnten das vielleicht auch zwei nebeneinander fahrende Motorräder gewesen sein?", überlegte Bert laut.

„Wo Sie es sagen, daran habe ich noch gar nicht gedacht."

„Oh, mein Gott, dann könnte meine Imke ja doch recht gehabt haben. Jetzt wird mir aber doch ein wenig mulmig!", warf Hans Oltmann ein. Dann erzählte er, was seine Frau bei Werner vor der Haustür beobachtet hatte.

„Ich würde schon sagen, dass die Brüder Ihnen gefolgt sind. Haben Sie denn keinen Bewegungsmelder vor Ihrem Hauseingang?", erkundigte sich Bert an Werner gewandt.

„Nein, an der Haustür nicht. Ein Bewegungsmelder hängt an der Garage. Das heißt, wenn man die Einfahrt normal hochgeht, werden auch Fußgänger erfasst und dann ist auch der Hauseingang beleuchtet. Aber da gibt es einen toten Winkel, wenn man am Gulfhaus entlanggeht und dann am Ende zu meinem Wohnhaus rüberwechselt. Den Bereich kann der Bewegungsmelder an der Garage nicht erfassen. Warum auch, da läuft ja normalerweise auch keiner."

„Nina, veranlasse doch bitte sofort, dass die Kollegen aus Esens einen Streifenwagen zum Oltmann-Hof schicken. Der soll solange dortbleiben, bis eine Ablösung kommt. Bernd, du mobilisierst bitte sofort das Einsatzkommando zum Dirksen-Hof, für den Fall, dass die Bande sich da schon eingenistet hat. Wir gehen mal von mindestens fünfzehn Bandenmitgliedern aus. Und Sie, Herr Oltmann, rufen doch bitte Ihre Frau an, dass wir, als reine Vorsichtsmaßnahme wegen des von ihr beobachteten Feuerzeugs, einen Streifenwagen zu Ihrem Haus schicken."

„Dann war es sicher richtig, dass wir, trotz meiner großen Hunde, den Rückzug angetreten haben?", versicherte sich Werner.

„Goldrichtig sogar", antwortete Bert. „Sie können davon ausgehen, dass Sie andernfalls zumindest keine Hunde mehr hätten, wenn nicht noch mehr. Mit solchen Typen ist wirklich nicht zu spaßen. Und das nächste Mal alarmieren Sie uns bitte sofort und handeln nicht auf eigene Faust."

„Da hätte ich mit meiner geladenen Schrotflinte wohl auch nicht viel ausrichten können?", fragte Hans zaghaft.

„Das nehme ich jetzt mal nur als eine rein hypothetische Frage, Herr Oltmann. Sie verstehen!?", antwortete Bert. „Damit hätten Sie diesem Typen unter Umständen einen feinen Grund geliefert, dass er Sie in reiner Notwehr erschossen hätte!"

Hans Oltmann wurde blass. „Oh, mein Gott. Auf so eine Überlegung wäre ich im Leben nicht gekommen!"

„Aber diese Leute schon. Andernfalls hätte es ihnen später ein findiger Anwalt so in den Mund gelegt. Dass sie ja nur ihr eigenes Leben verteidigt hätten."

„So, der Streifenwagen ist unterwegs und die Kollegen wissen Bescheid." Nina war wieder zurück.

„Lass uns jetzt mal die Details anschauen", sagte Bert und startete das Video erneut. „Ich habe an Sie beide noch die eine oder andere Frage dazu. Die erkennungsdienstliche Auswertung übernehmen dann unsere Kollegen, die darauf spezialisiert sind."

Nachdem alle Fragen geklärt waren, ermahnte Bert Vater und Sohn nochmals nachdrücklich, künftig keine Alleingänge mehr zu machen und vorher die Polizei zu informieren, auch an Wochenenden. Mit gemischten Gefühlen machten sich die beiden auf die Heimfahrt zu ihrem Hof nach Bensersiel.

Zuhause stand der Streifenwagen vor der Auffahrt zu Werners Garage so, dass die Besatzung auch den Zufahrtsweg zum

Gulfhaus und den Stallungen voll im Blick hatte. Für Kraftfahrzeuge gab es keine andere Zufahrtsmöglichkeit, da die Weiden und Äcker von Schloten und dem Benser Tief durchzogen waren.

Werner kannte die Beamten und hatte noch kurz mit ihnen gesprochen, bevor er dann zu seinen Eltern ging, um vor allem auch seine Mutter zu beruhigen. Inzwischen hatte ihm Bernd über Handy mitgeteilt, dass sie auf dem Dirksen-Hof niemand mehr angetroffen hätten. Zwar hatte man Reste von dem Lagerfeuer gefunden, aber weder leere Bierflaschen noch sonstigen Müll. Auch gab es keine Einbruchspuren am Wohnhaus. Wahrscheinlich hatte der ehemalige Vorarbeiter wirklich einen Schlüssel benutzt. Daher hätten sie vorsichtshalber das Auswechseln der Schlösser veranlasst. Bei nächster Gelegenheit würde Werner einen Zweitschlüssel erhalten, damit er im Notfall nach wie vor rein könnte. Auch Gerrit Dirksen habe man in Düsseldorf telefonisch informiert.

***

Lagebesprechung im Kommissariat Wittmund. Bert stand wie immer an seinem Flipchart. „Also Leute, wir haben ein paar gute Nachrichten, aber leider auch ein paar ganz schlechte. Ich fange mal mit den guten an. Aufgrund der Auswertung des Oltmann-Videos konnte der Typ, der Werner Oltmann mit der Pistole bedroht hat, identifiziert werden. Er gehörte zur Frankfurter Drogenszene und nach ihm wird bereits seit längerem gefahndet. Er soll bei einer ähnlichen Situation wie auf dem Dirksen-Hof einen Mann und eine Frau erschossen haben. Danach ist er untergetaucht. Durch das Video können wir jetzt davon ausgehen, dass er sich in den Niederlanden aufhält. Über Europol haben wir die niederländischen Kollegen eingeschaltet."

„Und, sind sie fündig geworden?", wollte Nina wissen.

„Ja, aber anders, als wir es alle gedacht hatten. Und ich weiß nicht, ob ich das jetzt gut oder schlecht finden soll."

„Mach´s nicht so spannend, Bert." Nina wurde ungeduldig.

„Sie haben ihn in einer Hochhauswohnung am Stadtrand von Groningen in einer Badewanne tot aufgefunden."

„Ist der vielleicht beim Baden ertrunken?" Bernd grinste.

„Ertrunken ist er jedenfalls nicht. Er hatte sich einen - oder es wurde ihm ein - goldener Schuss gesetzt. Das wird dort gerade in der Rechtsmedizin untersucht. Jedenfalls hat da in der Wohnung jemand richtig saubergemacht. So gut wie keine Fingerabdrücke oder sonstige verwertbare Spuren. Gefunden hatte ihn die Mieterin der Wohnung. Wahrscheinlich seine Geliebte, bei der er untergetaucht war. Sie war gerade von einem Türkeiurlaub mit einer Freundin zurückgekommen."

„Das muss ja dann relativ kurz nach der Aktion auf dem Dirksen Hof passiert sein", überlegte Nina.

„Ja. Aber ob das damit im Zusammenhang steht, können wir nur mutmaßen", stellte Bert fest. „Nehmen wir mal an, da steckt wirklich die Drogenmafia dahinter und die wollen, aus welchem Grund auch immer, den Dirksen Hof in ihre Hand kriegen. Dann könnte die auffällige Aktion mit Lagerfeuer auf dem Hof ja wohl kaum im Sinne der Drogenbosse gewesen sein. Damit wurde nur unnötig Aufmerksamkeit erregt. Dafür würde zum Beispiel auch sprechen, dass die Bande bereits am Wochenende den Hof schon wieder verlassen haben muss. Außerdem war für uns schon auffällig, dass die weder leere Flaschen noch sonstigen Müll hinterlassen haben."

„Wahrscheinlich haben die bei den Drogenbossen angerufen und gefragt, was sie machen sollen, nachdem Werner Oltmann sie vom Hof hatte verjagen wollen. Und dann haben sie die Anweisung bekommen, keine Spuren zu hinterlassen", meldete Silke sich zu Wort.

„Da könntest du durchaus recht haben. Es ist schon ungewöhnlich, dass solche Typen nach so einer Aktion anschließend auch noch aufräumen und sogar ihren Müll mitnehmen. Im Haus müssen sie bei der Putzaktion jedenfalls auch gewesen sein. Wie unsere Spurensicherung herausgefunden hat, wurde wohl teilweise versucht, Fingerabdrücke abzuwischen. Dabei ist man dann aber nicht sehr sorgfältig gewesen. Und manche Räume, vor allem die Bäder, hat man offensichtlich ganz vergessen. Die Betten sind auch benutzt worden und in einigen hatte man, den Spuren nach, auch Sex. Unter einem Bett wurde sogar ein benutztes Kondom gefunden."

„Einfach nur Hirnis!", konnte Bernd sich den Kommentar nicht verkneifen.

„Aber sehr gefährliche", fügte Nina hinzu.

„Ja, aber damit komme ich auch schon zur nächsten guten Nachricht", übernahm Bert wieder die Gesprächsführung. „Auch wenn diese „Hirnis", wie du sie genannt hast, Bernd, geglaubt haben, dass sie ihre Spuren beseitigt hätten, dann haben sie die Rechnung ohne die moderne Forensik gemacht. Es konnten trotzdem jede Menge verwertbarer Fingerabdrücke und DNA-Spuren sichergestellt werden."

„Die könnten aber auch noch von den Bewohnern und früheren Besuchern des Hauses stammen", wand Silke ein.

„Das stimmt. Gerrit Dirksen will ja verkaufen und steht mit einer niederländischen Investorengesellschaft in Kontakt. Mit deren Finanzchefin und seinem Düsseldorfer Makler war er auch auf dem Hof und im Haus. Und da habe ich noch eine gute Nachricht: Er, sein Makler und die Vertreterin der Investorengesellschaft waren inzwischen hier und haben freiwillig ihre Fingerabdrücke und DNA-Proben abgegeben. Ebenso der Altknecht, der jetzt bei seinem Neffen in Esens untergekommen ist und Werner Oltmann, der gelegentlich im Haus nach dem Rechten gesehen hat. Das war zwar für unsere Forensik sehr umfangreich, aber dank moderner Computertechnik konnten die entsprechenden Spuren der berechtigten Personen relativ schnell identifiziert und zugeordnet werden."

„Und das dürfen wir, ohne dass uns später wieder findige Anwälte vorführen?", fragte Nina spitz.

„Die Betroffenen waren ja einverstanden. Und die Einbrecher brauchen wir in diesem Fall, Gott sei Dank, noch nicht vorher um Erlaubnis fragen."

„Wer weiß, vielleicht kommt das auch noch irgendwann", grummelte Nina.

„Wollen's nicht hoffen! Aber ich habe noch eine gute Nachricht. Der Jabowski war tatsächlich dabei. Seine Fingerabdrücke befanden sich an einem Wasserhahn im Bad der verunglückten Eheleute. Das Bad ist nur über einen direkten Zugang durch deren Schlafzimmer zu erreichen. Daher können wir davon ausgehen, dass er in der Zeit, wo er noch auf dem Hof beschäftigt war, dort mit Sicherheit nicht gewesen ist."

„Hach, dass ich nicht lache!", Nina musste das einfach loswerden. „Ich höre den Anwalt schon sagen: „Mein Mandant hat mit der Hausherrin Sex in deren Schlafzimmer gehabt."

„Na, vielleicht haben wir ja Glück und das benutzte Kondom unter dem Bett ist von ihm, dann kann er sich nicht mehr rausreden. Aber erst einmal müssen wir ihn wieder in Gewahrsam haben. Seine Ferienwohnung in Esens hat er noch immer nicht gekündigt und Mietzahlungen stehen auch noch aus. Aber wahrscheinlich macht er mal wieder in den Niederlanden Urlaub, wie sein Anwalt das genannt hatte. Wir haben ihn jedenfalls nach der Aktion auf dem Hof erneut auf die Fahndungsliste gesetzt. Und diesmal wird er auch über Europol gesucht."

„Beim ersten Mal hat das doch auch sehr schnell geklappt", gab sich Silke hoffnungsvoll.

„Wir haben das nicht an die große Glocke gehängt, aber da hatten wir Riesenglück und einen sehr aufmerksamen Kollegen aus Esens. Der war mit seiner Familie zu einem Einkaufsbummel nach Groningen gefahren. Dort hat er in einem Bistro einer Shoppingmall den Jabowski sitzen sehen. Er kannte ihn vom Sehen. Dann hat er auf der Dienststelle angerufen und sich den Fahndungsaufruf auf sein Smartphone schicken lassen. Denn er hatte vorher zwei niederländische Polizisten in der Shoppingmall auf Streife gesehen. Diese hat er dann gebeten, den Jabowski festzunehmen. Und als die hörten, dass wir einen Zusammenhang mit Drogengeschäften vermuteten und hier wegen fünf Toten ermitteln, haben die sich über alle bürokratischen Hürden hinweggesetzt und den Jabowski sofort festgenommen."

„Aber auf solches Glück können wir nicht immer hoffen", seufzte Nina. Bert fuhr fort: „Wie gesagt, ist Europol inzwischen eingeschaltet. Denn bei Drogendelikten und fünf Toten wird man auch dort hellhörig. Und in dem Zusammenhang gibt es noch etwas, das Anlass zur Hoffnung gibt."

„Gibt es etwa doch noch Zeichen und Wunder?", konnte Nina ihren Sarkasmus nicht unterdrücken.

„Na, so euphorisch würde ich jetzt doch nicht werden wollen. Aber Hinnerk Freese hatte sich die meisten Kennzeichen der Motorräder notieren können, bevor er die Typen von seinem Hof gejagt hat. Und wir gehen davon aus, dass es dieselben sind, die auch auf dem Dirksen-Hof waren. Doch irgendwie war die Vertreterin der niederländischen Fondsgesellschaft schon vor uns an diese Informationen gekommen und hatte bereits eigene Nachforschungen anstellen lassen. Das hat sie mir bei dem Ortstermin auf dem Dirksen-Hof erzählt. Sie und ihre Fondsgesellschaft wollten nämlich auf gar keinen Fall mit den Machenschaften dieser Bande in Zusammenhang gebracht werden, wie sie mir versicherte. Inzwischen hat diese Informationen auch die niederländische Polizei. Die halten sich aber noch zurück, weil gegen diese Bande bereits seit längerem landesintern wegen mehrerer Drogendelikte ermittelt wird. Diese Ermittlungen sollen nicht behindert werden. Und da müssen wir einfach zurückstehen."

„Das heißt, uns sind mal wieder die Hände gebunden", begehrte auch Bernd auf.

„Ganz so schlimm ist es doch nicht. Wir haben unsere ermittelten Fingerabdrücke und DNA-Spuren zum Abgleich rübergeschickt. Und da gibt es auch Übereinstimmungen. So viel wissen wir schon. Es gibt nur noch keine Festnahmen."

„Ja und wieso kam die Vertreterin der Fondsgesellschaft darauf, dass sie jemand mit dieser Bande in Verbindung bringen könnte?", wollte Nina wissen.

„Die Investorengesellschaft ist an mehreren Grundstücken interessiert, weil sie eine große Ferienanlage planen. Wie sie offen einräumte, sind einige Leute mit dem Verkauf ihrer Liegenschaften möglicherweise nicht einverstanden. Wodurch die gesamte Planung in Frage gestellt würde. Da hätte man ja annehmen können, dass die Fondsgesellschaft auf diese Weise Druck auf die Betroffenen hätte ausüben lassen."

„Sicher nicht ganz von der Hand zu weisen", überlegte Nina. „Man hört ja oft von solchen Praktiken in Großstädten, wo Mieter oder Eigentümer sich gegen eine Sanierung oder einen Abriss ihrer Wohnungen und Häuser wehren. Würdest du ein solches Motiv denn nach dem Gespräch mit der Dame ausschließen?"

„Man kann bekanntlich niemandem hinter die Stirn schauen. Auf mich wirkte das, was sie sagte, aber durchaus glaubwürdig. Andernfalls hätten wir noch eine neue Baustelle."

„Nina war unzufrieden. „Ich habe für mich aber immer noch keine Antwort auf die Frage, was die Drogenmafia ausgerechnet mit einem Hof in Ostfriesland mit ca. 110 Hektar Landfläche will? Wenn der nur eine gute Tarnung für die Produktion von Designerdrogen sein oder als Umschlagplatz für Drogenlieferungen dienen sollte, könnten sie das sicher woanders einfacher und billiger haben. Hanfanbau, auf einer freien und kilometerweit einsehbaren ostfriesischen Ackerfläche, scheidet ja wohl von vornherein aus."

„Ja, aber vielleicht ist gerade das die beste Tarnung. Weil genau das jeder denkt."

„Gut, gehen wir tatsächlich mal davon aus", sinnierte Nina weiter, „dann ständen die Interessen der Drogenmafia, mal abgesehen von deren kriminellem Hintergrund, auch gegen die Interessen der Investorengesellschaft."

„Das scheint die Finanzchefin der Golf&More Real Estate B.V., Frau Brink, genauso zu sehen. Ich hatte ihr nur angedeutet, dass wir wegen des Verdachtes auf einen kriminellen Hintergrund ermitteln. Sie kam dann aufgrund ihrer eigenen Recherchen in Bezug auf die Motorradbande, selbst sofort auf das Thema Drogen."

„Das ist in der Tat interessant. Damit würden unseren Überlegungen von einer ganz anderen Seite sogar neue Nahrung erhalten." Nina wirkte zufrieden.

„Ja, und damit bin ich jetzt bei meiner schlechtesten Nachricht! Das sind alles durchaus begründete Überlegungen und nachvollziehbare Vermutungen. Aber wir haben nicht einen einzigen gerichtsverwertbaren Hinweis, geschweige denn Beweise im Hinblick auf unsere fünf Toten! Und das treibt mich noch in den Wahnsinn!" Bert hatte sich in Rage geredet und seinen letzten Satz noch mit einem heftigen Schlag gegen das

Flipchart unterstrichen. Dieses segelte, nachdem sich das hintere der drei Beine eingeklappt hatte, quer durch den Raum. Bernd hob es unaufgefordert auf und stellte es wieder an seinen Platz.

„Danke, Bernd! Aber ich könnte wirklich explodieren."

Bert war bei seinem „Lieblingsthema": Dass Verbrecher auf der einen Seite Recht und Gesetz mit Füßen treten, aber auf der anderen Seite sich genau darauf berufen, um ihrer gerechten Strafe zu entgehen. Nina versuchte ihn dann immer zu beruhigen, indem sie darauf hinwies, dass diese Regelungen auch schon manchen Unschuldigen geschützt hätten. Schließlich einigte man sich dann darauf, dass es wohl nicht zu verhindern sei, dass skrupellose Menschen das ausnutzten.

Und so kam es, wie Bert es vorhergesehen hatte. Es stand ja noch nicht einmal beweiskräftig fest, dass das Unglück auf dem Dirksen-Hof tatsächlich auf einen kriminellen Hintergrund zurückzuführen war. Es reichte nicht für das Einsetzen einer Sonderkommission, um das herauszufinden. Die Fahrlässigkeit des toten Betreibers war auf jeden Fall, unabhängig von vermuteten kriminellen Machenschaften, nicht von der Hand zu weisen. Und so verschwand die Akte vom Dirksen-Hof erst einmal im Archiv für ungeklärte Fälle. Erst einmal!

Kapitel 7

Es war gut ein Jahr ins Land gegangen. Bert Linnig und sein Team hatten inzwischen einen Serienmord in Neuharlingersiel aufgeklärt. Der Dirksen-Hof schien in einem Dornröschenschlaf zu liegen. Die Motorradbande war auch nicht mehr in der Gegend aufgetaucht und die Natur machte sich auf Freiflächen und, wo immer sich eine Erdkrume fand, auf dem Hof breit. Die Akte vom Unglück hatte sich Bert immer wieder mal auf den Schreibtisch geholt. Er war nach wie vor davon überzeugt, dass da irgendetwas faul sein musste. Bei manchem Meeting war es daher auch Gesprächsthema gewesen.

Es waren für die Jahreszeit recht angenehme 18° und der Himmel über der Nordseeküste zeigte sich heute schon den ganzen Tag in einem strahlenden Blau. Der Boxermotor des alten VW-Käfer-Cabrios aus den 70er Jahren der frühpensionierten Kriminalhauptkommissarin Heike Grabowski röhrte wie ein Porsche. Der Fahrtwind wirbelte ihre leicht gewellte, lange kastanienrote Haarmähne kräftig durcheinander. Aber so liebte sie es. Den alten Parker fest bis oben hin zugeknöpft, einen langen Schal in einer doppelten Schlinge um den Hals gewunden, genoss sie die Fahrt am Deich entlang von Bensersiel nach Neuharlingersiel.

Sie brauchte jetzt den Wind um die Nase. Erst einmal musste sie wieder einen klaren Kopf bekommen, obwohl sie aus ihrer Dienstzeit in Essen eigentlich einiges gewohnt war. Früher hatte sie jeden Urlaub im Nordseeheilbad Bensersiel in der Pension Clausen verbracht. Im Laufe der Jahre war zwischen ihr und der Wirtin, Engeline Clausen, eine richtige Freundschaft entstanden.

Nach einem Burnout, der Psychologe sprach von PTBS, einer Posttraumatischen Belastungsstörung, war sie in den vorzeitigen Ruhestand versetzt worden. Danach hatte es sie an die ostfriesische Nordseeküste mit der Weite des Wattenmeeres, seinen romantischen Inseln und den sattgrünen Moor-Landschaften gezogen. Das gab ihr jetzt auch die Kraft, wieder zu sich selbst zu finden.

Engeline hatte ihr das Fischerhäuschen ihrer verstorbenen Schwiegereltern in Neuharlingersiel, welches sonst eigentlich in der Saison von Feriengästen genutzt wurde, auf Dauer vermietet. Sie war auch immer da, wenn es Heike mal wieder so richtig mies ging und sie sich am liebsten wieder in ihr Schneckenhaus zurückgezogen hätte.

Jeden Donnerstagnachmittag trafen sie sich bei Engeline in Bensersiel zu einer ostfriesischen Teestunde. Darauf freute sich Heike schon immer die ganze Woche. Ein ostfriesisches Teezeremoniell, das hatte etwas ganz Besonderes. Wenn der heiße Tee den Kandis zum Knacken brachte, die Sahne mit dem speziellen Löffelchen in den goldbraunen Tee gehoben wurde und sich dann in der Tasse wie kleine Kumuluswölkchen ausbreitete, erfüllte sie eine tiefe Ruhe und ihr Herz wurde ganz weit.

Heute waren Karl Böhme - ein Bestatter aus Esens - und seine Frau Rieke dabei gewesen. Heike hatte die beiden heute nicht zum ersten Mal dort getroffen. An den Umgang mit Bestattern war sie schon berufsbedingt gewöhnt, und so frotzelte sie auch gerne mit ihm.

„Hallo Karl, wie geht's denn so? Was machen die Geschäfte?", hatte sie ihn bei der Begrüßung gefragt.

„Moin Heike, wie es so geht", war seine Antwort gewesen. „Und bezogen auf meine Geschäfte - na, du weißt doch, gestorben wird immer. Da gehen einem die Kunden nicht aus. In meinem Beruf muss man nur warten können. Irgendwann kommt jeder mal dran."

„Und manchmal wird dabei sogar noch nachgeholfen", hatte Heike feixend nachgeschoben.

„Wo du das so sagst, seit einiger Zeit mache ich mir da so meine Gedanken."

„Was meinst du damit?" Heikes kriminalistischer Spürsinn war aus seinem Dornröschenschlaf erwacht.

„Na ja, weißt du, wenn eine vierundachtzigjährige Ehefrau einen Tag nach der Diamanthochzeit an Herzversagen stirbt und wenn ihr fünfundachtzigjähriger Mann ihr nach noch nicht einmal vier Wochen, auch durch Herztod, nachfolgt, dann denkt man noch, die hatten doch einen begnadeten Tod. Dem Mann hat es offensichtlich, sogar im wahrsten Sinne des Wortes, das Herz gebrochen. Größer kann eine Liebe doch gar nicht sein und enden, oder?"

„Das würde ich auch so sehen, so etwas hat man nun wirklich nicht alle Tage."

„Alle Tage zwar nicht, aber fast das Gleiche ereignete sich kurze Zeit danach bei den nächsten Nachbarn von den beiden", ergänzte Karl. „Nur, dass die zuvor keine Diamanthochzeit gehabt hatten und es da genau umgekehrt war. Da verstarb erst der Mann und ungefähr vier Wochen später seine Frau. Aber auch hier beide an Herzversagen."

„Da würde ich allerdings auch anfangen, mir so meine Gedanken zu machen", hatte Heike geantwortet und noch hinzugefügt: „Und jetzt sag mir nur noch, dass beide Höfe zufällig auch noch gemeinsame Erben haben, dann würde ich schon fast nicht mehr an einen Zufall glauben."

„Gemeinsame Erben gibt es zwar nicht, aber wie man munkelt, soll da ein Golfplatz mit Ferienclub-Anlage gebaut werden. Dafür werden beide Resthöfe der Verstorbenen benötigt, weil die mittendrin liegen. Und wie du dir sicher denken kannst, dachten die alten Leute natürlich nicht im Traum daran zu verkaufen, weil sie ihren Lebensabend auf dem eigenen Hof und nicht in einer Altenpflegeeinrichtung verbringen wollten."

Der folgende Dialog hatte dann mehr den Charakter eines Verhörs als einer Unterhaltung bei einer gemütlichen Teestunde. Am Ende wusste Heike, dass das erste Ehepaar bereits eingeäschert und das zweite Ehepaar von Karl beerdigt worden war. In allen vier Fällen hatten sogar unterschiedliche Notärzte den Herztod festgestellt. Aufgrund des Alters der Verstorbenen sicher auch kein ungewöhnlicher Tod, wenn nicht die merkwürdige zeitliche Abfolge und diese Grundstücksgeschichte gewesen wären.

Der Auslöser war für Karl ein tragisches Unglück auf einem der Nachbarhöfe, bei dem der Landwirt und seine ganze Familie vor einem Jahr ums Leben gekommen waren. „Merkwürdig", hatte er gesagt, „für dieses Ferienkonzept fast wie auf Bestellung."

Als Karl hierzu die Details erzählte, war ihm Rieke ins Wort gefallen: *„Das ist alles nur der Fluch. Ik hebb dat all seggt, dat is de Flöök!"*

Heike war eigentlich nicht abergläubisch. Aber irgendwie war sie doch auch davon überzeugt, dass es manchmal Dinge zwischen Himmel und Erde gibt, die sich einfach nicht erklären lassen.

Allerdings, wenn es um sehr viel Geld ging, dann hatten solche Ereignisse meist ganz reale Hintergründe. Außerdem verbarg sich nicht selten hinter solchen mystischen Geschichten auch der Schlüssel für die Wahrheit. Und sei es, dass plötzlich alte Feindschaften wieder ausgebrochen waren.

Deswegen brauchte sie jetzt erst einmal etwas Wind um die Nase, um die Fakten zu sortieren und über die möglichen Zusammenhänge nachzudenken. Inzwischen stand für sie aber fest: Das waren etwas zu viele Zufälle auf einmal. Das sagten ihr ihre kriminalistische Erfahrung und ihr Instinkt. Die Kriminalistin in ihr war wieder voll in ihrem Element. Und so ließ sie das Gespräch in ihrem Gedächtnis noch einmal Revue passieren, während sie die letzten Strahlen der Nachmittagssonne auf ihrem Haar spürte und das Knattern ihres Boxermotors den Takt dazu gab.

Riekes Geschichte lag nun schon über hundert Jahre zurück. Danach sollte es hier in der Gegend eine Hebamme gegeben haben, die zugleich wohl auch das war, was man damals eine Engelmacherin nannte. Sie hatte eine bildhübsche Tochter, die den jungen Burschen in der ganzen Gegend den Kopf verdrehte. Und eines Morgens sei das junge Ding splitterfasernackt tot im Benser Tief gefunden worden.

Auch wenn man es nicht hatte beweisen können, war die Hebamme davon überzeugt gewesen, dass das nur auf das Konto der vier Bengels von den umliegenden Höfen gehen konnte. Die waren zwei, drei Jahre älter als das Mädchen und hatten auch schon so einige böse Jungenstreiche und mehr auf dem Kerbholz gehabt. So war nicht nur die Hebamme davon ausgegangen, dass diese vier Früchtchen ihrer Tochter erst Gewalt angetan und sie dann im Benser Tief ertränkt hatten. Sie sollen das wohl bestritten haben, waren aber die Letzten gewesen, mit denen das junge Mädchen noch nach einer Feier gesehen worden war.

Nach der überlieferten Geschichte soll die Hebamme die Nachfahren dieser vier Jungen und deren Höfe auf ewige Zeiten verdammt haben. Anschließend sei sie ins Watt gegangen und später mit der Flut tot an den Strand gespült worden sein.

Heike konnte sich gut vorstellen, wie eine solche Geschichte beim Spinnen der Wolle an langen Winterabenden unter den Frauen des Dorfes inzwischen zur historischen Wahrheit geworden war. Der Kommentar von Karl hatte allerdings Bände gesprochen: „Alles Altweibergeschwätz!"

Rieke hatte dieser abwertenden Bemerkung ihres Mannes aber einiges entgegenzusetzen gehabt. Da sei auf allen vier Höfen schon einiges passiert. Dabei kam auch der Unfall mit fünf Toten noch mal zur Sprache. Ihr Hinweis darauf, dass kurz zuvor der alte Vorarbeiter genau von diesem Hof von einem Segeltörn mit einem Freund nicht mehr zurückgekommen war, hatte Heike besonders aufhorchen lassen. Noch so eine merkwürdige Verkettung.

Auf einem anderen Hof hätte die Bäuerin vor etwa 50 Jahren Zwillinge als Totgeburten zur Welt gebracht. Weil sie danach keine Kinder mehr bekommen konnte, hätten sie und ihr Mann einen Jungen adoptiert, der heute auf dem Hof eine Kälbermast betreibe. Aber auch dem sei das Glück nicht hold gewesen. Mit Nachwuchs hätte es nicht geklappt. Und dann wäre ihm seine Frau noch mit einem Feriengast aus Bayern davongelaufen. Und auf einem anderen der Höfe sei die Frau ganz früh an Krebs gestorben.

Jedenfalls habe es auf jedem der vier Höfe im Laufe der Jahrzehnte immer wieder tragische Unfälle und mysteriöse Todesfälle gegeben. Nach Riekes Ausführungen wäre sie auch nicht die einzige im Ort, die fest daran glaube, dass dies alles eine Folge dieses Fluches der Hebamme sei.

Karl hatte dem entgegengehalten, dass es wohl kaum eine Familie oder einen Hof gäbe, wo es im Laufe von 100 Jahren noch nicht zu irgendwelchen tragischen Ereignissen gekommen sei. Und Unfälle und Totgeburten gehörten nach seiner Überzeugung und Erfahrung nun mal leider zum Leben dazu. Auch, wenn es dort keinen Fluch gegeben hatte.

Der rationalen Betrachtungsweise von Karl konnte sich Heike durchaus anschließen. Allerdings war da irgendetwas, das spürte sie ganz genau. Sie wusste nur noch nicht genau, was. Ihr kriminalistischer Spürsinn arbeitete mal wieder seit langer Zeit auf Hochtouren. Wie weit sie damit aber bereits einer erschütternden Wahrheit auf die Spur gekommen war, konnte sie zu diesem Zeitpunkt nicht ahnen.

Eben hatte sie mit ihrem Cabrio das Ortsschild von Neuharlingersiel passiert, da sprang es sie an: Heike Grabowski, du bist nicht mehr im Dienst! Kaltgestellt! Altenteil! Sie wurde nicht mehr gebraucht! Und das mit Anfang fünfzig! Sie spürte, wie die Faust der Depression mal wieder nach ihr zu greifen drohte und parkte den Wagen in einer Parkbucht am Straßenrand. Erst einmal tief durchatmen und langsam von eins bis zehn zählen.

Sie wusste nicht, wie lange sie mit ihrem Nostalgie-Käfer schon dagestanden hatte. In solchen Situationen konnten Minuten für sie zu Stunden werden, oder Stunden zu Minuten. Der Motor tuckerte immer noch leise vor sich hin. Es hatte inzwischen zwar noch etwas weiter abgekühlt, aber die Sonne schickte immer noch ihre letzten wärmenden Strahlen über die Deichkante. Heike hatte sich wieder gefangen. Sie musste sofort Bert anrufen, denn hier war er zuständig.

Der Rufton vom Handy ging raus. Es meldete sich das Kommissariat in Wittmund, Polizeiobermeisterin Silke Jansen. „Kriminalhauptkommissar Linnig ist gerade noch in einer Besprechung. Ich richte aus, dass er Sie zurückrufen soll."

***

Zwischen Bert und Nina herrschten in den letzten Wochen unübersehbar atmosphärische Störungen, wie er es bei sich nannte. Und er wusste, daran war er nicht schuldlos. Er hatte sich aber auch zu dämlich verhalten und damit offensichtlich erst

Ninas Eifersucht heraufbeschworen, obwohl es eigentlich nichts gab, was dies gerechtfertigt hätte. Aber trotz dieser Disharmonie waren sie gemeinsam mit ihrem Team bei der Aufklärung der blutigen Morde eines Serientäters erfolgreich gewesen. Und das sogar ohne Unterstützung aus Hannover.

Jetzt aber wurde es aus Berts Sicht höchste Zeit, wieder für mehr Harmonie zwischen ihnen beiden zu sorgen. Er hatte daher für eine Besprechung nicht Nina zu sich ins Büro gebeten, sondern sich mit einer Akte unterm Arm in ihr Dienstzimmer begeben. Kaum dass er saß und die Akte vor ihm auf ihrem Schreibtisch lag, kam auch schon ihr Kommentar, der alles andere als harmonisch klang: „Wie oft willst du diese Akte denn noch wieder vorkramen?"

Es war wohl doch keine so gute Idee gewesen, über einen Fall, von dem er wusste, dass sie dazu eigentlich beide die gleichen Ansichten vertraten, versuchen zu wollen, wieder zu dem früheren guten Verhältnis zwischen ihnen zurückzufinden.

„Liebe Nina, das Unglück auf dem Dirksen-Hof lässt mir bis heute keine Ruhe. Und da wir jetzt wieder etwas mehr Luft haben ..."

„Ich weiß zwar nicht, was du dir davon versprichst, aber wenn du meinst."

Bert hatte sich das Protokoll der Vernehmung des geschassten Vorarbeiters zum x-ten Mal vorgeknöpft. „Irgendetwas müssen wir übersehen haben! Ich spüre es genau! Irgendwie muss der Schlüssel bei diesem Jabowski und seinem Anwalt liegen!"

„Wie oft willst du dir das Protokoll denn noch ansehen? Du kennst es doch schon auswendig. Ich bin der Meinung, wir sollten die Akte endgültig schließen! Obwohl auch mein Gefühl mir sagt, dass da irgendetwas ganz gewaltig stinkt! Und das ist nicht das Methan aus der Biogasanlage!", wurde Nina dann doch noch etwas zugänglicher. „Aber formaljuristisch haben wir nichts in der Hand, wie dieser Anwalt uns auch schon vorexerziert hat! Andererseits kommen mir auch wieder Zweifel, denn Gerrit Dirksen ist ja wohl entschlossen, seinen Hof an diese Fondsgesellschaft zu verkaufen. Das läge doch dann sicher nicht im Interesse von Drogenbossen, die eventuell hinter dem

Jabowski und vielleicht dieser Motorradgang stehen. Es sei denn, die stecken auch hinter der Fondsgesellschaft."

„Das eine schließt das andere doch nicht aus. Aber wahrscheinlich hast du recht. Schließen wir diese Akte endgültig. Durch den letzten Fall in Neuharlingersiel haben wir doch kaum zu uns selbst gefunden. Ich glaube, zwischen uns beiden besteht noch ein wenig Klärungsbedarf."

„Ach ja!?"

„Ja! Was hältst du nachher von einem Essen bei unserem Italiener und anschließend einem gemütlichen Ausklang bei dir?"

Bevor Nina antworten konnte, kam Silke Jansen und meldete, dass Bert eine ehemalige Kollegin aus seiner Essener Zeit zurückrufen möchte.

Nina spürte den Stich genau da, wo sie ihn überhaupt nicht mochte. Und dann saß das Eifersuchtsteufelchen wieder auf ihrer Schulter. Schon wieder die! Was will dieses rothaarige Vollweib jetzt schon wieder von Bert? Und wieso rief er sie von seinem Dienstzimmer aus zurück? Er hätte doch gleich hier von seinem Handy aus telefonieren können. Sie versuchte, ihre Eifersucht unter Kontrolle zu bringen. Wir wollten doch ganz cool bleiben. Gefühle? Was für Gefühle? Wir sind doch nur eine kollegiale Symbiose, wie Bert das einmal bezeichnet hat.

Bevor Nina sich weiter in ihrem inneren Disput verlieren konnte, kam Bert schon zurück. „Heike hat uns für morgen früh zum Brunch eingeladen. Eigentlich hätte ich schon heute Abend zu ihr kommen sollen. Aber ich habe ihr gesagt, dass wir beide uns heute Abend ein gemeinsames Abendessen verdient haben."

„Und was hat sie da gesagt?" Nina konnte ihre Neugier nicht unterdrücken. Für sie war der Verdacht immer noch nicht ausgeräumt, dass sich zwischen Bert und seiner Ex-Kollegin aus seiner Essener Zeit, doch ein Verhältnis angebahnt haben könnte.

„Na, was soll sie schon gesagt haben?", blieb Bert cool. „Natürlich hatte sie volles Verständnis dafür. Sie kennt doch den Job und weiß, dass harte Wochen hinter uns liegen. Ich kann dir nur immer wieder sagen, dass mit Heike früher und auch heute nix war und nix ist! Aber darf ich deine Eifersucht vielleicht als ein Liebesgeständnis werten?"

„Bilde dir bloß nichts ein", gab Nina gespielt schnippisch zurück.

Nina und ihr Chef waren in den Jahren ihrer bisherigen Zusammenarbeit zu einem eingespielten Team geworden. Beide hatten eine gescheiterte Beziehung hinter sich - sozusagen dem Dienstgott geopfert. So etwas schweißt zusammen, in vielerlei Hinsicht. Und seit einem Betriebsausflug und einem Abend im Irish Pub Harlekin in Neuharlingersiel, bei *Platt is Wat(t)* von der ostfriesischen Rockband *Pier 104*, waren sie sich nicht nur dienstlich nahegekommen.

Bert war mit Anfang fünfzig seit über dreißig Jahren bei der Polizei und der Dienst war nicht spurlos an ihm vorübergegangen. Sein markantes Kinn, sein fester Blick, der kahlrasierte Kopf und der bereits leicht ergraute Dreitagebart ließen keine Zweifel an seinem starken Willen und ausgeprägten Durchsetzungsvermögen aufkommen. Seine kräftige und muskulöse Statur sprach für sportliche Fitness, was sich schon bei mancher Auseinandersetzung mit Kriminellen als vorteilhaft erwiesen hatte. Von sich und seinem Team forderte er stets vollen Einsatz, war aber dennoch wegen seiner Fairness sehr beliebt. Nur seine Ehe war nicht von langer Dauer gewesen und kinderlos geblieben.

Auch Ninas kurze Ehe hatte ihre erste Verwendung als Kriminalkommissarin bei der Drogenfahndung in Hannover nicht überdauert. Für ihren Mann als Jurist in der Landesregierung war die ruhigere und vor allem planbarere Zweisamkeit mit einer jüngeren Kollegin aus seiner Behörde angenehmer gewesen. Die Drogenszene kennt aber nun mal keine geregelten Arbeitszeiten. Kinder hatten zu dieser Zeit weder bei ihm noch bei ihr auf der Agenda gestanden. Wie hätte sie mit einer Schwangerschaft und danach mit einem Säugling ihren aufreibenden Job auch bewerkstelligen sollen?

Trotzdem war ihr vor allem die Art und Weise des Scheiterns ihrer Beziehung hart an die Nieren gegangen. Der Standortwechsel nach Wittmund war Nina daher sehr gelegen gekommen. Eigentlich wollte sie seitdem Gefühle nicht mehr wieder so nahe an sich ranlassen.

Unter diesem Motto hatte sie auch die für beide Seiten praktische Verbindung zu Bert gesehen - bis plötzlich diese Heike Grabowski in Neuharlingersiel aufgetaucht und Bert über Nacht bei ihr geblieben war. Angeblich nur, weil er mehr getrunken hatte, als für seinen Führerschein zuträglich gewesen war. Jedenfalls war das genug Nahrung für ihr Misstrauen und ihre Eifersucht.

„Aber was hatte sie denn wirklich von dir gewollt? Und wieso lädt sie uns dann beide morgen früh zum Brunch ein?"

„Na, ganz einfach. Wenn es um einen Verdachtsfall geht, dann betrifft das ja wohl uns beide."

„Was für einen Verdachtsfall meint sie?"

„Das wäre ein bisschen kompliziert, hat sie gesagt. Und sie sei sich auch noch gar nicht sicher, dass da wirklich etwas vorläge. Im Moment hätte sie eher nur so ein Gefühl. Deswegen will sie morgen bei einem Brunch in aller Ruhe mit uns sprechen."

***

Sie wurden in Neuharlingersiel schon erwartet. Kaum hatte Bert den Wagen auf der Zufahrt zur Garage neben dem schmucken kleinen Fischerhäuschen abgestellt, wurde die Haustür geöffnet. Heike Grabowski stand in der Tür und schmetterte ihnen ein freundliches „Moin, schön, dass ihr da seid", entgegen. Bert begrüßte seine Ex-Kollegin links und rechts mit einem Wangenkuss.

Nina registrierte, dass es eine Begrüßung wie unter guten Freunden war. Zärtliche Begrüßung sah sicher anders aus. Aber sie kam gar nicht dazu, sich weitere Gedanken zu machen, da wurde sie von Heike bereits fast mütterlich in die Arme geschlossen. „Herzlich willkommen, Nina. Ich bin Heike. Aber das weißt du ja sicher schon. Kommt rein, der Kaffee wartet auf euch."

Nina war überrascht von der Wärme und Herzlichkeit, mit der Heike sie beide empfing. Fast schämte sie sich ein wenig für die eifersüchtigen Gedanken, die sie gehabt hatte. In der Küche war für drei Personen gedeckt und die Kaffeekanne stand bereits auf einem kleinen Stövchen auf dem Küchentisch.

Frische Brötchen verbreiteten ihren einladenden Duft und auf der Ablage unter den Hängeschränken war ein Frühstücksbuffet aufgebaut, bei dem es an nichts zu fehlen schien. Käse, Schinken, Wurst, Eier, eine Platte mit leckerem Matjes und natürlich eine Schüssel mit fangfrischem Granat.

„Heute Morgen frisch von der Fischerei-Genossenschaft geholt und selbst gepult", wie Heike betonte. Aber auch eine selbst eingekochte Erdbeermarmelade und Imkerhonig fehlten nicht.

„Jetzt weißt du, warum ich damals so spät zum Einsatz hier im Hafen ankam", sagte Bert zu Nina gewandt.

„Nina, das ist nur die halbe Wahrheit", ergänzte Heike. „Du und ich hatten uns ja an dem Morgen zum ersten Mal kurz beim Bäcker gesehen, ohne uns zu kennen. Ich habe Bert erst nach dem Frühstück gesagt, dass es für ihn einen Einsatz am Hafen gäbe. Sonst wäre der nämlich ohne Kaffee und Frühstück sofort losgerannt. Wir kennen das ja."

„Das kann ich jetzt natürlich gut verstehen. Obwohl ich mich damals ganz schön geärgert habe, dass er weder zuhause noch auf dem Handy erreichbar war."

„Er hatte das Ladegerät von seinem Handy zwar in eine Mehrfachsteckdose gesteckt, aber übersehen, dass diese einen Schalter hat. Und ohne Strom lädt nun mal auch das beste Ladegerät nicht", sagte Heike lachend.

„Ja, die Story kenne ich bereits", erwiderte Nina schmunzelnd.

Als der erste Appetit gestillt war, konnte Bert seine Neugier nicht mehr zügeln. „Nun lass mal raus, Heike. Du hast gestern am Telefon so Andeutungen gemacht. Auf was für Merkwürdigkeiten bist du denn gestoßen?"

Heike berichtete von ihrem Gespräch mit dem Bestatter Karl Böhme und seiner Frau Rieke. Bert und Nina hörten ihr aufmerksam zu.

„Nun Heike, es kann wirklich alles nur ein merkwürdiger Zufall sein. Und wenn man an einen Fluch glauben will, dann würde der ja auch einiges erklären. Aber wenn nicht, dann gäbe es wohl auch einige Leute mit Motiv. So viel kann man sicher jetzt schon sagen, oder was meinst du, Nina?"

„Das sehe ich ganz genauso." Nina hatte sich einige Notizen gemacht. „Wenn ich das richtig sehe, haben wir vier Todesfälle von älteren Menschen, die alle - sogar von unterschiedlichen Notärzten - als natürliche Sterbefälle wegen Herzversagens eingestuft wurden."

„Das ist richtig", sagte Heike.

„Davon sind zwei bereits eingeäschert und zwei normal bestattet, wie du gerade ausgeführt hast", fuhr Nina fort.

„Auch das trifft zu."

Nina hakte die entsprechenden Punkte auf ihrem Notizblock ab.

„Bei den Eingeäscherten wird die Forensik sicher kaum noch Chancen haben, das könnte bei den gerade erst bestatteten Toten allerdings anders sein."

Bert nickte zustimmend. „Wenn da tatsächlich irgendwie nachgeholfen wurde, würden unsere Fachleute aus dem Kriminaltechnischen Institut das sicher nachweisen können. Welche hieb- und stichfeste Begründung hätten wir denn, um eine Exhumierung zu beantragen?"

„Aus meiner Sicht nur die Weigerung der alten Leute, dem Verkauf ihres Altersruhesitzes zuzustimmen", antwortete Heike. „Aber auch das beruht bis jetzt nur auf Hörensagen."

„Für einen richterlichen Beschluss sicher zu wenig", stellte Bert fest. „Auf der anderen Seite sagt mir mein kriminalistischer Instinkt aber, dass da irgendetwas faul ist."

„Aus genau diesem Grund habe ich dich gestern angerufen. Das sagt mir nämlich auch mein Bauchgefühl. Aber ich bin ja nicht mehr gefragt, das ist eure Zuständigkeit." Eine leichte Bitterkeit war bei Heike nicht zu überhören.

„Wenn du noch in Essen im Dienst wärst und hier wie früher nur deinen Urlaub verbringen würdest, wären wir auch zuständig", versuchte Bert, sie zu trösten.

„Einerseits bin ich ja froh, das alles hinter mir gelassen zu haben. Aber andererseits … wenn man dann auf so eine Geschichte stößt, dann packt es einen doch wieder."

„Würde uns wohl allen so gehen", warf Nina ein. „Es gibt eben Berufe, da kannst du zwar die Tür zu deinem Büro zumachen, aber im Herzen, Bauch und Kopf bleibst du immer noch dieselbe."

„Da sagst du sicher etwas Wahres. Genau das habe ich gestern zu spüren bekommen. Ob ich wollte oder nicht, ich konnte mich weder meinen Gedanken noch meinen Gefühlen entziehen. Aber allein mit euch darüber zu sprechen tut mir schon gut und ich bin froh, die Dinge in verantwortungsvolle Hände gelegt zu haben. Irgendwie fühle ich mich jetzt wie von einer Last befreit und erleichtert."

„Nehmen wir an, es wäre bei den vier alten Leuten tatsächlich nachgeholfen worden, dann stellt sich doch in allererster Linie die Frage, warum?", überlegte Bert.

„Wie gesagt, es könnte mit dieser geplanten Ferienanlage zu tun haben. Die brauchen wohl die beiden Höfe der Verstorbenen, damit es weitergehen kann. Das Ganze ruht deswegen ja schon längere Zeit.

„Und damit holt uns doch schon wieder der Unfall auf der Biogasanlage vom Dirksen-Hof ein, Nina."

„Von dem hat Rieke auch gesprochen", flocht Heike ein, „das sei nach ihrer Auffassung aber auch nur die Folge des Hebammenfluches gewesen."

„In Bezug auf den Dirksen-Hof haben wir bislang allerdings eine ganz andere Vermutung", sagte Nina. „Leider fehlt es uns aber an handfesten Beweisen."

„Wenn allerdings tatsächlich ein Zusammenhang mit der Ferienanlage bestehen sollte, dann ergibt sich möglicherweise doch ein ganz anderes Bild."

„Am besten, ihr sprecht selber mal mit Karl", schlug Heike vor. „Der kennt die Zusammenhänge besser."

„Genau. Nina, ruf doch gleich bei ihm an, dass wir in etwa einer Stunde bei ihm reinschauen werden. Das liegt ja fast auf dem Weg ins Büro."

Nina ging zum Telefonieren auf die Terrasse. Schon kurz darauf war sie wieder zurück. „Wenn, dann müssten wir gleich kommen.

Er hat heute Nachmittag eine Beerdigung und muss noch einiges vorbereiten."

„Na, dann los. Heike, du hast uns so toll verwöhnt! Danke!" Bert nahm Heike kurz in den Arm und drückte ihr einen kameradschaftlichen Kuss auf die Wange. Ninas Eifersuchtsteufelchen blieb dabei diesmal sogar schmollend in der Ecke, ohne gleich zu rebellieren.

Bert und Nina hatten es nun eilig. Heike begleitete sie noch bis vor die Tür. „Schön, dass ihr da wart. Jetzt fühle ich mich doch erleichtert. Konnte die letzte Nacht schon gar nicht richtig schlafen. So etwas geht mir dann immer im Kopf herum."

„Wem sagst du das. Vor allem, wenn man nichts tun kann. So geht mir das mit dem Dirksen-Hof. Aber vielleicht bekommen wir jetzt doch noch Bewegung in die ganze Sache", stimmte Bert ihr zu.

„Nochmals ganz herzlichen Dank für die fürstliche Bewirtung. Und schön, dass wir uns jetzt näher kennengelernt haben", fügte Nina hinzu, bevor sie zu Bert ins Auto stieg."

***

„Moin, Imke!" Karin Sanders drückte Imke Oltmann, die in ihrer Küche am Herd stand, einen flüchtigen Kuss auf die Wange. „Oh, heute nur zwei Tassen? Wo ist denn Hans?"

„Der hat einen Termin beim Arzt in Esens. Er hatte die Tage immer wieder mal so Herzrhythmusstörungen. So was kennen wir beide sonst eigentlich gar nicht. Da ist es besser, wenn man rechtzeitig mal nachschauen lässt."

„Das stimmt. Mit so was ist in eurem Alter nicht zu spaßen. Und da geht man besser gleich zum Arzt. Das hätten meine Schwiegereltern wohl auch besser getan. Vielleicht könnten sie jetzt noch leben." Karin musste innehalten und sich erst einmal schnäuzen und verstohlen die Augen wischen, bevor sie weitersprechen konnte. „Sie fehlen uns sehr! Nils ist da auch noch lange nicht drüber weg. Und selbst mir … Eigentlich sollte ich in meinem Beruf als Altenpflegerin an so was gewöhnt sein, aber wenn … Und dann beide so kurz nacheinander."

Karin schluchzte und Imke nahm sie tröstend in den Arm. *„De Tied helt all Wunnen!"*

Nachdem Karin sich wieder beruhigt hatte, goss Imke ihr den Tee ein. „Dass du keine Sahne im Tee magst? Das ist doch das Schönste, wenn sich die Wölkchen in der Tasse so langsam ausbreiten."

„Bei uns im Ruhrpott wurde ja mehr Kaffee als Tee getrunken."

„Ja, aber den Kaffee trinkst du doch auch mit Sahne."

„Das ist irgendwie anders. Jedenfalls kann ich mich an Sahne im Tee nicht so richtig gewöhnen. Da muss man wohl im Land der Weltmeister im Teetrinken geboren worden sein."

„Das könnte sein. Aber es ist gut, dass wir heute mal allein sind. Wir beide Frauen so unter uns. Bei manchen Sachen, da regt sich der Hans immer so auf. Ich wollte dich schon lange was fragen." Imke strich sich nervös eine Strähne ihrer grauen Haare aus dem Gesicht.

„Imke, du kannst über alles mit mir reden. Das weißt du doch. Und das meine ich jetzt nicht allein beruflich, sondern auch als Freundin und Nachbarin."

„Was hältst du denn von dieser Ferienanlage, die hier gebaut werden soll? Wenn Hans dabei ist, mag ich dieses Thema gar nicht ansprechen."

„Na ja, für die Gegend wäre das sicher eine Bereicherung. Das würde noch mehr Tourismus und damit noch mehr Geld in die Region bringen. Aber für die Betroffenen, die Haus und Hof verkaufen müssen, ist das natürlich schwer."

„Werner hatte uns schon vor längerer Zeit darauf angesprochen, weil die auch unseren Hof dafür haben wollen. Dann waren schon mal Leute aus Holland hier. Die haben uns vorgeschlagen, in eine Seniorenresidenz zu ziehen, wo wir Betreuung haben könnten, wenn wir es brauchen. Aber ansonsten völlig selbständig unseren Alltag gestalten und zudem noch alles sogar fußläufig erreichen könnten, Einkaufen, Arzt und so. Die wollten uns dann sogar zusätzlich so was auch noch als Ferienwohnung im bayerischen Wald besorgen. Weil wir da mehrmals im Jahr unseren Urlaub verbringen. Vorgestern haben die uns dazu sogar Prospekte vorbeigebracht und würden auch noch alle Kosten dafür übernehmen. Dann könnten wir dort immer solange bleiben, wie wir wollen. Bei unserer Pension müssen wir uns ja immer nach den freien Buchungsterminen richten. Daher hätte ich das eigentlich gar nicht so schlecht gefunden."

„Zeig doch mal die Prospekte. Ich bin ja so neugierig. Bei meinen Schwiegereltern waren die auch schon ein paarmal gewesen. Sogar noch ganz kurz, vor …" Karin musste erneut schlucken und sich ein paar Tränen aus den Augen wischen, bevor sie fortfahren konnte. „Jedenfalls hatten sich die Gespräche mit den Eltern ja dann erledigt …" Sie musste noch mal eine Pause machen. „Aber so was haben sie unseren Eltern nicht angeboten. Na ja, wir haben auch nur noch den Resthof und keine Ländereien mehr zu verkaufen."

„Ich weiß. Wir haben mit Ummo und Frauke mal beim Tee darüber gesprochen. Und da waren wir uns einig, dass wir alle bis zum letzten Atemzug bleiben wollen. Zumal du mit deinem Pflegedienst uns ja betreuen kannst. Besser könnten wir es doch gar nicht haben. Das sehen wir doch jetzt schon bei deinen regelmäßigen Besuchen."

„Da hast du absolut recht! Aber jetzt zeig mir doch die Prospekte, ich bin schon so gespannt."

Imke kramte aus einer Schrankschublade einige Hochglanzprospekte heraus und gab sie Karin.

„Mein Gott, Imke, das ist ja ein Traum! Und das sollt ihr quasi geschenkt bekommen!?"

„Na ja, Werner meint, das verrechnen die schon irgendwie mit dem Kaufpreis für den Hof und die Ländereien."

„Ja, das denke ich mir auch. Schließlich geht es denen ums Geschäft. Die haben doch nichts zu verschenken. Aber trotzdem, einfach nur toll! Und habt ihr euch schon entschieden?"

„Ach, du kennst doch Hans. Jede Veränderung ist ihm zuwider. Wenn wir in unserer Pension, wo wir seit über dreißig Jahren hinfahren, mal keinen Termin kriegen, dann fahren wir eben nicht. Woanders will er nicht hin. Vielleicht sind das auch seine Herzrhythmusstörungen."

„Ja, ja, könnte gut sein. Das kenn ich. So war mein Schwiegervater auch. Dabei muss ich dir auch als Fachfrau sagen,

93

das ist doch für euch ein wirklich tolles Angebot! Betreuung, wenn ihr sie braucht und ansonsten könnt ihr machen, was ihr wollt. Und das noch in zwei Orten eurer Wahl gleichzeitig. Zudem noch quasi geschenkt. Wobei euer Haus hier ja schön ist, aber seniorengerecht ist das nun wirklich nicht. Das war auch bei uns ein Problem. Die oberen Räume konnten meine Schwiegereltern mit ihren Rollatoren schon länger nicht mehr nutzen. Für einen Treppenlift war nicht genug Platz. Deswegen hatten wir das Schlafzimmer nach unten gebracht. Und bei euch ist es hier auch nicht viel anders. Nur, dass ihr Gott sei Dank gut zu Fuß seid und noch Treppen steigen könnt."

„Noch, Karin, noch. Aber wie lange? Wie du schon sagst. Ich mach mir da auch so meine Gedanken. Auch wenn Hans davon nichts wissen will. Mir fällt das Treppensteigen manchmal schon ein bisschen schwer. Der Arzt sagt: beginnende Arthrose. Aber Hans macht davor immer die Augen zu. Solange wir noch regelmäßig unsere Rad- und Bergtouren machen, bleiben wir auch fit, sagt er. Luis Trenker wäre noch bis ins hohe Alter in die Berge gestiegen. Von dem hat er eine ganze Sammlung alter Filme."

„Da hat er sicher nicht ganz unrecht. Grundsätzlich kann man sagen, nur wer rastet, der rostet. Aber unser Leben ist nun mal biologisch auf Endlichkeit ausgelegt, da geht leider kein Weg dran vorbei. Klar, dass wir alle das Altwerden so weit wie möglich rausschieben möchten. Das gesunde Altwerden, wohlgemerkt! Denn dahinsiechen möchte schließlich keiner. Dabei seid ihr, du und dein Hans, doch ein tolles Beispiel dafür, wie man auch gesund alt werden kann."

„Das hast du aber lieb gesagt! Jedenfalls bemühen wir uns. Dabei geht es mir noch nicht einmal um uns allein. Ich mache mir auch Sorgen um Werner. Seit seine Claudia ihn verlassen hat, ist der irgendwie verändert. Er hat auch schon mal gesagt, dass er am liebsten alles hinschmeißen würde. Darüber hat Hans sich sehr aufgeregt. Schließlich hätte er doch hier alles. Immer noch seine Eltern, seine Heimat und eine gut gehende Landwirtschaft und irgendwann würde er sicher auch wieder eine passende Frau finden."

„Alles sicher richtig, aber das mit einer passenden Frau für die Landwirtschaft dürfte in der heutigen Zeit nicht gerade einfach sein."

„Hans meint, dass der Werner mit seinem Grundbesitz und dem tollen Haus doch eine gute Partie wäre."

„Die Zeiten ändern sich, Imke! Wir sind im Zeitalter der Emanzipation. Frauen haben heute ihre eigenen Ansprüche. Das ist bei deinem Mann wohl noch nicht so ganz angekommen, wie mir scheint."

„Na ja, ich hab immer zu allem ja und amen gesagt."

„Genau das meine ich."

„Hmm …", Imke schien noch irgendwas auf der Seele zu brennen.

Karin war eine gute Beobachterin. „Irgendetwas bedrückt dich doch noch, Imke. Ich merke das schon eine ganze Weile. Was ist es?"

„Ach, Karin. Es geht mich doch eigentlich auch gar nichts an. Und ich weiß überhaupt nicht, wie ich es sagen soll", druckste Imke immer noch herum.

„Was ist denn auf einmal mit dir los? Du bist doch sonst nicht auf den Mund gefallen. Jetzt lass es endlich raus", drängte Karin. Sie spürte irgendwie, dass das etwas mir ihr selbst zu tun haben müsste. Und schon kam die Bestätigung.

„Es betrifft dich und Werner. Habt ihr beide ein Verhältnis?" Jetzt war es raus. Imke war anzusehen, wie schwer ihr diese Frage gefallen war.

„Mein Gott, wie kommst du denn auf so was?" Karin war entsetzt.

„Es ist ja schön, wenn du regelmäßig zum Tee zu uns kommst. Manchmal sogar ein paarmal die Woche. Aber du bist jedes Mal, vor oder nach dem Tee, auch immer noch, manchmal sogar eine Stunde und länger, bei Werner. Das kriegen wir ja mit, weil du immer vor seinem Haus parkst. Da macht man sich als Mutter schon so seine Gedanken."

„Ach du liebe Güte, Imke. Da hab ich überhaupt nicht drüber nachgedacht, dass das auch zu zweifelhaften Schlüssen führen könnte. Wie du schon selbst bemerkt hast, leidet euer Sohn sehr darunter, dass seine Claudia ihn wegen eines anderen verlassen hat. Na, und in meinem Beruf muss man auch fast so etwas wie eine Psychologin sein. Auch wenn ich da eigentlich nicht drüber sprechen darf. Aber er braucht manchmal einfach jemanden zum Reden."

„Aber er ist doch nicht allein! Dafür hat er doch uns!", erwiderte Imke fast ein wenig pikiert.

„Ein Gespräch mit den Eltern ist sicher auch wichtig. Aber manches bespricht man eben lieber mit einer Partnerin, oder auch mit einer Außenstehenden, wie mit mir zum Beispiel, wenn es nicht anders geht. Ich bespreche auch nicht alles mit meiner Mutter, obwohl wir ein sehr gutes Verhältnis haben."

„Karin, sei mir nicht böse, aber irgendwie habe ich bei Werner das Gefühl, dass er mehr in dir sieht als nur eine gute Gesprächspartnerin. Ich merke das daran, wie er dich manchmal ansieht und wie er von dir spricht. Und du glaubst gar nicht, wie wir uns eine Schwiegertochter wie dich wünschen würden. Aber du bist doch verheiratet."

„Und sogar immer noch sehr glücklich! Imke, das kannst du mir wirklich glauben! Das war Liebe auf den ersten Blick zwischen mir und Nils. Und daran hat sich auch bis heute nichts geändert! Und da ich mir als Chefin meine Zeit einteilen kann, nutze ich einfach gerne meine Freiräume zur Freundschafts- und Nachbarschaftspflege, zumal wenn es gerade auf dem Weg liegt." Karin lachte und blitzte Imke schelmisch an, bevor sie fortfuhr: „Auch nicht ganz uneigennützig, wie ich zugeben muss, denn ich liebe deinen Tee und dein selbstgemachtes Gebäck."

„Ach Gott, Kindchen", rutschte es Imke spontan heraus, „daran soll sich auch nichts ändern. Wir haben dich ja gerne hier und freuen uns jedes Mal über deinen Besuch. Wie gesagt, zu einer Schwiegertochter wie dir würden wir wahrhaftig nicht nein sagen!"

„Na, das mit der Schwiegertochter wird wohl nichts werden, wie ich schon sagte. Aber hoffen wir mal, dass ich eure Gastfreundschaft noch ganz lange genießen darf, liebe Imke! Jetzt wird es aber Zeit, dass ich loskomme. Hätte ich beinahe vergessen, ich hab heute noch einen Termin. Danke für den Tee!

Grüße deinen Mann und Werner ganz lieb von mir. Ich melde mich, wenn ich wieder auf dem Weg bin."

Karin schien es eilig zu haben. Als sie aber auf dem Weg zu ihrem Auto Werner hinter seinem Küchenfenster sah, ging sie durch die offen stehende Garage zu ihm ins Haus. Allerdings schien sie heute wirklich die Zeit zu drängen, denn es dauerte nicht lange und sie kam wieder raus und fuhr mit ihrem Auto davon.

Kapitel 8

„Hallo Nina, hier ist Karl, seid ihr schon unterwegs?"

„Ja, wir sind gleich in Esens."

„Wir müssen unsere Verabredung leider verschieben. Ich muss sofort zum Dr. Gröne hier in Esens. Da hat es einen plötzlichen Herztod eines Patienten während eines Belastungs-EKGs gegeben. Dr. Gröne hat den Tod bereits festgestellt und ich soll den Verstorbenen möglichst schnell zur Leichenhalle bringen, damit er mit der Sprechstunde weitermachen kann."

„Hallo Karl, wir haben auf Freisprechanlage geschaltet und ich habe mitgehört", meldete sich Bert zu Wort. „Ich höre ‚plötzlicher Herztod'. Da läuten bei mir die Alarmglocken. Deswegen wollten wir ja gerade zu dir."

„Richtig. Und es geht genau um einen solchen Fall. Es handelt sich hier um Hans Oltmann. Der wohnt mit seiner Frau Imke auf dem Altenteil des Kälbermastbetriebes seines Sohnes Werner, in Bensersiel. Das ist einer von den Höfen, die für die Feriengolfanlage benötigt werden."

„Mein Gott, den kennen wir. Der war vor ungefähr einem Jahr mit seinem Sohn bei uns im Kommissariat, wegen einer niederländischen Motorradbande, die sich ein gemütliches Wochenende auf dem Dirksen-Hof gemacht hatte."

„Davon habe ich gehört. Und jetzt ist er tot. Man kann es kaum glauben, der war doch noch so fit. Regelmäßiges Radfahren und Bergwandern mit seiner Frau - eigentlich vorbildlich. Ich verstehe es nicht. Aber wenn der Sensenmann unterwegs ist, dann kannst du nichts machen und ich habe wieder Arbeit."

„Wenn nicht doch jemand die Arbeit für den Sensenmann übernommen hat", merkte Nina an."

„Ja, ich hatte es Heike schon gesagt, in diesem Alter ist Herztod eigentlich nichts Ungewöhnliches, aber die Umstände sind doch etwas merkwürdig."

„Okay, Karl, wir treffen uns bei Dr. Gröne. Da können wir uns gleich auch mit ihm unterhalten. Du kannst den Leichnam dann erst einmal in die Leichenhalle bringen. Wir werden aber aufgrund der Umstände vorsorglich seine Überführung in die Rechtsmedizin veranlassen."

Fast zu gleicher Zeit trafen der Bestatter und die Kripobeamten bei Dr. Gröne in Esens ein.

„Das Wartezimmer scheint ja ziemlich voll zu sein", stellte Nina fest, als sie die Autos auf dem Parkplatz vor dem Haus sah.

„Dann wollen wir den Doktor auch nicht unnötig lange aufhalten", entgegnete Bert.

Nach einer kurzen Begrüßung betraten Nina, Bert und Karl das Haus des Arztes durch den Seiteneingang. Seinen Helfer hatte Karl zunächst noch im Leichenwagen gelassen, da sie ein vertrauliches Gespräch mit dem Arzt führen wollten. Dessen Haushälterin hatte ihnen aufgemacht.

„Der Doktor erwartet Sie schon", sagte sie und führte sie in den Behandlungsraum, in dem auf einer Liege der Verstorbene lag.

„Nanu", sagte der Arzt nach der kurzen Begrüßung erstaunt, „was führt die Kripo zu mir? Ich habe die Todesursache bereits eindeutig festgestellt und im Totenschein dokumentiert. Dies scheint mir kein Fall für die Kripo zu sein. Deswegen habe ich Herrn Böhme gebeten, den Toten in die Leichenhalle zu überführen. Der Verstorbene hatte heute einen Termin bei mir, da er seit einigen Tagen an Herzrhythmusstörungen litt. Beim Belastungs-EKG sackte er plötzlich in sich zusammen und rutschte dann vom Rad. Ich habe mit meiner Sprechstundenhilfe noch eine Wiederbelebung versucht. Leider vergebens. Ich konnte schließlich nur noch Herzstillstand diagnostizieren."

Karl und die Polizisten erklärten Dr. Gröne die ihnen merkwürdig vorkommenden Umstände im Zusammenhang mit den mittlerweile fünf Toten. Der Arzt hörte sich die Ausführungen aufmerksam an.

„Richtig ist, dass Herztod in dem Alter der Verstorbenen, die ich übrigens alle gekannt habe, obwohl nicht alle meine Patienten waren, nichts Ungewöhnliches ist", sagte er dann. „Allerdings, wenn man die von Ihnen geschilderten Umstände in Betracht zieht, erscheinen die Tode plötzlich in einem anderen Licht."

„Gibt es denn Medikamente, mit denen man einen fast normal erscheinenden Herztod herbeiführen kann?", wollte Nina wissen.

„In der Tat gibt es Medikamente, zum Beispiel bestimmte Antidepressiva. Da muss man sehr auf die Dosierung achten, weil eine Überdosierung bei bestimmten Patienten zu einem Herztod führen könnte, sozusagen als Nebenwirkung. Und das betrifft dann nicht nur ältere Patienten. Das kann man den jeweiligen Beipackzetteln entnehmen. Aber alle diese mir in diesem Zusammenhang bekannten Medikamente sind verschreibungs- und apothekenpflichtig! Und als Arzt muss man wissen, welchen Risikopatienten man solche Medikamente besser gar nicht erst verschreibt."

„Hat Hans Oltmann von Ihnen ein solches Medikament, zum Beispiel gegen Depressionen, verschrieben bekommen?", fragte Bert.

„Nein, definitiv nicht! Weder er noch seine Frau sind von mir wegen Depressionen behandelt worden. Bisher hatte er auch überhaupt keine Anzeichen von Herzproblemen. Im Gegenteil, er und seine Frau waren immer noch sehr aktiv. Sie machten regelmäßig Radtouren und Bergwanderungen. Eigentlich für das Alter bewundernswert! Seine Blutwerte waren bisher alle im grünen Bereich und auch sein Blutdruck und sein EKG waren bei Routineuntersuchungen immer unauffällig gewesen. Heute hatte ich das erste Mal erwogen, ihm Beta-Blocker gegen die Herzrhythmusstörungen zu verschreiben. Das hat sich leider nunmehr erledigt."

„Welche der Verstorbenen waren denn außerdem Ihre Patienten?", hakte Bert nach.

„Die Eheleute Freese. Die waren zwar nicht mehr ganz so fit wie der jetzt Verstorbene, haben aber auch keine derartigen Medikamente von mir erhalten."

„Und die vor kurzem erst verstorbenen Eheleute Sanders waren nicht Ihre Patienten?", erkundigte sich Nina.

„Nein. Die waren schon vor meiner Zeit, bevor ich diese Praxis hier vor einigen Jahren übernommen habe, bei einem Kollegen in Behandlung. Meines Wissens bei Dr. Kemker. Da müssten Sie gegebenenfalls bei ihm nachfragen."

„Werden wir", antwortete Nina.

„Allerdings würde ich nun, nach Kenntnis der von Ihnen geschilderten Umstände, auch vorschlagen, dass der Verstorbene vorsichtshalber in die Gerichtsmedizin überführt wird. Dann haben wir in jedem Fall Gewissheit über die Todesursache. Auch wenn alle Symptome bislang auf einen natürlichen Tod hindeuten."

„So machen wir es. Vielen Dank, Herr Doktor, wir halten Sie nun nicht länger auf", Bert reichte ihm die Hand. Die Kommissare verabschiedeten sich und machten sich auf den Weg ins Kommissariat nach Wittmund.

„Was war denn dein Eindruck?", Bert schaute Nina fragend an.

„An den Worten von Dr. Gröne habe ich keinen Zweifel. Falls es das ist, was du von mir wissen willst."

„Ja, genau. Das ist auch mein Eindruck. Selbst wenn die Rechtsmedizin etwas finden sollte, glaube ich nicht, dass Dr. Gröne damit etwas zu tun hat. Was hätte er auch davon."

„Ich bin zwar deiner Meinung, Bert, aber wenn du in diesem Zusammenhang die Frage stellst, was er davon hätte, da würde ich sagen, für viele Menschen sicher nur eine Preisfrage. Und hier scheint es, egal, ob wir in Richtung Drogen oder in Richtung Ferienanlage denken, in jedem Fall um sehr viel Geld zu gehen."

„Verdammt! Du hast recht! Das heißt, zum gegenwärtigen Zeitpunkt können wir gar nichts ausschließen! Bin mal gespannt, ob unsere Rechtsmediziner etwas herausfinden."

„Wenn ja, dann werden wir auch sicher einen gerichtlichen Beschluss erwirken können, um die Eheleute Sanders exhumieren zu lassen."

„Davon gehe ich auch aus. Mit unserer Forensik in Hannover müssen wir klären, ob es eine Chance gibt, noch Spuren in der Asche der verstorbenen Freeses zu finden. Die werden da sicher entsprechende Erfahrung haben."

***

„Wir haben das Ergebnis der toxikologischen Untersuchungen aus dem Kriminaltechnischen Institut Hannover vorliegen. Danach enthielt das Blut des verstorbenen Hans Oltmann deutlich überhöhte Werte eines Wirkstoffes, wie er in bestimmten Antidepressiva vorkommt. Dieser Wirkstoff hat unmittelbaren Einfluss auf den Herzrhythmus und kann in zu hoher Dosierung zu einem sogenannten Sekundentod führen, wie ihn Dr. Gröne uns auch beschrieben hat. Das KTI kommt in dem Bericht zu dem Ergebnis, dass angesichts der sonst guten allgemeinen gesundheitlichen Konstitution des Verstorbenen dieser Wirkstoff für den Tod verantwortlich ist." Bert Linnig brachte sein Team auf den aktuellen Stand der Ermittlungen in Bezug auf den plötzlichen, unerwarteten Tod von Hans Oltmann.

„Also doch Mord!?", fragte Nina nach.

„Genau das müssen wir jetzt herausfinden. Fest steht zunächst, dass dieser Wirkstoff in einer deutlich erhöhten Dosis nachgewiesen wurde. Wir müssen jetzt ermitteln, wie er dem Verstorbenen zugeführt wurde. Nach der Aussage seines Hausarztes hat er ihm keine derartigen Medikamente verschrieben, wie du ja weißt."

„Das heißt, wir müssen unbedingt mit der Witwe sprechen!"

„Richtig!", bestätigte Bert. „Aber nicht nur mit ihr. Wir müssen herausfinden, wer sonst noch regelmäßigen Kontakt zu Hans Oltmann hatte. Dabei dürfen wir nicht außer Acht lassen, dass eventuell die Witwe auch gefährdet ist!"

„Oh Gott, ja. In den anderen Fällen ist die Ehepartnerin oder der Partner kurz darauf auch einem Herztod erlegen. Aber wir können die Witwe doch nicht in Schutzhaft nehmen." Nina war entsetzt.

„Dafür sehe ich im Moment auch noch keine unmittelbare Veranlassung. Aber wir werden nach unserem Meeting gleich zu ihr fahren, um mit ihr zu sprechen. Das sehe ich im Moment als absolut vordringlich an. Dann entscheiden wir die weiteren Schritte. Unabhängig davon wurde bereits die Exhumierung der Eheleute Sanders angeordnet. Sollte bei diesen ebenfalls eine überhöhte Dosis dieses Wirkstoffes zum plötzlichen Herzstillstand geführt haben, wird sich dies, nach Aussage des KTI, nachweisen lassen. Wir können also sehr gespannt sein."

„Und wie ist das bei den eingeäscherten Eheleuten Freese?", wollte Nina wissen.

„Da besteht diese Möglichkeit leider nicht mehr. Wenn im Moment keine weiteren Fragen sind, dann lass uns nach Bensersiel fahren. Frau Oltmann wurde schon informiert, dass wir kommen."

Bert und Nina machten sich auf den Weg. Imke Oltmann erwartete sie bereits mit einer Kanne Tee.

Nachdem sie sich vorgestellt hatten, gab Bert seinem Mitgefühl Ausdruck: „Unser aufrichtiges Beileid, Frau Oltmann. Es tut uns leid, dass wir Sie in Ihrer Trauer mit einigen wichtigen Fragen stören müssen." Nina drückte ihr nur stumm die Hand.

Imke traten die Tränen in die Augen und sie wischte sich mit einem Taschentuch, welches sie wohl schon in der Hand gehabt hatte, verstohlen über die Augen.

„Weinen sie ruhig, Frau Oltmann", sagte Nina, „wir haben Zeit."

Nachdem sich Imke wieder etwas gefasst hatte, fragte Bert: „Geht es wieder?"

Imke nickte. Dann schenkte sie beiden wortlos den Tee ein.

„Frau Oltmann, leiden Sie oder hat Ihr Mann an Depressionen gelitten?" Bert schien jetzt der richtige Zeitpunkt für ein paar Fragen gekommen zu sein.

„Depressionen? Mein Hans? Nein, Herr Kommissar! Wenn meinem Hans was nicht passte oder ihn bedrückte, dann ließ er das raus. Nicht immer zur Freude seiner Mitmenschen. Da konnte er auch schon mal laut werden. Und ich? Ach Gott, das Leben härtet einen ab."

„Ist Ihr Mann denn regelmäßig in ärztlicher Behandlung gewesen?", wollte Nina wissen.

„Nein, in regelmäßiger Behandlung nicht. Nur einmal im Jahr sind wir beide immer zur Vorsorge bei Dr. Gröne gewesen."

„Und wann war das zuletzt?"

„Ach, das ist jetzt bestimmt schon einige Monate her."

„Seit wann hatte denn Ihr Mann diese Herzrhythmusstörungen?"

„Das weiß ich nicht so genau. Wenn ihm was fehlte, dann war er wie wohl viele Männer. An Schnupfen ist er fast gestorben und wenn wirklich was war, dann hat er nichts gesagt. So war das auch damals vor Jahren mit seinem Blinddarm. Da ist er gerade noch rechtzeitig ins Krankenhaus gekommen, als er die Schmerzen nicht mehr ausgehalten hat. Da hat er gemeint, wegen ein paar Blähungen könnte er doch nicht den Arzt kommen lassen."

„Ja, und wie war das jetzt mit den Herzrhythmusstörungen?", bohrte Bert nach.

„Letzte Woche habe ich bemerkt, dass er sich manchmal etwas komisch verhielt. Dann habe ich gefragt, was los ist. Da hat er dann gesagt, es wäre wohl der Kreislauf. Dafür machte er das Wetter verantwortlich. Aber er hätte da einen guten Tipp von einem Freund, der auch schon mal so was gehabt hat. Dann ist er zweimal irgendwohin gefahren."

„Hat er nicht gesagt, bei wem er gewesen ist?", erkundigte sich Nina.

„Nein. Wenn er über etwas nicht sprechen wollte, dann konnte er sehr verschlossen sein. Aber schließlich habe ich ihn dann überreden können, doch zu Dr. Gröne zu gehen. Wäre er da bloß schon früher hingegangen." Imke schossen wieder die Tränen in die Augen und sie schluchzte in ihr Taschentuch.

Nachdem sie sich wieder beruhigt hatte, fragte Bert: „Und von welchem Freund er gesprochen haben könnte, wissen Sie auch nicht?"

„Die meisten Freunde liegen ja schon auf dem Friedhof. Ich wüsste nicht, mit wem er gesprochen haben könnte. Sonst traf er sich ja schon mal mit Hinnerk Freese und Ummo Sanders, unseren Nachbarn. Aber die sind ja nun auch schon unter der Erde."

„Hat Ihr Mann denn in der letzten Zeit irgendwelche Medikamente genommen?", Nina legte der alten Frau beruhigend die Hand auf den Arm.

„Nein. Er nahm sowieso nur ganz ungern Medikamente. Das war für ihn alles nur so chemischer Kram, wie er sich auszudrücken pflegte. Und ich hab hier im Haus auch keine Medikamente gesehen. Das wäre mir aufgefallen."

„Könnten wir auch noch mit Ihrem Sohn sprechen?" Bert trank seine Tasse aus. „Vielen Dank für den leckeren Tee!"

„Da nich für, Herr Kommissar. Ich guck mal, wo der Werner ist." Sie nahm das mobile Telefon und läutete bei ihrem Sohn an. „Werner, ich bin´s. Die Polizei hat noch ein paar Fragen an dich."

„Er ist drüben in seinem Haus, Herr Kommissar."

Bevor Bert und Nina sich von Imke verabschiedeten, mahnte er sie dann noch, dass sie nur Medikamente nehmen solle, die ihr Dr. Gröne verschrieben hätte. Ferner bat er sie, auch mit ihrem Sohn zusammen, sich noch mal zu überlegen, von was für einem Freund oder Bekannten ihr Mann gesprochen haben oder bei wem er zur Behandlung gewesen sein könnte.

Dann gingen sie zu Werner Oltmann, um ihm die gleichen Fragen zu stellen. Aber auch er hatte keine anderen Antworten als seine Mutter. Ihn mahnte Bert ebenfalls, darauf zu achten, dass seine Mutter keine Medikamente nahm, die nicht von Dr. Gröne verschrieben wurden.

Bert und Nina waren in Wittmund zurück und saßen bei Bert im Büro, um die Erkenntnisse noch einmal Revue passieren zu lassen.

„Diese beiden Besuche, die Hans Oltmann nach Aussage seiner Frau gemacht hat, sind sehr merkwürdig und für mich irgendwie nicht nachvollziehbar", resümierte Bert. „Dort könnte er die Medikamente bekommen haben, die nach dem KTI-Bericht zu seinem Tod geführt haben."

„Vielleicht von irgendeinem Heilpraktiker?"

„Schon möglich. Ich habe aber auch schon mal von irgendeinem Wunderheiler hier in der Gegend gehört. Der soll etwas merkwürdige Praktiken haben. Bezahlt wird er wohl nur durch Spenden. Vielleicht sollten wir bei Karl Böhme nachfragen, möglicherweise weiß er, wo wir den finden. Dann könnten wir dort zumindest mal nachhören."

Nina hatte schon das Telefon in der Hand und auch gleich Karl an der Strippe. „Kennt er auch nur vom Hörensagen. Aber er hört sich um und meldet sich", berichtete sie dann.

„Es lässt mir einfach keine Ruhe, Nina. Ich kriege da irgendwie kein überschaubares Bild. Fakt ist für mich, dass unsere fünf Herztoten mit dem Unglück auf dem Dirksen-Hof in einem Zusammenhang stehen. Erst dadurch wurde offensichtlich die

Idee mit der Feriengolfanlage hier geboren, konnte aber bislang nicht realisiert werden, weil die Alten im Wege standen."

„Und Imke Oltmann steht dem immer noch im Weg. Das macht mir große Sorge!"

„Ja, mir auch. Wir müssen sie im Auge behalten!"

„Du hast doch die Dirksen-Akte noch hier, oder?"

„Ja, ich habe doch gesagt, wenn sich neue Erkenntnisse ergeben, müssen wir sie vielleicht doch noch mal in die Hand nehmen. Und ich bin nach wie vor sicher, dass der Jabowski irgendetwas damit zu tun hat. Ich weiß nur noch nicht was. Die Fahndung nach ihm ist bisher auch erfolglos geblieben."

Bert blätterte die Akte durch. „Sag mal, wollte uns Gerrit Dirksen nicht noch das Kündigungsschreiben von dem Jabowski aus den Büroakten beim Steuerberater seines Bruders raussuchen lassen?"

„Das hat der bestimmt inzwischen vergessen. Ich werde ihn gleich anrufen und daran erinnern."

Bert las weiter in der Akte, während Nina mit Dirksen telefonierte.

„Er sagt, dass es sich entweder noch in der Steuerberatungskanzlei befindet, weil der Steuerberater es für die formellen Abmeldungen gebraucht hat, oder dass es bei den nicht steuerrelevanten Unterlagen gelandet ist. Die liegen bei seinem Freund Nils Sanders in zwei Umzugskartons auf dem Dachboden. Wir könnten gerne jederzeit Einsicht nehmen."

„Dann klär doch gleich mit Nils Sanders, wann wir die Akten einsehen können."

Nina telefonierte mit Sanders. „Wir könnten gleich kommen. Ab morgen früh wollte er für eine Woche mit seiner Frau einen Wellnessurlaub machen. Den bräuchten sie jetzt, nach den ganzen Aufregungen im Zusammenhang mit dem Tod seiner Eltern."

Nina und Bert machten sich auf den Weg zum Hof von Nils Sanders.

„Kommen Sie rein", begrüßte sie Nils und führte die Kommissare dann auf den Dachboden. „Meine Frau ist noch in Esens, um organisatorisch für die nächste Woche alles auf den Weg zu bringen."

106

„Ach, ich dachte, wir kommen jetzt in einen verstaubten, dunklen Verschlag", äußerte sich Nina ganz erstaunt. „Das ist ja ein helles, freundliches Atelier."

„Na ja, Atelier ist vielleicht etwas übertrieben, aber als wir das Dach isoliert haben, da war das ein Aufwasch. Und dann haben wir noch zwei Dachfenster einbauen lassen. Wir lagern dort in den Schränken je nach Jahreszeit unsere Winter- oder Sommerbekleidung und in diesen Schränken hier, da habe ich meine Altablage. Alte Steuerbescheide und was man sonst noch so hat. Und dort in der Ecke stehen die beiden Kartons von Mattes' Steuerberater. Ich denke, dass der Tisch groß genug ist, da können Sie sich ausbreiten. Ich bringe Ihnen dann gleich noch Kaffee und Wasser."

„Das ist ja ein Superservice!", lachte Bert. „Wir werden Sie weiterempfehlen."

Dann machte sich jeder über einen Karton her. Geübt arbeiteten sich die beiden durch die Akten.

Nina war zuerst fertig, das Kündigungsschreiben hatte sie nicht gefunden. Nach einiger Zeit war auch Bert bis auf wenige lose Blätter mit seinem Karton durch. Er schob die letzten Blätter zusammen und legte sie dann vor sich auf den Tisch.

„Ja, sag mal, was ist das denn?"

„Was meinst du?"

„Hier ist ein Schreiben von einem Finanzkontor aus Den Haag. Erst dachte ich, es sei ein Werbeschreiben, aber hör dir das an: „Gerne informiere ich Sie über Möglichkeiten, wie Sie sich - gerade auch als schwer arbeitender Landwirt – einen vorzeitigen Ruhestand gönnen und leisten können. Für eine Terminabsprache werde ich mich telefonisch in den nächsten Tagen bei Ihnen melden." Und wenn ich dieses Fax hier richtig deute, dann hat ein Termin auch stattgefunden. Da bedankt sich ein Jan de Groot für das nette Gespräch und schreibt, dass sich der Mattes das alles in Ruhe durch den Kopf gehen lassen soll. Er würde sich wieder melden."

„Wie alt ist denn das Schreiben?"

„Das war ungefähr ein Jahr vor dem Unglück."

Nina las sich beide Schriftstücke durch. „Sonst ist nichts mehr dazu in den Unterlagen?"

„Nein. Der Brief ist zwar nicht von der Investorengesellschaft, die jetzt hier die Ferienanlage plant, aber so etwas Ähnliches könnte ja trotzdem auch Gegenstand des Gesprächs zwischen dem de Groot und Mattes Dirksen gewesen sein. Was meinst du?"

„Ich denke jetzt nur mal laut nach, Bert. Mal angenommen, die Niederländer sind zu der Zeit bereits hier an der Küste nach geeigneten Grundstücken für eine Feriengolfanlage auf der Suche gewesen und der de Groot hat vergeblich versucht, Mattes Dirksen zum Verkauf zu bewegen."

„Dann verschwindet auf mysteriöse Art der Vorarbeiter des Dirksen-Hofs bei einem Segeltörn spurlos. Es bewirbt sich der Jabowski und wird angestellt. Er sorgt dafür, dass zumindest der Bauer durch Schwefelwasserstoff ums Leben kommt. Dass es noch Weitere mit erwischt, ist dabei ein Kollateralschaden. Und schon ist für die gewinnversprechende Ferienanlage die erste Hürde genommen."

„Wenn du recht hast, haben wir noch einen möglichen Mordfall. Bisher gilt der alte Vorarbeiter ja nur als vermisst."

„Und mit der Drogengeschichte waren wir auf dem Holzweg - es ging von vorne herein nur um die Ferienanlage! Das heißt, wir brauchen diesen Jabowski!"

„Und auch diesen Jan de Groot. Denn Mattes Dirksen können wir ja leider nicht mehr fragen."

„Da wird Europol in Den Haag Arbeit bekommen."

Kapitel 9

„Mensch, Jabo! Dich hier zu treffen ist ja eine Überraschung! Komm, lass uns zusammen einen trinken."

„Du musst mir helfen. Stimmt, irgendwoher kennen wir uns. Ist wohl schon länger her?"

„Nee, mein Lieber. So lange ist das noch gar nicht her. Bei den Rockern auf der Party. Du warst allerdings sehr beschäftigt mit zwei ausgesprochen süßen Miezen. Mit denen du wohl nachher auch noch in die Horizontale gegangen bist."

„Ja, jetzt erinnere ich mich. Aber mit deinem Namen musst du mir mal auf die Sprünge helfen."

„Jo. Einfach Jo."

„Und was treibt dich nach Groningen? Du bist doch aus Deutschland, oder?"

„Die Geschäfte. Bist du denn noch mit den beiden Prachtmädels zusammen?"

„Na klar. Von irgendwas muss man ja leben."

„Aber du hast doch noch einen anderen kleinen Nebenverdienst, wie ich hörte?

„Logisch. Das Geld liegt ja quasi auf der Straße. Man muss es nur aufheben. Warum fragst du? Brauchst du was?"

„Könnte sein. Vielleicht später. Zwei Bier und zwei Genever!", sagte Jo dann zu dem Mann hinter der Theke.

„Was sind das denn für Geschäfte?", wollte Jabo wissen.

„Mal dies, mal das. Immer in Bewegung."

„Na, jetzt weiß ich es aber ganz genau."

„Prost, Jabo! Auf einen gemütlichen Abend!"

„Na, denn! So jung kommen wir nicht mehr wieder zusammen."

„Du sprichst eine große Wahrheit ganz gelassen aus!", bemerkte Jo grinsend. „Hast du eigentlich noch Verbindung zu den Rockern?"

„Sind doch meine besten Kunden! Letzte Woche war wieder Party. Da hast du was verpasst! Die hatten ein paar Disco-Miezen abgeschleppt und ein bisschen angeturnt. Du verstehst schon, was ich meine. Dann haben die Mädels erst eine Super-Stripshow hingelegt und alle kamen anschließend auf ihre Kosten."

„Musst du mir demnächst mal rechtzeitig Bescheid geben, wenn wieder so was steigt. Geb dir später meine Nummer. Aber jetzt habe ich einen Auftrag für dich. Das wird der Deal deines Lebens. Können wir uns irgendwo ungestört unterhalten?"

„Am besten in meiner Bude. Die ist hier gleich um die Ecke. Ich habe da 'ne kleine Wohnung in den Hochhäusern gemietet. Da fällt man am wenigsten auf. Die Nachbarn interessieren sich nicht die Bohne für einen. Auf dem Land dagegen, da brauchst du keine Überwachungskameras in den Wohnsiedlungen zu installieren, da weiß auch so jeder Bescheid."

„Ganz schön ausgebufft!"

„Hab ja auch schon genug Lehrgeld bezahlt."

„Hörte davon. Ja, so ist das Leben. Es trifft immer die Falschen!"

„Da sagst du was!"

Jo hatte die Rechnung übernommen und die beiden hatten sich auf den Weg gemacht. Es war tatsächlich nicht weit und sie hatten die typische kleine Hochhaussiedlung erreicht.

„Hier. Ich wohne parterre. Da hat man hinten über die Terrasse gleich einen Hinterausgang."

„Clever!"

„War eher Zufall, wenn ich ehrlich sein soll."

„Trotzdem, man muss an alles denken. Zumal sie ja wohl schon wieder auf der Suche nach dir sind, oder?", fragte Jo mit einem lauernden Blick, den Jabo aber nicht wahrnehmen konnte, da er gerade die Haustür aufschloss.

„Komm rein und mach es dir gemütlich. Ein Bier?"

„Hast du auch was Härteres?"

„Eine Flasche Bourbon. Haben mir die Jungs zum Geburtstag geschenkt."

„Passt! Super!"

„Die Einrichtung habe ich von meinem Vorgänger, einem Rentner, der das Zeitliche gesegnet hatte, übernommen", sagte Jabo entschuldigend, als er den kritischen Blick von Jo wahrnahm. „Die Vermietungsgesellschaft war froh, dass sie den Krempel nicht entsorgen musste. Und ich bin ja auch nicht ständig hier."

Das Mobiliar hatte eindeutig schon bessere Tage gesehen. Allerdings war es für einen männlichen Singlehaushalt erstaunlich aufgeräumt.

„Schon gut, nur zum gelegentlichen Pennen und Bumsen reicht das sicher."

Dass er schon einmal vorher in der Wohnung gewesen war und auch die Lage im Umfeld genau erkundet hatte, verriet Jo allerdings nicht.

Jabo hatte zwei Gläser aus dem altertümlichen Büfett geholt und den Whiskey eingeschenkt.

„Auf dein Spezielles!"

„Auf deins! Kein schlechter Tropfen. Deine Jungs haben Geschmack!"

„Ja. Aber jetzt lass mal raus! Was für ein Auftrag? Bin schon neugierig."

„Langsam! Gut Ding will Weile haben. Kommt schon. Wohnen eigentlich deine Bienen auch hier bei dir?"

„Manchmal machen wir hier einen flotten Dreier, wie mein Vater in Erinnerung an seine Hippie-Zeit in den 70er Jahren das immer zu nennen pflegte. Aber sonst haben die ihre eigene Bude. Irgendwo müssen die ja auch ihr Geld verdienen."

„Hab schon gesehen, Sexvideos und so."

„Du bist verdammt gut informiert!"

„Man tut, was man kann."

„Ich glaube, wir haben einen guten Deal. Mal abgesehen davon, dass man so gute und auch noch so hübsche Betthasen suchen muss. Eigentlich arbeiten die beiden für einen Hostessendienst. Dann sind sie meistens in den Hotelzimmern der Gäste auf Arbeit, wie man im Kohlenpott sagen würde. Da arbeiten sie dann auf eigene Rechnung", wurde Jabo gesprächig.

„Und was bringt dir das dann?"

„Manchmal nehmen die auch einen sehr, sehr guten Kunden mit auf ihre Bude."

„Und wo ist da für dich der Witz?"

„Na, ganz einfach. Da gibt es eine gemütliche Atmosphäre, wie die Mädels und ihre Gäste das gerne haben. Aber auch einige Kameras. Wenn du verstehst, was ich damit sagen will."

„Es dämmert mir. Und dann ist es manchem Gast hinterher sehr viel Geld wert, wenn er seinen Besuch dort nicht im Internet wiederfindet."

„Genau. Und das ist dann mein Geschäft."

Jo ließ nicht erkennen, dass genau das mit ein Grund dafür war, warum er jetzt hier saß. Jabo war zu einem Risikofaktor geworden. Zudem war eines der Mädels, ohne es zu ahnen, an einen Kunden geraten, dessen Bekanntschaft jetzt für ihn Konsequenzen haben würde. Der Kunde hatte zwar die geforderte „Diskretionsgebühr" bezahlt, aber gleichzeitig auch seine Verbindungen spielen lassen.

Der Gastgeber hatte sich schon zum dritten Mal eingeschenkt, während sein Gast sich dezent zurückhielt. „Ich trinke zwar gerne mal einen guten Tropfen, aber leider vertrage ich nicht so viel."

Der Bourbon und die Biere in der Kneipe zeigten bei Jabo bereits Wirkung. Über den Punkt, wo er das noch kritisch hätte reflektieren können, war er längst hinaus. Als er von der Toilette zurückkam, prostete ihm sein Gast zu: „Ich habe mir erlaubt, mir selbst doch noch ein wenig nachzuschenken. Auf dein ganz Spezielles!" Jo hob das Glas und nippte an dem Whiskey.

Jabo nahm einen tiefen Schluck. „Geiles Zeug!" Den leicht veränderten Geschmack, der durch eine kleine Beigabe seines Gastes entstanden war, nahm er nicht wahr.

„Sag mal, warum hatte dich eigentlich der ostfriesische Bauer vor die Tür gesetzt?"

„Wie kommste denn jetzt da drauf?"

„Nur so, das würde meinen Auftraggeber interessieren, bevor ich zu der dir zugedachten Aufgabe komme."

„Bist du vielleicht ein Bulle? Die wollten das auch schon von mir wissen. Was ist denn daran bloß so interessant?"

„Seh ich aus wie ein Bulle? Rieche ich etwa wie ein Bulle? Schmecke ich vielleicht wie ein Bulle?"

„Eigentlich nicht. Aber du stellst die gleichen Fragen!"

„Du weißt doch, jeder Auftrag hat auch immer sein Risiko. Und bevor ich zu deiner Aufgabe komme, ist es für uns wichtig zu wissen, wo bei dir die Risiken liegen, denn immerhin wirst du sicher nicht grundlos gesucht."

„Ach so. Na klar. Verstehe. Dem Bullen hatte ich gesagt, weil ich der Bäuerin unter den Rock gefasst hätte." Jabo hielt sich bei dem Gedanken daran den Bauch vor Lachen.

„Und was ist daran so witzig?", Jo nervte das Gespräch langsam.

„Na ja, die Bullen haben ganz ungläubig geguckt. Dabei war das sogar fast die Wahrheit gewesen."

„Also hast du …?"

„Doch nicht der Alten! Das habe ich noch nicht nötig, bei meiner Wirkung auf Frauen! Nein! Aber der Tussi von dem Sohn habe ich unter den Rock gefasst!" Jabo schnalzte genüsslich mit der Zunge. „17 oder 18 war die. Ein Vorbau und eine Figur! Da musste ich einfach mal hinlangen."

„Und dann?"

„Die dumme Zicke wusste gar nicht, was ihr da entgeht und rennt gleich zum Bauern. Na, und der Rest ist Geschichte."

„Aber für deinen eigentlichen Auftrag war das nicht gerade förderlich?"

Jabo hatte den gefährlichen Unterton nicht wahrgenommen. „Wieso? Hab doch trotzdem noch alles hinbekommen", brüstete er sich. „Und wie! Zwei Lohnhelfer, die im Ort wohnten, habe ich bei mir in der Ferienwohnung für eine Woche außer Gefecht gesetzt. War ja nicht umsonst einer der besten Chemielaboranten in unserer Firma. Und die konnten sich danach noch nicht einmal an irgendetwas erinnern, diese Deppen!"

„Aha."

„Aha! Mehr hast du dazu nicht zu sagen!? Mensch genial! Jetzt mussten sich der Bauer, sein Sohn und ein Helfer alleine um den ganzen Scheiß kümmern. Und wie ich erwartet hatte, war der Anlieferungsbunker vor der Anlieferung der Schweinedärme nicht gereinigt worden. Da hatte ja keiner von diesen Idioten eine Ahnung von dem, was da im Bunker lag. Und dass es da noch lag, davon hatte ich mich am Abend vor der Anlieferung selbst überzeugt. Alles bis ins Detail durchdacht, mein Lieber! Sagte ja schon, einfach genial!" Jabo nahm selbstgefällig noch einen Schluck Whiskey und goss sich wieder ein. Es sollte sein letzter werden.

„Kommen wir zu deiner wichtigen Aufgabe!"

„Na endlich! … Wird aber auch … Zeit!" Die Zunge begann Jabo schwer zu werden.

„Der Auftrag lautet: Tritt möglichst lautlos von dieser Bühne ab!"

„Was für 'ne … Bühne?"

„Der Bühne des Lebens!"

„He …?" Jabo schien noch nicht ganz begriffen zu haben.

„Ich werde dir dabei helfen, dass auch alles sauber über die Bühne geht! Deswegen nennt man mich auch den Saubermann. Dabei ist mir besonders wichtig, dass meine Klienten auch mitkriegen, was da auf sie zukommt. Für mich ist das noch mal ein besonderer Kick. Und für meine Klienten die Möglichkeit, vorher noch zu beichten, bevor sie ihre letzte Reise antreten. War mal Messdiener, da lernt man so was beim Vikar und noch ein paar andere Sachen fürs Leben. So was vergisst man dann sein Lebtag nicht."

„Verstehe nicht! … Wieso? … Letzte Reise? … Wohin?"

„In die Hölle, hätte mein Vikar jetzt wahrscheinlich gesagt. Aber das habe ich nicht zu entscheiden. Ich bin nur für einen sauberen Übergang zuständig. Und das ist mein Markenzeichen! Einer der Rocker ist auch schon in diesen Genuss gekommen, für seine Glanzleistung in Ostfriesland, an der du ja auch beteiligt warst."

Jabo brauchte eine ganze Weile, bis er das Gesagte verarbeitet hatte. Dann aber brach es aus ihm heraus: „Du? … Du hast ihn also kaltgemacht? … Du, … du … Schwein!"

„Ging alles ganz sauber ab! Wie gesagt, mein Markenzeichen! Aber ich habe noch eine sehr gute Nachricht für dich. Der letzte Schuss soll ganz besonders high machen. Bei manchem reicht er bis zum Himmel, bei manchem allerdings wohl auch nur bis in die Hölle. Aber dafür bin ich, wie gesagt, nicht verantwortlich."

Mit wenigen geübten Handgriffen bereitete Jo seinen Klienten vor. Jabo ließ alles willenlos und unfähig zur Gegenwehr über sich ergehen. Obwohl er wohl immer noch, wenn auch mit Verzögerung, alles wahrzunehmen schien, wie seine entsetzt geweiteten Augen zeigten. In seinem Gehirn schien sich ein Gewitter abzuspielen, allerdings zeigten seine Gliedmaßen nur noch reflexartige Reaktionen. Dann umfing ihn eine ewig während Dunkelheit und Stille.

***

Das Team von Bert Linnig wartete im Besprechungszimmer. Jeder hatte seinen obligatorischen Kaffee und etwas zu schreiben vor sich. Bert hatte noch in seinem Büro mit Europol telefoniert und betrat jetzt den Raum.

„Sie haben ihn!" So wie Bert das sagte, schien es ihn aber nicht besonders glücklich zu machen.

„Lass mich raten. Den Jabowski? Tot in einer Hochhauswohnung in Groningen? Mit goldenem Schuss?", fragte Nina gespannt.

„Bist du Hellseherin? Ja, genau den, genau da und genau so. Ich fasse es nicht! Wieder keine Befragung! Wieder bleiben unsere Fragen unbeantwortet. Und jetzt auch noch für immer!" Bert machte aus seinem Unmut keinen Hehl.

„Weißt du, was ich denke?", griff Nina den Faden wieder auf. „Ich glaube, dass jemand genau das bezweckt hat!"

„Und das ist ihm auch gelungen! Aber das macht mich ja gerade so wütend! Die sind uns immer einen Schritt voraus! Jedenfalls geht Europol davon aus, dass da ein professioneller Killer am Werk war. Das gleiche Spiel wie bei dem Rocker. In beiden Fällen exakt die gleiche Handschrift."

„Wo hat sich der Jabowski denn aufgehalten?", wollte Bernd wissen.

„Europol hat eine Wohnung in Groningen in einem Hochhaus gefunden, die er unter falschem Namen angemietet hatte. Aber wie bereits gesagt, wie bei dem Rocker, absolut keine Spuren. Alles gründlich gereinigt. Die sagten: fast klinisch rein. Unglaublich!"

„Und was sagen die Nachbarn?"

„Von den Nachbarn konnten die Ermittler so gut wie keine Informationen erhalten. Die meisten hatten den Jabowski noch nie zuvor gesehen, geschweige denn irgendetwas mitbekommen. Da kümmert sich keiner um den anderen!"

115

„Dagegen ist bei uns dann ja noch richtig heile Welt", stellte Silke fest.

„So heil nun leider auch wieder nicht, wie die jetzigen Fälle zeigen", korrigierte sie Nina. „Leider!"

Einen Augenblick herrschte nachdenkliche Stille. Dann räusperte sich Bert und sagte: „Europol hat die Ermittlungen noch nicht abgeschlossen. Jabowski soll mit zwei Damen des horizontalen Gewerbes zusammengearbeitet haben. Da wurden gut situierte Freier beim Sex gefilmt. Anschließend soll er diese Kunden damit erpresst haben. Europol geht aber nicht davon aus, dass der Mörder von ihm und dem Rocker unter diesen Freiern zu suchen ist. Dazu sei die Vorgehensweise viel zu emotionslos und professionell. Man will uns jedenfalls auf dem Laufenden halten", schloss er diesen Besprechungspunkt ab.

„Auf unsere brennendste Frage in diesem Zusammenhang, ob das Unglück auf dem Dirksen-Hof geplanter Mord war, werden wir aber dadurch wohl keine Antwort mehr erwarten dürfen?", zeigte sich Nina enttäuscht.

„Wie ich eingangs schon sagte, wohl kaum!", ging Bert darauf ein. „Zumal Mattes Dirksen als Betreiber der Anlage in jedem Fall eine Mitverantwortung trägt. Tatsache ist nämlich auch, wenn er sich selbst vor dem Abladen der Schweinedärme davon überzeugt hätte, dass der Anlieferungsbunker leer und von gefährlichen Altrückständen gereinigt ist, dann hätte er selbst das Unglück verhindern können und wäre mit seiner Familie noch am Leben!"

Alle nickten zustimmend.

„Kommen wir jetzt zu den Ergebnissen des Kriminaltechnischen Instituts bezüglich der Eheleute Sanders. Wie vermutet und befürchtet, konnte auch hier eine erhöhte Dosis des Wirkstoffs nachgewiesen werden, der in dieser Dosierung selbst bei gesunden Menschen einen plötzlichen Herztod hervorrufen kann", setzte Bert seinen Bericht fort.

„Solche Medikamente hatte auch Dr. Kemker den Sanders nicht verschrieben, wie ich inzwischen ermittelt habe", fügte Nina hinzu. „Das heißt, wir müssen auch in diesen Fällen davon ausgehen, dass jemand nachgeholfen hat."

116

„Richtig, Nina. Ja, wir können sogar noch einen Schritt weitergehen. Es spricht sehr viel dafür, dass auch bei den bereits zuvor verstorbenen und eingeäscherten Eheleuten Freese solche Wirkstoffe den plötzlichen Herztod ausgelöst haben. Auch wenn sich das jetzt nicht mehr nachweisen lässt. Das würde bedeuten, dass wir es hier mit fünf Morden an alten Menschen zu tun haben, die sich ihren Lebensabend auf ihrer eigenen Scholle und auf dem eigenen Hof sicher ganz anders vorgestellt hatten. Zumal, wie wir inzwischen wissen, zwei der Paare sogar noch recht rüstig und mobil waren und bislang auch noch keine Pflege in Anspruch nehmen mussten. Sie hätten sicher noch viele schöne Jahre im Kreise ihrer Kinder und Kindeskinder vor sich gehabt!"

„Da darf man ja gar nicht drüber nachdenken." Silke war sichtlich berührt. „Wenn ich da an meine eigenen Großeltern denke, könnten mir die Tränen kommen. Ich darf mir gar nicht vorstellen, wie das wäre, wenn sie plötzlich nicht mehr da wären."

„Silke, ich kann dich zwar gut verstehen, aber solche Gedanken solltest du gar nicht erst zulassen", zeigte Nina mahnendes Verständnis.

„Und schon gar nicht im Dienst!", fügte Bernd hinzu. „Da haben solche Emotionen nichts verloren!"

„Das kann man aber auch netter sagen", fauchte Nina ihn an und ergänzte dann: „Nüchtern betrachtet besteht de facto ein offensichtlicher Zusammenhang zwischen den Ermordeten und der geplanten Ferienanlage. Denn es ist eine unbestreitbare Tatsache, dass sie unmittelbare Nachbarn waren, alle Nießbrauchrecht auf das sogenannte Altenteil besaßen und einem Verkauf unter Verzicht auf dieses Recht nicht zustimmen wollten.

„Da müssten wir bei der Motivfrage doch nur ermitteln, wer davon profitiert", brachte es Bernd auf den Punkt.

„Genau, und die müssen wir überprüfen. Da gibt es natürlich eine ganze Menge Leute, die unmittelbar, aber auch mittelbar davon profitieren. Hinzu kämen noch nach außen hin zunächst völlig unbeteiligt wirkende Personen, die eventuell von der Fondsgesellschaft Geld angeboten bekommen haben könnten", erläuterte Bert.

117

„Dann kämen ja unter Umständen sogar bezahlte Killer in Betracht, oder?", sinnierte Bernd.

„Das glaube ich in diesen Fällen eher nicht, denn um den alten Leuten solche Medikamentendosen zu verabreichen, müsste man schon sehr nahe an sie ran können, ohne dass das auffällt", Bert schüttelte nachdenklich den Kopf.

„Trotzdem wird mir ganz schwindlig", meldete sich Silke, die offensichtlich ihre Emotionen immer noch nicht ganz unter Kontrolle hatte, noch einmal zu Wort. „Und das alles sollen wir mit unserem kleinen Team dann herausfinden?"

„Genau! Womit wir wieder bei unserem Unterstützerteam aus Hannover wären! Nein, danke! Das hatten wir schon mal. Wenn ich nur daran denke, wie die damals versucht hatten, die ostfriesische Mentalität mit der Brechstange zu knacken." Nina grauste es sichtlich. „Dann schiebe ich lieber Nachtschichten!"

„Silke, du hast natürlich recht", griff Bert ihren Gedanken auf. „Nachdem jetzt definitiv feststeht, dass wir es hier mit fünf Morden zu tun haben, werden wir unser Team natürlich bedarfsabhängig hausintern aufstocken müssen. Aber alles zu seiner Zeit. Die Geschichte mit dem Dirksen-Hof zieht sich ja nun schon eine ganze Zeit hin. Und alles, was wir bisher hatten, ist ein ganz vager Anfangsverdacht. Das sieht mit den fünf toten Altenteil-Bewohnern natürlich jetzt etwas anders aus. Wir müssen zwei Dinge klären: Erstens, wer profitiert davon und zweitens, wer kommt, ohne Aufmerksamkeit zu erregen, an die alten Leute ran?", brachte es Bert auf den Punkt.

„Da kommen in erster Linie die Angehörigen selbst in Betracht", überlegte Nina.

„Ja, aber darüber hinaus auch Ärzte und Pflegepersonal, wenn man mal den Aspekt der Käuflichkeit mit ins Kalkül zieht", ergänzte Bert. „Aber, wenn wir diese Personenkreise befragen, da wird sich ja keiner selbst ans Messer liefern. Das heißt, hier kämen wir wahrscheinlich nur mit Hausdurchsuchungen weiter. Diese müssten dann aber bei allen infrage kommenden Personen gleichzeitig erfolgen, sonst wären der oder die Täter gewarnt und könnten eventuelle Spuren beseitigen."

„Ob wir mit den uns derzeit vorliegenden Fakten überhaupt einen richterlichen Beschluss dafür bekommen würden, bezweifele ich. Damit wären alle Betroffenen, nur aufgrund ihrer persönlichen Beziehungen zu den Verstorbenen unter Generalverdacht gestellt. So einen Fall deckt unser Rechtssystem nicht ab, und das sicher zu Recht", sagte Nina.

„Stimmt. Anders gesagt, mit der Brechstange aus Hannover kommen wir hier nicht weiter", nahm Bert den von Nina vorhin verwendeten Begriff auf. „Hier sind Fingerspitzengefühl, Einfühlungsvermögen und unser Instinkt gefragt."

„Ich würde gerne noch mal mit Imke Oltmann ein Gespräch führen", schlug Nina vor. „Aber allein und unangemeldet. Nur von Frau zu Frau. Vielleicht ist ihr inzwischen auch eingefallen, wer der Freund war, von dem ihr Mann diesen Behandlungs-Tipp hatte und bei dem er offensichtlich auch zweimal gewesen ist."

„Ja, diesen Wunderheiler müssen wir in jedem Fall ausfindig machen. Womöglich hat der die anderen Verstorbenen auch behandelt. Dann könnte man eine Falschbehandlung nicht ausschließen; Kalkül allerdings auch nicht. Ich werde noch mal mit Karl Böhme sprechen, vielleicht hat der inzwischen einen Namen und eine Adresse für mich. Okay, Nina, dann mach dich gleich auf den Weg. Und wir anderen haben hier noch Arbeit", beendete Bert das Meeting.

***

Nina näherte sich mit ihrem Wagen dem Kälbermastbetrieb von Werner Oltmann. Die Anlage wurde von einer Reihe alter Eichen wie von einem großen „U" umrahmt, welches zur Zufahrtsstraße hin offen war. In der Mitte lag der große, alte Gulfhof, vorne der Scheunenteil mit den alten, nicht mehr genutzten Stallungen und hinten der Wohnteil, in dem Imke Oltmann jetzt als Witwe lebte. Rechts davon, etwas weiter zurück, lag die große, moderne Stallanlage für die Kälbermast, davor eine kleine Weide, die bis zur Zufahrtsstraße reichte.

Heute bei dem schönen Sommerwetter stand einiges Jungvieh am Zaun zur Straße und Nina konnte es sich nicht verkneifen: Sie

119

stellte ihren Wagen auf der breiten Zufahrt neben dem Gulfhaus ab, um die Kälber zu streicheln. Oh mein Gott, dachte sie, während sie das samtene Maul eines Jungtieres zart berührte, die stehen hier nur, damit sie vielleicht in wenigen Wochen bei mir als Kalbsbraten auf dem Tisch landen. Da könnte man wirklich zur Vegetarierin werden. Neugierig kamen weitere Tiere zu ihr an den Zaun und sie pflückte das hohe Gras zu ihren Füßen, an das diese durch den Zaun nicht herankamen und verfütterte es. Was die für ein Vertrauen haben und wie arglos sie sind, nichts ahnend von ihrem Schicksal, welches ihnen bevorsteht, ging ihr dabei durch den Kopf.

Wie die Ermordeten! Ein Gedanke, der sie schlagartig wieder an den Grund für ihr Hiersein erinnerte. Sie ließ ihren Wagen gerade da stehen, wo sie ihn abgestellt hatte, weil er dort geschützt im Schatten stand und sich nicht so aufheizen würde. Dann schlenderte sie um das Gulfhaus herum. Auf der Einfahrt zum großen, relativ neuen Friesenhaus von Werner Oltmann stand ein Wagen der Altenpflegestation Sanders aus Esens. Nina ging am Gulfhaus vorbei zur Eingangstür vom Alten-Wohnteil.

Nach dem Klingeln dauerte es nur einen kurzen Moment, dann öffnete Imke die Tür. „Na, das ist ja eine Überraschung. Moin, Frau Kommissarin. Was führt Sie denn zu mir?"

„Moin, Frau Oltmann. Aber Frau Jürgens reicht schon. Ich war gerade unterwegs und da wollte ich nur mal reinschauen, um zu sehen, wie es Ihnen geht."

„Das ist aber nett von Ihnen. Und sie haben Glück. Ich habe gerade einen Tee aufgesetzt, denn gleich kommt sicher noch Karin Sanders zu mir. Die ist im Moment bei meinem Sohn."

„Wieso, braucht der denn schon Pflege?", Nina schmunzelte, während Imke ihr einen Tee eingoss.

Imke war heute Morgen etwas aufgekratzter als bei ihrer letzten Begegnung. „Na ja, vielleicht so was Ähnliches. Denn seit ihn seine Claudia verlassen hat, braucht der auch mal jemand anders zum Reden als nur seine Eltern." Im gleichen Moment überfiel Imke wieder die Traurigkeit und sie musste sich einen Moment sammeln, bevor sie weitersprechen konnte. „Aber nicht, was Sie jetzt vielleicht denken, Frau Kommissarin. Ach so, Entschuldigung, Frau Jürgens."

„Was meinen Sie denn, was ich denken könnte?", hakte Nina nach.

„Na ja, Sie wissen schon, was man immer gleich so denkt, wenn ein verlassener Mann und eine junge Frau …"

„Als Kriminalistin versuche ich, mich an die Fakten zu halten. Obwohl, man ist ja auch nur Mensch. Und selbst wenn …, dann wäre es die Angelegenheit von Ihrem Sohn und Frau Sanders."

„Die glücklich mit Nils verheiratet ist", beeilte sich Imke, alles gleich in das rechte Licht zu rücken.

„Frau Oltmann, ist Ihnen denn inzwischen vielleicht eingefallen, welcher Freund Ihrem Mann diesen Tipp mit dem Wunderheiler gegeben haben könnte?"

„Ja, ich hätte Sie auch schon noch angerufen, aber Sie wissen, wie das so ist. Man ist da so mit sich und den Dingen beschäftigt und abends im Bett fällt einem dann wieder ein, dass man anrufen wollte."

„Klar, kenne ich auch."

„Das ist schon länger her, da waren die Freeses bei uns zum Tee. Wir trafen uns als langjährige Freunde und Nachbarn ja öfter. Früher haben wir auch noch zusammen gefeiert. Aber das ist dann immer weniger geworden. Jedenfalls ist mir wieder eingefallen, wir haben uns unterhalten. Na ja, Sie wissen schon, die Männer hatten da so ihre Themen und wir Frauen unsere. Da habe ich mit halbem Ohr mitbekommen, dass der Hinnerk dem Hans irgendwas von so einem Wunderheiler gesagt hat. Es ging da wohl um so ein typisches Männerproblem, über das die nicht gerne offen sprechen." Imke sah Nina vielsagend an.

„Ich habe keine Ahnung. Was meinen Sie?"

„Na, Hinnerk hatte es mit der Prostata. Das weiß ich von Enna. Aber das musste ja geheim bleiben. Mein Hans hatte damit kein Problem. Der hatte überhaupt keine Probleme …" Imke kamen wieder die Tränen und sie suchte in ihrer Kittelschürze nach einem Taschentuch.

121

Als sie sich wieder beruhigt hatte, fragte Nina: „Und Sie meinen, dass es da um diesen Wunderheiler ging, zu dem Ihr Mann dann zweimal hingefahren ist?"

„Das könnte schon sein. Hans hatte nur gesagt, dass er einen Tipp von einem Freund erhalten hätte. Und Hinnerk war ja sein Freund gewesen." Imke musste sich wieder die Augen wischen. „Er hat ja nicht gesagt, wann er diesen Tipp bekommen hatte. Deswegen hatte ich daran auch schon gar nicht mehr gedacht."

„Aber wie dieser Wunderheiler heißt und wo der wohnt, das wissen Sie nicht?"

„Doch, warten Sie mal. Enna ist auch mal mit dort gewesen, wie sie sagte. Das muss irgendwo in der Nähe von Aurich sein. Aber wo genau, das hatte sie nicht gesagt. War ja auch nicht so wichtig für uns, weil Hans und mir nichts fehlte." Sie schluchzte erneut.

Nina tat es schon richtig leid, dass sie jetzt so in den Gefühlen dieser Frau wühlen musste, die gerade erst ihren Mann verloren hatte. Deshalb wollte sie auch nicht weiter nachbohren. Vielleicht hatte Bert inzwischen auch schon eine Information von Karl Böhme bekommen. „Sind die Plätzchen von Ihnen selbst gebacken?", wechselte sie das Thema.

„Müssen Sie unbedingt probieren! Mein Hans hat die auch so geliebt." Und schon flossen wieder die Tränen, als es an der Tür klingelte.

Imke wischte sich schnell über die Augen. „Das wird Karin sein, die kommt immer zum Tee zu mir. Und die lässt auch nichts auf meine Plätzchen kommen." Sie eilte an die Tür.

„Komm rein, Karin. Schön, dass du da bist."

„Da nich für, Imke. Hast du schon wieder geweint? Mach das ruhig, das spült den ganzen Kummer raus. Ach, du hast Besuch. Da komm ich wohl ungelegen. Und dann noch die Polizei aus Wittmund. Moin, Frau Kommissarin. Hab Ihr Auto gar nicht gesehen. Ich will nicht stören, ich habe sowieso noch einen wichtigen Termin."

„Moin, Frau Sanders. Das Auto steht auf der anderen Seite vom Haus. Ich musste unbedingt die Kälber streicheln, mit ihren großen runden Augen und den weichen Mäulern. Übrigens, Sie stören gar nicht. Ich habe ohnehin nicht so viel Zeit, um noch lange zu bleiben."

„Nee, lassen Sie mal. Ich wollte ja nur kurz guten Tag sagen. Ich habe wirklich einen Termin."

„Och, heute keinen Tee, Karin? Habe der Kommissarin gerade erzählt, dass du meine Plätzchen auch so gerne magst." Imke war die Enttäuschung anzusehen.

„Das stimmt, liebe Imke. Deine Plätzchen sind die besten! Und drei Plätzchen nehme ich gerne mit auf den Weg. Da kann ich einfach nicht widerstehen."

„Aber bevor Sie gehen, hätte ich da noch eine Frage an Sie", übernahm Nina das Gespräch.

Wieso wirkt die Frau bloß auf einmal so nervös, dachte Nina bei sich, ich will ihr doch gar nichts. Oder hat sie vielleicht irgendetwas zu verbergen? Vielleicht hat sie ja doch was mit dem Werner Oltmann. „Frau Oltmann hat mir gerade etwas von einem Wunderheiler erzählt, der irgendwo in der Nähe von Aurich wohnen soll. Kennen Sie den vielleicht zufällig?" Nina entging nicht, dass sich das Gesicht von Karin Sanders merklich entspannte.

„Wunderheiler ist vielleicht zu viel gesagt. Knochenbrecher würde ich eher sagen. Obwohl der auch andere Sachen machen soll, wie ich schon gehört habe."

„Hat der Ihre Schwiegereltern vielleicht auch schon mal behandelt?"

„Allerdings. Die hatten es beide mit der Bandscheibe. Und die ließen nichts auf ihn kommen."

„Wann waren Ihre Schwiegereltern denn das letzte Mal dort in Behandlung?"

„Das muss in der Woche vor Ummos Tod gewesen sein. Er hatte sich einen Hexenschuss geholt. Nils ist mit seinen Eltern hingefahren."

„Dann wissen Sie sicher auch, wie der heißt und wo der wohnt?"

„Na klar. Horst Claasen. Er wohnt am Ortsrand von Aurich. Den Straßennamen weiß ich allerdings jetzt nicht. Die Adresse muss ich aber irgendwo zuhause haben, ich kann sie Ihnen gerne mailen."

123

„Das würde mich sehr freuen. Hier, meine Karte, da finden Sie auch meine Mail-Anschrift."

Karin steckte die Karte ein. „Kriegen Sie noch heute. Ich muss nun aber los. Liebe Imke, tut mir leid. Nächstes Mal habe ich wieder etwas mehr Zeit. Aber drei Plätzchen müssen sein." Karin verabschiedete sich und war auch schon verschwunden.

„Hat sie es immer so eilig?", fragte Nina erstaunt.

„Nee, eigentlich nicht. Sie ist ja die Chefin von dem Pflegedienst und teilt sich ihre Zeit selbst ein. Aber es kann schon mal vorkommen, dass jemand von ihrem Personal plötzlich ausgefallen ist. Vielleicht hatte sie es deswegen auf einmal so eilig."

Ganz überzeugt war Nina aber nicht. Irgendetwas passte da nicht ganz zusammen. Ihr schien es, dass Karin es erst in dem Moment plötzlich eilig gehabt hatte, als sie feststellte, dass die Polizei bei Imke war. Wer weiß, wie es zwischen ihr und Werner Oltmann wirklich stand. Wie lange sie wohl bei ihm drüben im Haus gewesen war?

Ninas Neugier war geweckt. Sie musste es jetzt einfach wissen. Natürlich rein beruflich! „Dafür hat sie vorher aber viel Zeit gehabt."

„Das ist wahr. Sie war heute ja sogar fast zwei Stunden drüben." Imke schoss die Röte ins Gesicht. Genau das hatte sie eigentlich gar nicht sagen wollen. „Werner geht der Tod seines Vaters auch immer noch nach", schwächte sie daher ab. „Da braucht er eben manchmal nicht nur den Trost von seiner Mutter. Und Karin ist ja schon fast so etwas wie eine gute Psychologin. Das tut ihm merklich gut und hat ihm auch über die schwere Zeit nach der Trennung von seiner Frau geholfen."

Will ich gerne glauben, dachte Nina. Aber der Trost war bestimmt nicht nur rein platonisch. Das sagte ihr nicht nur ihr kriminalistischer Instinkt, sondern auch ihr weibliches Gespür. Aber das war jedenfalls kein Fall für die Kripo, höchstens für einen vom gehörnten Ehemann beauftragten Privatdetektiv. Nina musste innerlich grinsen.

„Liebe Frau Oltmann, jetzt mache ich es fast wie Frau Sanders. Aber auch ich habe noch Termine. Ganz lieben Dank für den Tee und die wirklich sehr leckeren Plätzchen!"

„Wissen Sie was, ich backe ja immer welche auf Vorrat. Und schon um mich abzulenken, habe ich gerade ein paar Dosen voll gebacken. Da gebe ich Ihnen gerne eine mit, für Ihre Dienststelle."

„Da wird sich unser Team aber riesig freuen, wenn ich die beim nächsten Meeting auf den Tisch stelle."

Nina nahm die Dose und verabschiedete sich herzlich von Imke. Wieder ein Puzzlestück mehr, dachte sie bei sich, als sie in ihren Wagen stieg. Bevor sie losfuhr, informierte sie Bert über das, was sie über den Knochenbrecher oder Wunderheiler erfahren hatte. Offensichtlich waren alle Betroffenen schon einmal bei ihm in Behandlung gewesen. Bert hatte den Bestatter noch nicht erreichen können, weil dieser auf einer Beerdigung war, wie seine Frau ihm gesagt hatte. Aber das hatte sich ja nun erledigt.

Als Nina den PC in ihrem Büro hochfuhr, war die Adresse des Knochenbrechers schon da. Nach der Uhrzeit musste Karin Sanders sofort nach Hause gefahren sein und ihr die Adresse gemailt haben. Anscheinend doch kein so wichtiger Termin, wie sie uns glauben machen wollte, registrierte Nina für sich.

***

Nina und Bert waren auf dem Weg nach Aurich zur Praxis von Horst Claasen. Wie sie inzwischen herausgefunden hatten, verfügte dieser offenbar weder über eine Zulassung als Chiropraktiker noch über eine als Heilpraktiker. Allerdings war er unter der volkstümlichen Bezeichnung Knochenbrecher doch bekannter, als es zunächst den Anschein gehabt hatte. Zudem schien er bei seinen Patienten einen guten Ruf zu besitzen. Die Mund-zu-Mund-Propaganda tat dann wohl ein Übriges.

„Ist schon ein Witz. Wir haben nur die falsche Frage gestellt", sagte Bert lachend. „Ein Wunderheiler war niemandem bekannt. Ein Knochenbrecher aber schon."

Auch Nina musste schmunzeln. „Manchmal ist es schon verrückt."

„Bin gespannt, was das für ein komischer Heiliger ist", meinte Bert. „Bemerkenswert finde ich zudem, dass alle unsere Fälle schon von ihm behandelt wurden."

„Außer Imke Oltmann", berichtigte Nina ihn.

„Ja, aber die lebt ja auch noch. Gott sei Dank! Für mich stellt sich aber immer noch die Frage nach einem Motiv. Der dürfte doch eigentlich nichts mit der Ferienanlage zu tun haben."

„Es sei denn, er wäre bezahlt worden."

„Dann stellt sich aber die nächste Frage: Wie sind die Geldgeber dann ausgerechnet auf ihn gekommen? Woher sollten sie denn wissen, dass alle betroffenen Ehepaare bei ihm in Behandlung waren? Wieder eine Merkwürdigkeit. Und mehr Fragen als Antworten."

„Warten wir es ab. Wir sind ja gleich da."

Sie waren in eine Wohnsiedlung mit schmucken Einfamilienhäusern und sehr gepflegten Vorgärten hineingefahren.

„Und Samstag wird Rasen gemäht und die Kanten mit der Nagelschere gestutzt!", amüsierte sich Nina.

„Heile Welt", erwiderte Bert, „davon träumen wir doch eigentlich. Also, was machst du dich darüber lustig?"

„Sorry, du hast ja recht. Aber das war bei uns zuhause auch so, und als Kind fand ich das einfach nur spießig."

„Lieber spießig als kriminell!"

„Keine Frage. War ja auch nicht so ernst gemeint."

Sie hatten den Wendehammer der Stichstraße erreicht, an deren Spitze das Haus des Knochenbrechers stand. Ein Winkelbungalow aus den 70er-80er Jahren. Rund um den Wendehammer parkten mehrere Autos. Vor der Garage des Winkelbungalows stand ein relativ neuer Porsche mit niederländischem Kennzeichen. Bert stellte den Dienstwagen in der Einfahrt direkt hinter dem Porsche ab.

„Wie soll ich das denn deuten?", dachte er dabei laut nach. „Porsche aus den Niederlanden?"

„Objektiv und wertfrei gesprochen - noch eine Merkwürdigkeit", antwortete Nina.

Auf ihr Läuten öffnete ihnen eine sehr gut aussehende und modisch gekleidete Frau mittleren Alters mit Model-Maßen. „Haben Sie einen Termin?"

„Nein", antwortete Bert und stellte sich und Nina vor. Beide zeigten ihre Ausweise. „Wir haben ein paar Fragen an Horst Claasen."

„Das ist im Moment aber sehr ungünstig. Sie sehen ja die Autos draußen. Das Besucherzimmer ist voll."

„Vielleicht geht es sehr schnell", zeigte sich Nina verbindlich. „Wir können Herrn Claasen natürlich auch eine Vorladung in unser Kommissariat nach Wittmund hierlassen, wenn Ihnen das lieber ist."

„Warten Sie bitte hier einen kleinen Moment. Ich frage mal nach."

„Wer sind Sie denn eigentlich?", wollte Bert wissen.

„Ich bin die Freundin von Herrn Claasen. Dörte Kunstmann", stellte sich die Frau vor und verschwand hinter einer Tür. Dahinter befand sich, dem Türschild nach, ein „Begegnungszimmer". Nina und Bert ließ sie im Hauseingang stehen.

„Merkwürdige Bezeichnung", stellte Nina fest.

Die Polizisten standen vor einer Tür mit der Bezeichnung: „Besucherzimmer", statt vielleicht Wartezimmer, wie sonst eigentlich in solchen Praxen üblich.

Kurz darauf kam die Frau zurück. „Wenn es wirklich schnell geht, dann warten Sie noch einen Moment. Herr Claasen ist gleich fertig. Im gleichen Moment kam ein älteres Ehepaar aus dem Begegnungszimmer und verließ das Haus.

„Kommen Sie bitte", forderte sie Frau Kunstmann zum Eintreten auf.

„Was will denn die Kripo von mir", begrüßte sie ein Mann unbestimmbaren Alters. Er trug eine Jeans, Pullover und Turnschuhe und hatte langes, graumeliertes Haar. Günter Netzer lässt grüßen, dachte Bert bei sich. Die Einrichtung des weißgestrichenen, schmucklosen Raumes war für eine Praxis sehr merkwürdig. Neben der Eingangstür befand sich ein halbhohes weißes Sideboard, auf dem ein überdimensioniertes Sparschwein stand. Auf dem Boden vor der einen Wand lagen zwei dicke Sportmatten. Darüber hingen mehrere Garderobenhaken mit leeren Kleiderbügeln. An der gegenüberliegenden Wand standen fünf gepolsterte Stühle und davor ein einzelner Stuhl. Mitten im Raum befand sich eine Behandlungsliege. In einer Ecke lagen zwei große Gymnastikbälle. In der anderen befand sich ein Waschbecken mit Seifen- und Desinfizierungsspendern an der Wand.

Bert stellte sich und Nina vor und hielt sich gar nicht lange mit Höflichkeitsfloskeln auf. „Wir haben fünf Todesfälle aufzuklären, Herr Claasen. Nach unseren bisherigen Ermittlungen waren alle fünf bei Ihnen in Behandlung gewesen."

„Wollen Sie etwa damit sagen, dass ich etwas mit diesen Todesfällen zu tun habe?"

„Das habe ich nicht gesagt", antwortete Bert. „Aber interessiert Sie denn nicht zuerst einmal, um welche Ihrer Patienten es sich handelt?"

„Patienten! Was für Patienten? Wir haben hier nur Gäste und Besucher, die nach Hilfe fragen. Die müssen hier nicht ihre Namen nennen, außer sie wollen einen Termin. Aber wir führen kein Buch über unsere Besucher, denen ich helfen oder auch nicht helfen konnte. Es werden auch keine Rechnungen über meine Hilfeleistungen gestellt."

„Wenn Sie irgendwelche Medikamente verschreiben, brauchen Sie doch aber die Namen", warf Nina ein.

„Medikamente!? Ich verschreibe keine Medikamente. Dazu bin ich nicht autorisiert. Die einzigen Medikamente – wenn Sie es denn so nennen wollen – sind meine Hände. Und wie Sie sehen, sind die angewachsen und weder zur Einnahme noch zum Verzehr gedacht."

„Aber wir haben davon gehört, dass Sie Ihre Gäste oder Besucher, wie Sie sie nennen, behandeln."

„Ich lege meine Hände auf. Ja. Und ich lasse meine Hände Bewegungen machen und meinen Geist hineinfließen. Das ist alles. Und manche unserer Besucher kommen mit Problemen durch diese Tür und gehen ohne sie wieder hinaus."

„Das heißt, Sie verordnen, beziehungsweise verabreichen Ihren Gästen und Besuchern überhaupt keine Medikamente oder Ähnliches?", hakte Bert noch einmal nach.

„Das sagte ich doch bereits! Und wenn ich mich jetzt bitte weiter um meine Gäste kümmern dürfte. Von denen haben manche nämlich dringendere Probleme als Sie! Einen schönen Tag noch!" Horst Claasen wies ihnen unmissverständlich die Tür.

„Ach, eine Frage hätte ich noch", sagte Nina.

„Bitte", forderte Claasen sie auf.

„Haben Sie sogar Gäste aus den Niederlanden?"

„Kann man so sagen", antwortete Frau Kunstmann, die die ganze Zeit mit im Raum geblieben war. „Ich bin schon seit einiger Zeit Gast bei Herrn Claasen und der Wagen mit dem niederländischen Kennzeichen vor der Garage gehört mir, falls Sie das wissen wollen."

„Kommen Sie vielleicht aus Groningen?", fragte Nina ins Blaue hinein.

„Ja. Ist das schlimm?"

„Nein. Ich denke, wir sehen uns noch. Auf Wiedersehen", antwortete Bert darauf.

Dann verließen Nina und er das Haus. Da ahnte er noch nicht, wie recht er mit dieser Bemerkung behalten sollte.

„Und?", wandte sich Nina an ihren Kollegen, als sie wieder unterwegs nach Wittmund waren.

„Was und?" Bert wirkte etwas genervt.

„Sind wir jetzt schlauer oder gar einen Schritt weitergekommen?"

„Im Gegenteil, noch mehr Fragen! Noch mehr Merkwürdigkeiten!"

„Claasen behauptet zwar, dass er keine Medikamente verabreicht. Das können wir nun glauben oder auch nicht."

„Klarheit bekämen wir nur bei einer Hausdurchsuchung."

„Aber wie wollen wir schlüssig und rechtssicher einen Durchsuchungsbeschluss begründen?"

„Im Moment habe ich auch noch keine zündende Idee."

„Vielleicht fällt uns ja noch was ein."

Beide hingen bis zur Ankunft in Wittmund ihren Gedanken nach. Im Kommissariat wurden sie bereits von Silke und Bernd erwartet.

„Ihr müsst unbedingt sofort kommen und euch das anschauen!" Silke konnte ihre Ungeduld kaum verbergen.

„Wir haben, während ihr unterwegs wart, ein wenig im Internet geforscht", sagte Bernd. „Jetzt hatten wir ja einen Namen".

„Dr. Horst Claasen ist nämlich Mediziner und hat an der Charité in Berlin praktiziert!", platzte Silke heraus. „Und er soll dort sogar sehr gut gewesen sein."

„Sie waren inzwischen beim Arbeitsplatz von Bernd angekommen. Der Bildschirm zeigte das Foto eines Mannes.

„Das ist er", sagte Nina. „Nur mit kurzen Haaren. Und wie kommt der dann jetzt als Wunderheiler oder Knochenbrecher nach Ostfriesland?"

„Ganz einfach", sagte Bernd. „Er stammt von hier. Vielleicht hat er das Haus in Aurich ja geerbt."

„Schon möglich", griff Nina den Gedanken auf, „denn das ist ein reines Wohnhaus und eigentlich nicht für eine Praxis ausgelegt. Zum Beispiel gibt es dort keine Verbindungstür vom Warteraum zum Behandlungszimmer, obwohl die Zimmer nebeneinander liegen, und keine Rezeption, wie man das sonst in Praxen hat."

„Und warum ist er aus Berlin weg?", erkundigte sich Bert.

„Das ist es ja grad, was ihr euch ansehen müsst", antwortete Bernd. „Wie es in den Berichten stand, ist ihm vor einigen Jahren ein Kunstfehler unterlaufen."

„Das soll ja immer wieder mal vorkommen", stellte Nina fest.

„Ja, aber sicher nicht, wenn Drogenkonsum des behandelnden Arztes dabei eine Rolle spielt", führte Bernd weiter aus. „Er hat nachgewiesenermaßen ein Antidepressivum verordnet und sich dabei in der Dosierungsanordnung für das Pflegepersonal vertan."

„Aber das hätte dem Krankenhauspersonal doch auffallen müssen", merkte Bert an.

„Hätte, hätte, …", antwortete Bernd. „In einem Bericht stand dazu was von personeller Unterbesetzung. Folge war jedenfalls

130

ein Herzstillstand bei einem gerade mal dreißigjährigen Patienten."

„Ich fass es nicht! Das kennen wir doch irgendwoher", konnte Nina nicht an sich halten. „Wie konnte sich denn ein sonst angeblich guter Arzt so in der Dosierung vertun?"

„Ganz einfach. Ein anderes Medikament, was er gleichzeitig verordnet hatte, sollte dreimal täglich genommen werden, das Antidepressivum aber nur einmal. Beim Schreiben hat er das dann verwechselt. Dass dieser Dr. Claasen gelegentlich Drogen konsumierte, konnte er den Berichten zufolge nicht leugnen. Die forensischen Ergebnisse sind eindeutig gewesen. Man konnte ihm allerdings nicht nachweisen, dass er zum Zeitpunkt der Verordnung unter Drogen gestanden hatte. Und den Rest haben dann clevere Anwälte für ihn besorgt. Das heißt, um das Gefängnis ist er herumgekommen. Aber seine Zulassung als Arzt haben sie ihm aberkannt."

„Eines verstehe ich aber trotzdem noch nicht so ganz, wieso konnte der Patient in der Charité nicht wiederbelebt werden? Da war doch sicher genügend medizinisches Fachpersonal drum herum?", zeigte sich Silke ratlos.

„Dazu haben wir einen Hinweis in dem medizinischen Bericht des KTI", erläuterte Nina. „Da steht, dass dieser Wirkstoff Einfluss auf den Herzrhythmus hat. Dabei wird ein bestimmtes Intervall derart verlängert, dass sogenanntes Kammerflimmern eintritt. Folge ist dann eine fehlende Pumpleistung des Herzens und unmittelbarer Herzstillstand. Dazu gibt es keine Symptome, die vorwarnen würden. Eine vollkommen gesunde Person stirbt danach buchstäblich von einer Sekunde auf die andere. Klinische Auswertungen haben gezeigt, dass die Höhe der Dosis dieses Wirkstoffes dafür entscheidend ist."

„Na gut. Um die Zusammenhänge richtig verstehen zu können, muss man ja wohl Mediziner sein", meinte Bernd.

„Halten wir also Folgendes fest", fasste Bert zusammen. „Silke schreibe bitte auf:

1.   Claasen hat bei einem Patienten ein Antidepressivum in einer tödlichen Dosis verordnet,

2.   das heißt, er kannte die Wirkung dieses Medikamentes sehr genau,

3.   unsere fünf Toten sind an einer solchen Überdosierung gestorben, in drei Fällen nachgewiesen, in zwei Fällen vermutet,

4.   alle fünf Toten waren kurz vor ihrem Tod bei Claasen in Behandlung gewesen,

5.   Claasen behauptet zwar, dass er keinerlei Medikamente verabreicht, das kann man ihm glauben oder auch nicht, das Gegenteil können wir nur versuchen, ihm mit einer Hausdurchsuchung nachzuweisen,

6.   seine Freundin kommt aus Groningen in den Niederlanden, wo es gemäß Europol auch zwei Tote gegeben hat, die möglicherweise mit unseren Todesfällen im Zusammenhang stehen. Hast Du das?"

„Jo."

„Okay, das sollte wohl für Haftbefehl und Durchsuchungsbeschluss reichen. Die weiteren Fakten müssen wir dann durch die Hausdurchsuchung klären. Nina, kümmere dich bitte darum und um die Haftbefehle, auch für seine Freundin, diese Dörte Kunstmann. Da sie sich nach eigener Aussage schon länger bei Claasen aufhält, könnte das auf Beihilfe hindeuten. Ich möchte noch heute Gewissheit haben, bevor Claasen die Gelegenheit hat, Spuren zu beseitigen. Denn jetzt dürfte er gewarnt sein."

„Was uns aber immer noch fehlt, ist ein Motiv", bemerkte Nina.

„Stimmt. Genau das gehört auch zu den noch offenen Fragen, die wir hoffentlich heute noch geklärt bekommen."

Kapitel 10

Auch im beschaulichen Ostfriesland gibt es so etwas wie den Feierabendverkehr auf den Bundesstraßen. Obwohl man damit noch lange nicht von der in Großstädten typischen Rushhour sprechen kann. Dennoch eine kleine Herausforderung für die kleine Kolonne, die sich mit Blaulicht und Martinshorn über die B 210 von Wittmund nach Aurich eilig auf den Weg machte. Beim Ortseingang von Aurich wurden Blaulicht und Martinshörner abgestellt. Man wollte möglichst unauffällig zum Zielort gelangen.

Die Pkws waren vom Wendehammer verschwunden, wie Bert und Nina feststellen konnten. Nur der Porsche mit dem niederländischen Kennzeichen stand noch vor der Garage. Auf das Klingeln öffnete wieder Dörte Kunstmann.

„Haben Sie was vergessen?", fragte sie arglos, bevor sie den Aufmarsch vor dem Haus wahrnahm.

„Ich habe ja gesagt, wir sehen uns wieder", sagte Bert und ging an ihr vorbei ins Haus. „Wir haben einen Durchsuchungsbeschluss und zwei Haftbefehle! Gibt es noch weitere Personen im Haus?"

„Was soll das denn werden?" Horst Claasen stand im Flur. „Nein, wir sind allein."

„Herr Claasen, Sie sind vorläufig festgenommen wegen des Verdachts auf Tötung in fünf Fällen", verkündete Bert. „Und Sie, Frau Kunstmann, wegen des Verdachts auf Beihilfe." Bert ließ die beiden Verhafteten von uniformierten Kollegen abführen, nachdem er Horst Claasen noch den Durchsuchungsbeschluss ausgehändigt hatte.

„So Leute, wir suchen vor allem nach Medikamenten und Drogen. Ist der Hundeführer mit dem Suchhund da?", rief Bert in die Runde.

„Hier!", meldete sich ein Uniformierter aus dem Hintergrund.

„Dann Sie zuerst mit dem Hund rein, bevor die Kollegen alles auf den Kopf stellen."

Nach einiger Zeit meldete sich der Hundeführer wieder bei Bert. „Ein paar Gramm Haschisch habe ich im Wohnzimmer gefunden und schon den Kollegen übergeben."

„Dann lassen Sie den Hund noch in der Garage suchen. Und die Kollegen haben noch ein Gartenhaus mit Sauna entdeckt, dort auch bitte", gab Bert weitere Anweisung. Die Leute von der Spurensicherung waren bereits in den Räumen des Hauses im Einsatz.

„Das dahinten ist eher ein Partyraum als ein normales Gartenhaus für Gartengerät", meldete der Hundeführer und übergab Bert einen Plastikbeutel mit ein paar kleinen Päckchen. „Das hat der Hund dort gefunden. Die Garage ist sauber, nur bei dem Porsche hat er kurz angeschlagen."

„Vielen Dank! Gute Arbeit! Sagen Sie das auch Ihrem Hund!", lobte Bert lachend. „Sie können dann schon mit Ihrem fleißigen Begleiter abrücken. Der hat sich ein Leckerchen und einen geruhsamen Feierabend verdient. Den Porsche lassen wir abschleppen. Damit können sich unsere Leute aus der Forensik dann in Ruhe beschäftigen."

Nach nicht ganz zwei Stunden war der ganze Spuk vorbei. Der Leiter der Spurensicherung, Sönke Nansen, kam zu Bert. „Außer ein paar Schmerztabletten und was man sonst an Pflastern und Binden im Notfall-Arzneischränkchen hat, nichts an Medikamenten gefunden."

„Und was war in dem Sideboard im Behandlungsraum?"

„Nichts, außer einem Schuhlöffel."

„Wäre es möglich, dass das auf die Schnelle leergeräumt wurde?"

„Schon möglich. Gefunden haben wir allerdings nichts. Morgen hast du meinen Bericht. Wir rücken jetzt ab."

„Ja, und vielen Dank für eure schnelle und professionelle Arbeit!"

Kurz darauf war die kleine Kolonne wieder auf dem Rückweg nach Wittmund, aber diesmal ohne Blaulicht und Martinshorn. Es waren auch nur noch wenige Fahrzeuge auf der Bundesstraße unterwegs.

„Nicht ganz das, was wir uns vorgestellt hatten", stellte Nina sachlich fest.

„Nicht wirklich. Da gebe ich dir recht. Das bisschen Haschisch zeigt zwar, dass der Herr Doktor in Bezug auf Drogenkonsum wohl nicht viel dazugelernt hat, begründet aber keine Mordanklage", stimmte Bert ihr zu. „Bin gespannt, was er und seine Freundin uns bei der Vernehmung zu sagen haben."

„Das Haschisch scheint die Kunstmann ja wohl aus den Niederlanden mitgebracht zu haben. Denn der Hund hat nur bei ihrem Auto angeschlagen, bei seinem aber nicht."

„Davon gehe ich auch aus. Dann bin ich mal gespannt, wie die gute Frau uns den Porsche erklären wird. Ein Porsche 911 Cabrio kostet neu doch bestimmt einen sechsstelligen Betrag. Und der scheint sogar noch ziemlich neu zu sein. Das Geld dafür muss man erst einmal verdienen. Glaube kaum, dass man das mit einem noch so großen Sparschwein auf einem Sideboard in einem Behandlungsraum zusammenbekommt."

„Wohl wahr. Ich möchte sogar wetten, der kostet fast so viel wie das ganze Haus mit Grundstück von dem Claasen."

„Da halt ich nicht gegen. Mich würde vor allem brennend interessieren, ob es eine Verbindung zu den beiden Toten in Groningen gibt."

Als Nina und Bert das Kommissariat erreichten, waren die beiden Verhafteten bereits in getrennten Vernehmungszimmern untergebracht worden. Man hatte ihnen ihre Rechte verlesen und sie erkennungsdienstlich erfasst. Auf einen Anwalt hatten beide verzichtet. Allerdings hatten sie mit rechtlichen Schritten gegen die Durchsuchung und die vorläufige Festnahme gedroht.

„Wir fangen mal mit ihr an", verkündete Bert. „Sie scheint mir die Schwächere zu sein."

Bert und Nina betraten mit dem obligatorischen Pott Kaffee den Vernehmungsraum.

„Sie wurden bereits belehrt. Auf einen Anwalt haben Sie verzichtet?", fragte Bert.

„Ja. Das heißt aber nicht, dass ich das Ganze hier so ohne weiteres hinnehmen werde. Wenn ich im Moment auf einen Anwalt verzichte, dann nur deshalb, weil ich mir nichts habe zu

Schulden kommen lassen und weil es sicher bis morgen dauern würde, bis mein Anwalt aus Groningen hier sein könnte. Übernachten möchte ich hier nämlich nicht."

„Na gut", sagte Bert. „Sie sind deutsche Staatsbürgerin und im Besitz eines deutschen Passes, aber in Groningen gemeldet. Ist das richtig?"

„Ja."

„Fangen wir mit dem Offensichtlichen an. Wir haben Haschisch im Haus, dem Gartenhaus und in Ihrem Wagen gefunden. Was sagen Sie dazu?"

„Na und? Das ist in den Niederlanden nicht verboten."

„Irrtum!", schaltete Nina sich ein. „Es wird bis fünf Gramm pro Person geduldet, ist aber verboten! Unabhängig davon, sind wir hier nicht in den Niederlanden!"

Dörte Kunstmann zuckte nur mit den Schultern.

„Davon abgesehen, überschreitet die gefundene Menge auch die dort tolerierten fünf Gramm", fügte Bert noch hinzu. „Da wir auch Haschisch im Handschuhfach Ihres Wagens gefunden haben, gehen wir davon aus, dass Sie das aus Groningen mitgebracht haben. Ist das so?"

„Wenn Sie meinen."

„Wo haben Sie das Zeug gekauft?", wollte Nina es genau wissen.

Die Angesprochene zuckte wieder mit den Schultern.

„Okay, offensichtlich wollen Sie sich dazu nicht äußern", stellte Bert fest. „Das ist Ihr gutes Recht. Aber vielleicht haben Sie dafür eine Erklärung, wie Sie an einen Porsche 911 Carrera Cabrio gekommen sind. Einen sechsstelligen Betrag für den Kauf eines solchen Autos können sich doch eigentlich nur die wenigsten leisten."

„Auch wenn Sie das eigentlich nichts angeht, will ich es Ihnen sagen, damit Sie wieder ruhig schlafen können. Bis vor einigen Jahren war ich als Model in der ganzen Welt unterwegs, bis ich meinen Mann, einen Unternehmer aus Groningen kennenlernte. Aber wie das so ist, das Leben ist kein Wunschkonzert und auch ein Model wird nicht jünger. Dafür kommen wieder Jüngere an den Start. Das bleibt auch einem ehemals verliebten Unternehmer

136

nicht verborgen. Na, langer Rede kurzer Sinn. Mein Mann hat mich großzügig abgefunden. Dazu noch Fragen?"

„Nein", sagte Nina. „Und wie kommt da Horst Claasen ins Spiel?"

„Eigentlich auch meine Privatsache, aber wie gesagt, damit Sie ruhig schlafen können. Nach der Trennung von meinem Mann habe ich mir eine Penthouse-Wohnung in Groningen gekauft. Da bin ich auch immer noch offiziell gemeldet. Bei einem Besuch bei einer Freundin hier in Ostfriesland haben wir mit Bekannten von ihr eine mehrtägige Bootstour mit einem Plattbodenschiff gemacht. Da haben Horst Claasen und ich uns kennengelernt. Das ist alles."

„Was wissen Sie über Antidepressiva?", erkundigte sich Bert.

„Keine Ahnung. Sind wohl Medikamente gegen Depressionen, nehme ich an. Oder?"

„Haben Sie selbst schon mal welche genommen?", hakte Nina nach.

„Könnte mich nicht erinnern … doch, warten Sie mal, als junges Model hatte ich eine depressive Phase. Da habe ich auch Tabletten bekommen. Aber fragen Sie mich nicht, was für welche das waren. Das habe ich mir nicht gemerkt."

„Haben Sie in Groningen Kontakt zu einer Rockerbande gehabt?", fragte Bert.

„Sehe ich so aus, als würde ich mich mit solchen Leuten abgeben?"

„Eigentlich nicht", bestätigte Nina ihr. „Woher haben Sie das Haschisch? Es ist für Ausländer in den letzten Jahren doch immer schwieriger geworden, sich in den niederländischen Coffeeshops damit zu versorgen."

Man merkte, dass das ehemalige Model sich in die Ecke gedrängt fühlte. Sie schien sich darüber im Klaren zu sein, wenn sie heute Abend noch nach Hause wollte, dann musste sie kooperieren.

„Na ja", setzte sie zögerlich an, „man hat da so seine Quellen."

„Und genau um die geht es", bohrte Bert gleich weiter.

„Zwei Brüder, Ben und Josch, ob das aber ihre richtigen Namen sind, weiß ich nicht. Die stehen abwechselnd an bestimmten

Abenden in einer Seitenstraße beim Hauptbahnhof in Groningen."

„Sind Sie sicher, dass Ben und Josch keine Rocker sind?", Bert blieb hartnäckig.

„Jedenfalls habe ich sie nie mit Motorrad und Lederjacke gesehen. Nur einmal habe ich Ben mit zwei Rockern sprechen sehen. Habe gedacht, das wären Kunden von ihm."

„Hätten das auch Lieferanten sein können?", hakte Nina nach.

„Schon möglich. Aber das weiß ich nicht. Ich hatte die beiden vorher jedenfalls noch nie gesehen."

„Sagt Ihnen der Name Jabowski irgendetwas?" Bert beobachtete sie genau bei dieser Frage.

„Nein, nie gehört. Wer soll das sein?"

„Okay", sagte Bert. „Dann unterbrechen wir die Vernehmung erst einmal an dieser Stelle. Sie bleiben bitte noch hier. Wir sagen Ihnen dann Bescheid, wie es weitergeht. Möchten Sie noch etwas zu trinken haben?"

„Ja, wenn ich noch ein Wasser bekommen könnte."

„Werden wir veranlassen", sagte Nina. Die beiden Kommissare verließen den Verhörraum.

„Was meinst du?", wollte Bert von Nina wissen.

„Klingt glaubwürdig und plausibel, was sie gesagt hat. Keine Widersprüche. Dass sie zum Haschisch nichts sagen wollte, ist verständlich. Das ist das Einzige, was wir ihr konkret nachweisen können."

„Stimmt. Schauen wir mal, was der Claasen dazu zu sagen hat."

Bert und Nina stellten ihm die gleichen Fragen wie seiner Freundin zuvor. Abgesehen davon, dass auch er in Bezug auf das Haschisch keine Aussage machen wollte, bestätigte er im Wesentlichen ihre Aussagen.

Allerdings wollte Bert sich so leicht nicht geschlagen geben. „Warum war das Sideboard in Ihrem Begegnungszimmer vollständig leer?"

„Wieso? Ist das nicht erlaubt?"

„Natürlich ist das erlaubt. Aber es ist doch wohl ungewöhnlich, dass ein Schrank oder Sideboard in einem Behandlungsraum völlig leer ist. Da gibt es doch unzählige Utensilien, die man für eine Behandlung benötigt und die dort normalerweise einen sinnvollen Platz finden."

„Mir scheint, Herr Kommissar, Sie haben mir heute Mittag nicht richtig zugehört. Alles, was ich benötige, um meinen problembeladenen Gästen helfen zu können, sind meine Hände. Und die kann ich nicht in den Schrank packen, die sind mir nämlich angewachsen, wie ich Ihnen auch bereits heute Mittag schon sagte. Allerdings brauche ich für mein Spendenschweinchen einen Platz. Dafür ist das Sideboard doch ausgezeichnet geeignet. So schwer kann das Schweinchen doch gar nicht werden, dass das Sideboard es nicht mehr tragen könnte."

„Ich finde das nicht witzig!" Bert war genervt. Wohl auch deswegen, weil Nina sich offensichtlich ein Grinsen nicht verkneifen konnte.

„Hast du noch Fragen?", wandte sich Bert fast hilfesuchend an sie.

„Nein, soweit ist für mich erst einmal alles geklärt."

Bert beendete auch diese Vernehmung.

„Wenn wir nicht im Dienst wären, würde ich sagen: Jetzt brauche ich erst einmal ein Bier und einen Korn."

„Das liegt doch bei dir. Schick die beiden nach Hause und wir machen Feierabend", schlug Nina vor. „Das Ergebnis schmeckt mir genauso wenig wie dir. Aber was sollen wir machen? Wir können ja nicht etwas herbeizaubern, was nicht da ist."

„Stimmt. Es erschien im Wesentlichen alles glaubwürdig und authentisch. Ich glaube auch nicht, dass die beiden uns erwartet und alles Belastende inzwischen beseitigt hatten. Dann wäre es ein Leichtes gewesen, auch das Haschisch verschwinden zu lassen. Der Drogenspürhund hätte dann zwar auch angeschlagen, aber wir hätten keinen greifbaren Beweis gehabt."

„Das Einzige, was wir beiden jetzt eindeutig nachweisen können, ist unerlaubter Drogenbesitz. Aber das ist eine ganz andere Baustelle, um die sich unsere Kollegen kümmern können."

„Also zurück auf Start!"

Bert veranlasste, dass die beiden Festgenommenen von einem Streifenwagen wieder nach Hause gefahren wurden. Beide erhielten die Auflage, ihren Wohnort nicht zu verlassen und sich zur Verfügung zu halten.

„Mir wäre jetzt eigentlich nach Grünkohl und Pinkel", seufzte Bert.

„Mitten im Sommer!?", fragte Nina entsetzt.

„Ja, da passen dann anschließend unendlich viele Schnäpse drauf!"

An diesem lauen Sommerabend wurde es dann aber doch wieder der Italiener. Allerdings mit etlichen Gläsern Lambrusco, wobei die zwei Grappas nicht verschwiegen werden sollen.

***

„Wir sollten das heute besser eine Krisensitzung nennen!", begann Bert die Teambesprechung im Kommissariat Wittmund. „Ich glaube nicht, dass unsere Forensik bei Claasen noch etwas Verwertbares findet, was uns hier weiterhilft."

„Aber wir haben doch wenigstens das Haschisch", meldete Silke sich zaghaft zu Wort.

„Damit können sich unsere Kollegen beschäftigen. Uns hilft das leider nicht weiter", entgegnete Bert. „Wir müssen zurück auf Start! Irgendetwas haben wir übersehen!"

„Wahrscheinlich ist unsere Suche nach dem Besonderen und Auffälligen die falsche Herangehensweise", überlegte Nina. „Bisher sind wir damit nur auf eine Menge Merkwürdigkeiten und Ungereimtheiten gestoßen. Wir sollten uns jetzt mit den ganz normalen Tagesabläufen und Verhaltensweisen aller Beteiligten beschäftigen. Und dabei mit den Hinterbliebenen anfangen. Bei allen Erben beantwortet sich die Frage nach einem Motiv ja bereits von selbst, wie wir schon festgestellt haben."

„Gute Idee", nahm Bert den Gedanken von Nina auf. „Wir waren uns bisher aber auch darin einig, dass wir nicht alle Angehörigen unter Generalverdacht stellen, nur weil sie als Erben vom Tod ihrer Eltern profitieren. Lassen wir zunächst das Unglück auf dem Dirksen-Hof außen vor. Nach Jabowskis Tod wird das wohl für uns ein ungelöster Fall mit vielen offenen Fragen bleiben. Aber den Brief von diesem Finanzkontor sollten wir im Hinterkopf behalten. Fangen wir aber erst mal bei den zuerst verstorbenen Eheleuten Freese an. Wie war deren Tagesablauf? Wer waren ihre Besucher? Und so weiter. Das ganz Normale, wie Nina schon sagte."

„Der Sohn betreibt eine Autowerkstatt in Aurich und wohnt da auch", ergänzte Nina. „Was ist denn mit dem Haus, in dem seine Eltern gewohnt haben? Wohnt da jetzt jemand oder steht das leer? Bei den Freeses haben wir nur eine Vermutung, aber keinen forensischen Beweis, dass sie nicht eines natürlichen Todes gestorben sind. Also gibt es keinen Grund für eine gerichtlich angeordnete Hausdurchsuchung. Aber vielleicht ist der Sohn damit einverstanden, wenn wir uns da mal umsehen."

„Dann lass uns damit anfangen. Nina, wir beide kümmern uns um eine Ortsbesichtigung und Silke und Bernd, ihr forscht im Internet, ob es dort aktuelle Informationen zu der geplanten Ferienanlage gibt. Die dürfen wir nämlich auch nicht aus den Augen verlieren."

Kurz darauf waren Nina und Bert auf dem Weg nach Bensersiel, zum Freese-Hof.

„Stell dir vor", sagte Nina, „die haben zwar gelegentlich nach dem Rechten gesehen, aber immer noch alles so gelassen, wie es zu Lebzeiten der Eltern gewesen ist. Als ich der Frau am Telefon sagte, dass wir uns den Hof anschauen wollen, war die völlig entsetzt. Da hätte sie seit dem Tod vom Schwiegervater überhaupt noch nicht saubergemacht. Das hätte sie einfach noch nicht können. Dabei hatte ich den Eindruck, dass sie weint. Sie konnte es gar nicht fassen, dass ich es gut fand, dass da noch nicht saubergemacht worden ist."

„Das könnte für uns eine ungeahnte Chance sein. Stelle mir gerade selbstkritisch die Frage, wieso fahren wir erst jetzt dahin?"

„Nun lass mal die Kirche im Dorf. Wir haben doch erst jetzt den Bericht vom KTI und damit die Bestätigung erhalten, dass mit den scheinbar natürlichen Todesfällen hier etwas nicht stimmen kann.

„Hast du auch wieder recht. Ah, die Freeses sind schon da."

Nach der Begrüßung gingen sie gleich ins Haus. Es roch leicht nach Moder, wie es in Räumen nun mal riecht, wenn lange nicht gelüftet wurde. Gerhard zog die Rollläden hoch, denn der Strom war abgeschaltet und sie hätten sonst nur die Taschenlampen von Nina und Bert als Lichtquellen gehabt. Die Spinnen hatten sich überall im Haus breitgemacht und ihre Netze verteilt.

„Oh, mein Gott", sagte Ingrid Freese, „ich bin seit der Beerdigung meines Schwiegervaters nicht mehr hier gewesen. Ich hab das einfach nicht fertiggebracht. Nur den Kühlschrank und die Kühltruhe haben wir leer gemacht. Gerd, du bist doch immer hier gewesen, um nach dem Rechten zu schauen."

„Aber ich war nicht hier drinnen", antwortete Gerhard Freese leise und schuldbewusst. „Mir ging es auch nicht anders als dir. Ich meine immer noch, dass mein Vater jeden Moment zur Tür reinkommen müsste."

„Die beiden waren ja auch noch so vital gewesen. Und dann so kurz nach der Diamantenen Hochzeit …", Ingrid schossen die Tränen in die Augen.

Nachdem sie sich etwas beruhigt hatte, sagte Nina: „Wir haben da noch ein paar Fragen. Aber wir können uns auch gerne draußen unterhalten, wenn Ihnen das lieber ist." Das Ehepaar nickte.

Nina war mit den beiden rausgegangen, während Bert sich drinnen umsah. Neben dem Eingang stand eine Bank, auf die sich die Eheleute setzten.

„Da kommt alles wieder hoch, was wir bis jetzt verdrängt haben", sagte Gerhard und man sah ihm an, dass auch er mit seinen Gefühlen zu kämpfen hatte.

„Kann ich gut verstehen", erwiderte Nina. „Kann ich Ihnen trotzdem jetzt ein paar Fragen stellen?"

„Ja, ja. Geht schon."

„Wie war denn der normale Tagesablauf Ihrer Eltern? Nahmen sie zum Beispiel regelmäßig Medikamente? Haben sie selbst eingekauft und gekocht? Mussten sie öfter ärztliche Hilfe in Anspruch nehmen, oder brauchten sie schon zumindest Teilpflege?"

„Da meine Eltern noch recht aktiv und selbständig waren, sind wir nicht täglich bei ihnen gewesen. Immer gerade so, wie es sich ergab. Jedenfalls ist mein Vater noch selbst Auto gefahren und sie haben sich auch selbst versorgt. Ob sie regelmäßig Medikamente

142

genommen haben, da müssten Sie Dr. Gröne in Esens fragen. Wenn mal was war, dann sind sie zu dem gegangen. Krankheiten waren ansonsten zwischen uns und meinen Eltern eigentlich kein Thema."

„Hatten Ihre Eltern denn oft Gäste? Gab es irgendwelche außergewöhnliche Besuche kurz bevor Ihre Eltern verstorben sind?", wollte Nina wissen.

„Manchmal haben wir uns zwei-, dreimal in der Woche gesehen. Es kam auch vor, dass meine Eltern Besorgungen in Aurich mit einem Besuch bei uns verbunden haben. Manchmal haben wir uns aber auch vierzehn Tage und länger nicht gesehen. Wie es sich gerade so ergab. Ob sie regelmäßige Besuche hatten, kann ich nicht sagen. Sie trafen sich allerdings gelegentlich mit ihren Freunden in der Nachbarschaft. Früher hatten die auch immer zusammen gefeiert. Das hat dann aber im Laufe der Jahre immer mehr nachgelassen. Ja und außergewöhnliche Besuche? Ingrid, fällt dir dazu etwas ein?"

„Vor der Diamanthochzeit war ein paar Mal der Pastor da gewesen. Das haben sie uns erzählt. Das Organisatorische hatten wir übernommen. Dazu liefen die notwendigen Aufträge und Absprachen über uns. Außergewöhnlich? Ach ja, die Rockerbande aus Holland. Da ist dein Vater doch extra gekommen, um uns das zu erzählen. Und Karin Sanders ist gelegentlich bei den Eltern auf einen Tee vorbeigekommen, wenn sie gerade in der Nähe war, wie deine Mutter mir erzählte. Aber sonst fällt mir da jetzt auch nichts ein. Ach, doch! Wir sind noch mal mit Gerrit, dem Makler und der Vertreterin der Investorengesellschaft aus Holland bei den Eltern gewesen. Wobei uns dein Vater bald allesamt rausgeschmissen hätte, weil ein Verkauf des Hofes für ihn absolut nicht in Betracht kam."

„Das mit der Rockerbande ist uns bekannt", sagte Nina. „Und wann war denn der Besuch wegen der Ferienanlage?"

„Das muss so ein bis zwei Wochen vor der Diamantenen Hochzeit gewesen sein", erinnerte sich Gerhard.

Nina hatte sich einige Notizen gemacht. „Fällt Ihnen sonst noch etwas ein, was im Zusammenhang mit dem Tod Ihrer Eltern von Bedeutung sein könnte?"

„Meinen Sie denn wirklich, dass meine Schwiegereltern keines natürlichen Todes gestorben sind?" Ingrid war entsetzt. „In beiden Fällen hatte der Notarzt doch zweifelsfrei ganz normalen Herztod festgestellt."

„Das untersuchen wir gerade, Frau Freese. Beweise haben wir dafür allerdings bislang keine."

„Ich hab das meine Frau auch schon gefragt, nachdem Sie heute Morgen mit ihr telefoniert hatten: Was veranlasst Sie denn überhaupt zu so einer Untersuchung? Gibt es denn da Hinweise?" Auch Gerhard Freese wirkte bestürzt.

„Es ist uns aufgefallen, dass es eine merkwürdige Aneinanderreihung von Ereignissen gibt. Und dann die Rockerbande. In Großstädten hört man immer wieder davon, dass Mieter oder Eigentümer, die sich irgendwelchen Immobilienplanungen widersetzen, auf so eine Weise eingeschüchtert werden sollen." Nina hielt sich mit den forensischen Ergebnissen vorsorglich zurück. Das hatten sie bisher nicht publiziert und das musste zu diesem Zeitpunkt auch noch nicht in die Öffentlichkeit."

„Da fällt mir ein, Gerrit hatte da auch schon so eine Vermutung in Bezug auf die Rockerbande gehabt. Aber meinen Vater hätten sie schon umbringen müssen. Mit Einschüchterung hätten sie den nicht aus seinem Haus bekommen."

„Sehen Sie, Herr Freese, für uns noch ein Grund mehr nachzuforschen."

„Das leuchtet mir ein." Er schaute auf seine Uhr. „Brauchen Sie uns denn hier noch? Wir sind zwar selbständig und können uns unsere Zeit einteilen, aber so lange wollen wir unser Geschäft doch nicht allein lassen. Normalerweise ist mindestens einer von uns da. Entweder meine Frau im Büro, oder ich in der Werkstatt. Den Schlüssel hier vom Haus können sie gerne mitnehmen, wenn Sie fertig sind und uns bei Gelegenheit wiedergeben. Wir haben mehrere davon."

Gerhard und Ingrid Freese verabschiedeten sich und verließen den Hof. Nina informierte Bert kurz über das Gespräch mit den Eheleuten. „Am interessantesten scheint mir, dass Gerrit Dirksen mit dem Makler und der Vertreterin der Fondsgesellschaft kurz

144

vor dem Tod von Enna Freese noch hier gewesen ist. So wie Ingrid Freese vorhin sagte, hätte ihr Schwiegervater sie beinahe allesamt rausgeschmissen. Und die Altenpflegerin, Karin Sanders, ist gelegentlich zum Tee bei ihren Schwiegereltern gewesen. Dazu fällt mir ein, das hat die auch bei den Sanders gemacht. Ich hab sie doch bei Imke Sanders getroffen. Da kam sie gerade von dem Sohn, bei dem sie auch mindestens eine Stunde oder länger gewesen ist."

„Und was meinst du? Läuft da was zwischen ihr und Werner Oltmann?

„Seine Mutter sagt nein. Karin Sanders wäre glücklich mit ihrem Mann verheiratet und die Besuche beim Sohn fänden nur als befreundete Gesprächspartnerin statt. Kann man glauben oder auch nicht."

„Glaubst du das?"

„Ich weiß nicht. Irgendwie habe ich da Zweifel."

„Na gut, halten wir das mal fest. Damit können wir uns noch beschäftigen, wenn wir zu den Sanders kommen. Aber hier habe ich ein paar interessante Dinge gefunden und die Spurensicherung angefordert. Die müssten eigentlich jeden Moment hier sein."

„Sind schon da." Nina hatte gerade aus dem Fenster geschaut. Aber was hast du denn entdeckt?"

„Wir können von Glück sagen, dass die Freeses hier noch nicht klar Schiff gemacht haben. In der Spülmaschine liegt noch ungespült das Geschirr von den Tagen, bevor Hinnerk Freese verstorben ist."

„Na, das nenne ich doch einen Lottogewinn. Da wird sich die Forensik aber freuen."

Die Leute von der Spurensicherung übernahmen jetzt das Weitere, nachdem Bert sie kurz eingewiesen hatte.

„Mir wäre jetzt nach einem schönen Ostfriesentee", sagte Nina, als sie in den Wagen stiegen.

„Fahren wir nach Esens ins Café?"

„Nein, ich hab da was Besseres. Da können wir das Angenehme mit dem Nützlichen verbinden. Lass dich überraschen."

***

145

Es dauerte nicht lange und sie näherten sich dem Hof von Werner Oltmann. Nina fuhr neben den Scheunenteil des Gulfhofs und parkte auf der breiten Zufahrt zu den Stallungen. „Die Kälber sind wohl heute auf einer anderen Weide", sagte sie bedauernd.

„Oder schon bei uns auf dem Teller."

„Mann Bert, muss das sein? Da kann es einem ja vergehen, wenn man nur daran denkt. Viel Fleisch esse ich ohnehin nicht, aber das hatte ich mir schon überlegt, als ich die süßen Kälbchen hier auf der Weide gestreichelt habe, da könnte man glatt zur Vegetarierin werden."

„Warum parken wir hier?", wollte Bert wissen und versuchte, von seinem Fauxpas abzulenken.

„Wirst du gleich sehen. Nur so ein Gefühl."

Sie gingen zu Fuß um den Gulfhof herum, um zum Eingang des Wohnteiles zu gelangen.

„Ach, guck an", sagte Nina. „Mein Gefühl! Werner Oltmann hat wieder Damenbesuch."

„Lassen wir ihm den Spaß", sagte Bert grinsend. „Wie war das mit dem Tee?"

Imke war überrascht, aber auch sichtlich erfreut, Nina zu sehen. „Und heute sogar mit Verstärkung", sagte Imke, nachdem sie sich begrüßt hatten. „Sie haben ein ausgezeichnetes Gespür dafür, wann ich meinen Tee aufgesetzt habe."

„Da sind ja die berühmten Plätzchen, die uns auf der Dienststelle schon so lecker geschmeckt haben", stellte Bert fest, als er den Teller mit Gebäck auf dem Tisch sah. „Ganz lieben Dank, Frau Oltmann, auch im Namen vom ganzen Team."

„Da nich für, Herr Kommissar."

„Sie warten wieder auf Frau Sanders?", vermutete Nina.

„Ja, sie ist schon eine ganze Weile bei Werner. Die haben heute wohl wieder eine Menge zu bereden. Werner scheint mir in letzter Zeit oft ganz abwesend zu sein. So, als wenn er mit seinen Gedanken ganz woanders wäre. Aber wenn ich ihn frage, kriege ich nur ausweichende Antworten. So war er nie, als seine Claudia noch hier war. Aber für ihn ist einfach eine Welt

146

zusammengebrochen, als die Claudia mit dem Feriengast aus Bayern auf und davon ist."

Der Kandis knackte leise, als Imke den Tee eingoss. „Und Sie nehmen beide auch die Sahne dazu? Das ist schön. Die Karin trinkt den Tee ja immer ohne Sahne. Aber die Wölkchen gehören doch einfach dazu."

„Diese ostfriesische Tradition ist immer wieder faszinierend", schwärmte Bert. „Kein Wunder, dass ihr die Weltmeister im Teetrinken seid. Und dann diese Plätzchen."

„Das ist wohl auch ein Grund, warum Karin so gerne herkommt."

Nina und Bert wechselten bedeutungsvolle Blicke.

„Frau Oltmann, das wollte ich Sie noch fragen: Bekamen, beziehungsweise bekommen Sie eigentlich noch anderen regelmäßigen Besuch, außer von Frau Sanders?", erkundigte sich Nina.

„Nee. Früher trafen wir uns ja öfter mit unseren Freunden hier aus der Nachbarschaft. Das hatte ich Ihnen ja schon beim letzten Mal erzählt. Aber da bin ich ja nun die Letzte." Imke traten die Tränen in die Augen und sie kramte nach einem Taschentuch. Nina hielt ihr ein Papiertaschentuch hin. „Danke! Ich bin da immer noch nicht drüber weg."

„Das können wir gut verstehen, Frau Oltmann. Das wäre ja auch komisch, wenn das nicht so wäre. Hatten Sie denn noch anderen Besuch, kurz bevor Ihr Mann verstarb?", fragte Bert freundlich.

„Ja, das muss zwei Tage vor seinem Tod gewesen sein. Da waren die Leute aus Holland von dieser Gesellschaft da, die hier eine Ferienanlage bauen wollen. Die haben meinen Mann und mich versucht davon zu überzeugen, welche Vorteile es für uns hätte, wenn wir auf unser Altenteil verzichten und Werner hier unseren Hof verkaufen würde."

„Und wie fanden Sie das?", bohrte Bert weiter.

„Ach, wissen Sie, wir sind … äh, waren … beide bisher noch ganz fit, Radfahren, Bergwandern und so, aber trotzdem ist das Haus hier nun mal nicht seniorengerecht gebaut, wie man das heute so nennt. Ich hätte mich mit dem Gedanken, in eine schicke Seniorenresidenz zu ziehen, schon anfreunden können. Zumal die uns sogar zusätzlich noch eine seniorenbetreute Eigentumswohnung im Bayerischen Wald besorgt hätten, wo wir bisher immer mehrmals im Jahr Urlaub gemacht hatten. Dazu haben die uns sogar extra Prospekte vorbeigebracht. Aber mein Hans war da stur. Eben ein echter Ostfriese, wenn es um die heimatliche Scholle geht. Da war der für kein Argument offen und das hat er denen auch ganz deutlich gesagt."

„Wie sind Sie dann verblieben?" Bert ließ nicht locker.

„Wir sollten uns das doch noch einmal in Ruhe überlegen und mit unserem Sohn besprechen. Sie würden sich wieder melden."

„Und haben sie sich gemeldet?".

„Bei mir nicht, aber vielleicht beim Werner. Da müssen Sie ihn fragen. Mir hat er jedenfalls nichts gesagt."

„Haben Sie denn diese Prospekte noch?"

„Ja." Imke kramte in einer Schublade und förderte die Prospekte zu Tage.

„Na, das ist ja ein Angebot", staunte Nina. „Und wer hätte das alles bezahlt?"

„Alles die Investorengesellschaft aus Holland. Uns wären da keine Kosten entstanden. Aber Werner hatte schon gesagt, das werden die alles irgendwie mit dem Kaufpreis für unsere Ländereien verrechnen."

„Das denke ich auch", sagte Bert. „Sie wären damit aber, im Gegensatz zu Ihrem Mann, einverstanden gewesen?"

„Ja, jünger werden wir alle nicht. Und wenn ich gesehen habe, wie sich die Schwiegereltern von der Karin mit ihren Rollatoren im Haus schwergetan haben … Die Treppe kamen sie nicht mehr rauf. Für einen Lift war die zu eng. Unsere übrigens auch. Da hätte mir eine schicke Zwei- oder Dreizimmerwohnung ohne Barriere, wie man das heute nennt, schon gefallen. Und dann noch die Wohnung im Bayerischen Wald. Keine Abhängigkeit mehr von Belegungsplänen in der Pension. Bleiben, so lange man will. Bei ungemütlichem Wetter reist man einfach nach Hause. Bei tollem Wetter bleibt man eben länger. Betreuung, wenn man will und wenn nicht, dann eben nicht. Und dabei gesund bleiben. Da macht das Altwerden doch Spaß!" Imke war richtig ins Schwärmen geraten.

„Und das war mit Ihrem Mann nicht zu machen?", bohrte Nina nach.

„Ich sagte ja schon. So gern ich ihn auch mochte und ihn jetzt auch vermisse - was das angeht, ein absoluter ostfriesischer Sturkopp! Nur keine Veränderung! Noch nicht mal da im Bayerischen Wald, selbst im gleichen Ort, keine andere Pension. Es musste immer die gleiche sein. Und wenn unsere Pension ausgebucht war, dann sind wir eben nicht gefahren. Darüber hatten wir schon so manchen Streit gehabt." Man sah Imke an, dass das jetzt hatte rausmüssen. „Noch einen Tee?"

„Ja gerne", sagte Nina, „deswegen sind wir ja gekommen." Und das war noch nicht einmal gelogen. Imke war noch dabei einzuschenken, als es läutete.

„Ich mache auf", bot Nina an. Dabei blitzte es in ihren Augen und sie zwinkerte Bert zu, als sie an ihm vorbei zur Tür ging.

„Moin, Frau Sanders, kommen Sie rein. Frau Oltmann hat schon mit dem Tee auf Sie gewartet."

„Moin, Frau Jürgens … äh, ich wollte nur kurz Frau Oltmann begrüßen. Ich bin schon wieder sehr in Eile. Hab schon wieder Termine und gar nicht auf die Zeit geachtet. Oh, der Herr Kommissar ist ja heute auch da. Hallo! Moin Imke, tut mir leid, ich hab gar nicht viel Zeit." Sie drückte Imke einen flüchtigen Kuss auf die Wange. „Dein Sohn hat mich wieder so lange in Anspruch genommen, dass ich noch nicht mal zu meinem Tee komme."

Nina und Bert warfen sich vielsagende Blicke zu. „Das ist aber schade, dass Sie so wenig Zeit haben. Da hätte man ja mal ein wenig plaudern können. Aber wir werden uns sowieso in den nächsten Tagen noch bei Ihnen und Ihrem Mann melden. Wir haben nämlich noch so einige Fragen", Bert wollte sie ein wenig unter Druck zu setzen, was ihm offensichtlich auch gelang.

„Fragen? Was für Fragen denn? Wir wissen doch nix. Um was geht es denn überhaupt?" Karin Sanders war sichtlich nervös.

„Na, es haben sich hier einige Dinge ereignet, die nicht gerade normal sind", blieb Nina bewusst unbestimmt.

„Was für Dinge meinen Sie denn?"

„Zum Beispiel das Unglück auf dem Dirksen-Hof, dann kurz nacheinander so viele Tote hier in der Nachbarschaft. Sie sind ja selbst Betroffene. Aber wir haben schon gehört, das soll alles nur der Fluch verursacht haben." Obwohl Nina nicht daran glaubte, wollte sie einfach mal die Reaktion testen.

„Jo, dat is de Flöök!", meldete sich Imke sofort zu Wort. „Da waren Enna, Frauke und ich uns alle einig!"

„Also, ich bin ja nicht abergläubisch. Aber daran habe ich auch schon gedacht, als meine Schwiegereltern so kurz hintereinander verstarben. Das ist schon irgendwie unheimlich. Da kann man fast an höhere Mächte glauben. Aber jetzt muss ich wirklich los. Imke, tut mir leid. Ein andermal habe ich wieder mehr Zeit. Versprochen! Ach ja, das mit einem Termin bei mir und meinem Mann ist etwas schwierig. Er ist tagsüber im Amt und ich habe oft unvorhersehbare Termine, weil ich bei einem Ausfall von meinen Mitarbeitern einspringen muss."

„Ach, das macht nichts, Frau Sanders. Das bekommen wir hin", beruhigte sie Nina. „Notfalls bestellen wir Sie beide zu uns ins Kommissariat nach Wittmund."

Karin Sanders' Gesichtsfarbe wechselte sichtbar. „So wichtig wird das ja wohl nicht sein", wand sie ein. „Da gibt es doch sicher auch für Sie Wichtigeres."

„Kein Problem. Das gehört für uns alles zu unserem Job. Dafür bezahlt uns doch der Staat. Da machen Sie sich mal keine Gedanken, Frau Sanders. Wie gesagt, das bekommen wir schon hin. Oder was meinst du Nina?"

„Na klar. Und bisher haben wir immer noch gemeinsame Termine mit unseren Klienten gefunden."

„Was meinen Sie mit ‚Klienten'?", fragte Karin misstrauisch nach.

„Mir war gerade kein anderer Ausdruck eingefallen, ich hätte auch Kunden, oder Gesprächspartner sagen können", erläuterte Nina das Karin Sanders, die ziemlich beunruhigt schien. „Wir melden uns."

Karin hatte es auf einmal sehr eilig, zur Tür hinauszukommen. Sie ging aber nicht sofort zu ihrem Auto, sondern zur Haustür von Werner Oltmann. Scheinbar war der aber nicht mehr zuhause, denn es öffnete auf ihr Klingeln niemand die Tür. Schließlich ging sie zu ihrem Auto und verließ das Gehöft. Nina saß so, dass sie alles durch das Küchenfenster hatte beobachten können.

Nachdem Nina und Bert sich noch eine dritte Tasse Tee und einige Plätzchen gegönnt hatten, drängte auch Bert zum Aufbruch. „Ganz lieben Dank, Frau Oltmann. Eine Teestunde in Ihrer Küche kann man nur weiterempfehlen. Wo erreichen wir denn Ihren Sohn?"

„Ich habe gesehen, dass der vorhin zum Stall rüber ist. Da werden Sie ihn irgendwo finden."

Nina und Bert verabschiedeten sich, um Werner Oltmann zu suchen. Sie trafen ihn im Stall im Gespräch mit einem Mitarbeiter an. Nachdem sie sich begrüßt hatten, erkundigte sich Werner, was er für sie tun könne.

„Wir waren gerade bei Ihrer Mutter und hätten auch an Sie noch ein paar Fragen im Zusammenhang mit dem Tod Ihres Vaters", sagte Bert. „Wir können es noch gar nicht glauben. Als Sie mit ihm wegen der Rockerbande bei uns im Kommissariat waren, da wirkte er noch so kämpferisch und agil."

„Ich kann es auch bis heute nicht begreifen. Gerade er, der für sein Alter eigentlich noch vor Gesundheit und Vitalität strotzte." Man sah es Werner an, dass auch ihm das immer noch nachging. „Lassen Sie uns rüber zum Wohnhaus gehen", lud er die Kommissare ein.

„Kann ich Ihnen was zu trinken anbieten?"

„Vielleicht ein Wasser", sagte Nina.

„Für mich auch", schloss sich Bert an.

„Oh, planen Sie Urlaub auf Mallorca?", fragte Nina, als sie die Prospekte auf dem Tisch liegen sah.

„So was Ähnliches", antwortete Werner ausweichend.

Nina und Bert hatten schnell erkannt, dass das keine Urlaubsprospekte, sondern Immobilien-Exposés waren, die da breit verteilt auf dem Tisch lagen.

„Ich habe auch schon mal auf einer Finca Urlaub gemacht. Das war sehr schön", baute ihm Nina eine Brücke.

Werner stellte ihnen die Gläser mit Wasser hin. Dabei wirkte er auf einmal äußerst nervös und angespannt. So hatten sie ihn im Kommissariat nicht erlebt.

„Ah, dann haben Sie vorhin wohl mit Frau Sanders Urlaubspläne geschmiedet?", setzte Bert noch eins drauf.

„Ja ... äh ... nein. Sie ist doch verheiratet!"

„Ich habe doch nicht unterstellt, dass Sie mit ihr alleine dahin wollen. Auf so einer Finca ist ja viel Platz. Und mit Freunden macht das noch viel mehr Spaß. Ach ja, abends die Tapas mit Rotwein ..."

„Herrlich!", sagte Nina und griff nach einem Exposé. „Ich darf doch, oder?"

„Ja, ja, natürlich."

„Bert, das wäre doch was für unseren Ruhestand?"

Bert warf einen Blick auf das Titelbild. „Könnte ich mich auch mit anfreunden."

Werner schien das ganze Gespräch viel Unbehagen zu bereiten. Er holte ein paarmal tief Luft, als wollte er etwas sagen. Schien es dann aber wieder runterzuschlucken. Die beiden Kommissare blätterten in den Exposés.

„Schau mal, Bert, zwei Millionen, das sind doch keine Urlaubspreise", tat Nina ahnungslos.

„Nein, das sind die Kaufpreise", sagte Werner. „Ich will ganz offen sein. Es geht da nicht um einen Urlaub. Frau Jürgens hatte da schon den richtigen Gedanken. Wenn ich das Ganze hier gut verkaufen könnte, dann würde ich mich dort gerne zur Ruhe setzen. Aber ich wäre Ihnen sehr dankbar, wenn Sie meiner Mutter noch nichts von diesen konkreten Überlegungen sagen würden. Ich hatte zwar schon mal zu Lebzeiten meines Vaters – als mir hier alles zu viel wurde – gesagt, dass ich am liebsten alles hinschmeißen und mich auf einer Finca zur Ruhe setzen würde. Aber das haben die beiden nicht wirklich ernst genommen."

„Oh", sagte Bert, „der Tee Ihrer Mutter treibt. Wo könnte ich ..."

152

„Vorne, rechts bei der Haustür."

Bert verschwand.

„Oh Gott", sagte Nina lachend. „Ich wusste gar nicht, dass das ansteckend ist."

„Macht nichts, es ist hier ja nicht wie bei armen Leuten. Den Gang entlang, dann hinten links die letzte Tür."

Die beiden Doggen in ihrer Ecke blickten misstrauisch auf. Eine Handbewegung von Werner ließ sie aber sofort wieder entspannt die Köpfe ablegen.

„Die parieren aber", bemerkte Nina und verschwand. Kurz darauf war Bert wieder zurück.

„Danke, der Tee Ihrer Mutter hat es wirklich in sich." Bert und Werner lachten.

Werner schien auf einmal viel entspannter. Bert vermutete, dass ihm das mit dem Verkauf und seinen Auswanderungsplänen peinlich gewesen war. Aber da verließ er sich auch gern auf die weibliche Intuition von Nina, die meistens ins Schwarze traf, wie sich schon oft herausgestellt hatte.

Es dauerte eine ganze Weile, bis Nina zurückkam. „Frauen", sagte sie entschuldigend und zog die Schultern hoch. „Sorry, dass Ihr warten musstet."

„Macht nichts", beruhigte sie Bert. „Es sind übrigens wirklich tolle Objekte dabei, aber auch ganz schöne Preise. Da werden Sie hier noch gut verhandeln müssen, Herr Oltmann. Wie steht denn jetzt eigentlich die aktuelle Planung?"

„Na ja, die Holländer waren kurz vor dem Tod meines Vaters noch hier gewesen und hatten auch Prospekte mit einem zusätzlichen Angebot für meine Eltern in Bayern dagelassen."

„Ihre Mutter hat sie uns gezeigt", sagte Nina.

„Jedenfalls war mein Vater um nichts in der Welt bereit, darauf einzugehen. Die waren ganz schön sauer, als sie weggefahren sind. Sie haben gesagt, dass sie zum Wohle aller hoffen, dass er sich noch besinnt. Und sie wollten sich dann wieder bei mir melden."

„Und haben sie?", fragte Bert.

„Ja, letzte Woche haben sie mich angerufen und gefragt, ob mein Vater es sich inzwischen anders überlegt hätte. Als ich sagte, dass er leider unerwartet verstorben sei, hat die Frau Brink, das ist die Finanzchefin der Gesellschaft, mir gesagt, dass das für mich zwar bitter, aber auch ein Segen für alle sei. Dann hat sie mich gefragt, ob sie es richtig eingeschätzt habe, dass meine Mutter nicht abgeneigt sei, in eine Seniorenresidenz umzuziehen. Das konnte ich bestätigen. Daraufhin meinte sie, dass sie sich in Kürze wieder melden würde. Mein Vater wäre dann ja im Grunde das letzte Hindernis gewesen, was einer Realisierung der Feriengolfanlage noch im Wege gestanden hätte.“

„Hallo, wir reden hier über die Gefühle, Ziele und Wünsche eines Menschen, der es verdient hat, würdig seinen Ruhestand zu genießen. Damit wird er ja quasi zu einer Sache, einem Hindernis, herabgewürdigt! Wie finde ich das denn!?“, erboste sich Nina.

„Na ja, die Frau Brink hat das dann auch noch ein wenig versucht abzumildern. Sie sagte, das sei zwar hart ausgedrückt. Aber manchmal stünde eben das Gemeinschaftsinteresse auch über durchaus berechtigten Einzelinteressen.“

„So kann man es auch sehen“, sagte Bert, „und so wird es ja leider nicht selten auch gesehen. Es kommt, wie so oft, auf die Betrachtungsweise an. Je nachdem, ob man die menschlichen oder materiellen Werte höher gewichtet.“

„Jedenfalls sollen beim nächsten Termin hier bei uns die Notarverträge mit allen Beteiligten ausgehandelt werden. Das grundsätzliche Einverständnis der örtlichen Behörden läge bereits vor, wie Frau Brink sagte“, schob Werner noch nach.

„Da gibt es aber auch nicht nur Zustimmung“, merkte Nina an. „Es gibt eine ökologische Bewegung unter der Führung einer Lehrerin, die bereits Unterschriften gegen das Projekt sammelt.“

„Gut“, sagte Bert, „das soll aber im Moment nicht unser Problem sein. Würden Sie uns bitte informieren, wenn dieser Termin stattfindet. Wir möchten dann gerne die Gelegenheit nutzen, um mit den Vertretern der niederländischen Gesellschaft zu sprechen. Das müssen Sie denen aber noch nicht ankündigen.“

Werner stimmte zu. Nina und Bert verabschiedeten sich und machten sich auf den Rückweg zum Kommissariat.

„Der war aber ganz schön unter Druck", sagte Nina.

„Nachdem er sich mit seinen Plänen geoutet hatte, legte sich das allerdings merklich. Aber sag mal, dein Toilettengang, war das eine Finte?"

„Keine Finte, aber eine Gelegenheit. Sogar eine erfolgreiche." Nina lächelte spitzbübisch. „Dass die Schlafzimmertür aufstand, dafür konnte ich nun wirklich nichts. Ich will ein durchwühltes Bett bei einem allein lebenden Mann auch nicht überbewerten. Aber einige Utensilien im Bad lassen sich ziemlich eindeutig geschlechterspezifisch zuordnen. Mein Smartphone lässt grüßen. Wir müssen es ja nicht vor Gericht verwenden. Außerdem lag im Abfalleimer ganz obenauf ein wahrscheinlich frisch benutztes Kondom."

„Also doch", grinste Bert. „Das erklärt dann auch ihre Eile und Nervosität, als sie uns bei Imke Oltmann gesehen hat. Bin mal auf das Gespräch mit den Eheleuten Sanders gespannt."

Kapitel 11

Werner Oltmann hatte Wort gehalten. Schon am nächsten Tag meldete er, dass ganz kurzfristig, bereits für das Wochenende, ein Meeting der niederländischen Fondsgesellschaft im Hotel Benser-Hof mit ihm und allen seinen betroffenen Nachbarn geplant sei. Einen Ablaufplan hatte er per E-Mail übermittelt. Demzufolge war am Samstag ab vierzehn Uhr ein Gesamtmeeting mit allen potenziellen Grundstücksverkäufern geplant. Danach sollten dann in Einzelgesprächen die Entwürfe zu den Notarverträgen zwischen den Rechtsanwälten der Gesellschaft und den Verkäufern ausgehandelt werden. Die Leitung würde Ellen Brink, Finanzchefin der Golf&More Real Estate B.V. aus Den Haag, haben.

Nina und Bert trafen sich am Samstag gegen Mittag im Kommissariat. Beide waren sehr neugierig auf das, was die Vertreterin der Fondsgesellschaft ihnen zu sagen haben würde.

„Dann los! Starten wir unseren Überraschungsangriff", sagte Bert „Wenn wir beim Hotel ankommen, werden die sicher gerade beim Mittagstisch sitzen. Dann wird sie bis vierzehn Uhr sicher noch etwas Zeit für uns haben."

„Die wird sie sich nehmen müssen. Bin gespannt, ob Frau Brink zu dem Gespräch einen oder gleich mehrere ihrer Anwälte hinzuzieht."

„Wenn sie was zu verbergen hat, dann wird sie das Gespräch mit uns ganz sicher nicht ohne Anwalt führen."

„Oder sie wird von vornherein versuchen, es abzulehnen. Ich glaube, es ist rechtlich auch nicht ganz unproblematisch, was wir vorhaben. Immerhin ist sie keine deutsche Staatsbürgerin und wir haben noch nicht mal einen begründbaren Anfangsverdacht gegen sie persönlich. Lassen wir es darauf ankommen. Einen Versuch ist es wert und ich hoffe, dass es uns dann etwas weiterbringt."

Als sich die beiden Kommissare mit dem Auto dem Hotel Benser-Hof, direkt am Hafen von Bensersiel, näherten, fanden sie dieses von etwa fünfzig bis hundert Demonstranten umlagert. Zum Teil behinderten sie sogar die Autos auf der Hauptstraße und verteilten sich bis auf den Marktplatz und die markanten

Deichbrücken am Sieltor. So ganz genau ließ sich die Anzahl nicht einschätzen, da Demonstranten von Feriengästen kaum zu unterscheiden waren. Einige trugen Plakate mit der Aufschrift: „Schützt unsere Vogelwelt! – Keine Golfanlage in Bensersiel!"

Nina stellte ihr Auto gleich Am Tief gegenüber vom Hotel ab. Zu Fuß gingen Bert und sie über die Brücke der Hauptstraße zum Hotel.

„Da muss irgendetwas durchgedrungen sein", sagte Nina. „Denn ich gehe davon aus, dass die Einladungen zu diesem Meeting nicht an die große Glocke gehängt worden sind."

„Mit Sicherheit nicht. Ich werde vorsorglich unsere Bereitschaft alarmieren, dass sie auf Abruf sind. Außerdem sollte das hier von einer Zivilstreife – zumindest aus der Ferne – überwacht werden. Nicht, dass es nachher zu Pöbeleien und mehr kommt, wenn die Grundstücksverkäufer hier ins Hotel wollen."

„Das würde ich auch nicht ausschließen. Denn einige der Demonstranten haben uns auch schon sehr kritisch ins Visier genommen. Ah, da vorne sehe ich die Umweltaktivistin Juliette Betel von der hiesigen Bürgerinitiative. Ich war mal interessehalber bei einem Vortrag von ihr und habe mich anschließend mit ihr unterhalten. Sie ist Lehrerin in Esens. Eigentlich erschien sie mir ganz umgänglich und absolut nicht radikal. Sie vertritt aus meiner Sicht ganz vernünftige Ansichten. Ich werde mit ihr reden, du kannst ja schon reingehen."

Bert ging zur Rezeption. Es herrschte reges Treiben in der Hotellobby, schließlich war Mittagszeit und das in der Saison. Er musste einen Moment warten, bis ihn eine junge Dame am Empfang fragte, was sie für ihn tun könne.

Er stellte sich vor und zeigte seinen Ausweis. „Ich hätte gerne einen Ihrer Hotelgäste gesprochen, Frau Ellen Brink."

„Einen Moment bitte, ich schaue nach." Die Hotelangestellte schaute im Computer nach. Dann telefonierte sie. „Frau Brink lässt fragen, ob es etwas mit der Demonstration vor unserem Hotel zu tun hat?"

„Ja, das auch."

„Sie kommt gleich runter. Wenn Sie hier bitte so lange warten würden."

Nina betrat die Hotellobby mit einer sorgenvollen Mine. Als sie Bert entdeckt hatte, ging sie mit schnellen Schritten zu ihm. „Das sieht nicht gut aus. Frau Betel ist sehr besorgt. Es haben sich, wahrscheinlich über die sozialen Netzwerke, auch ein paar Vermummte unter die Demonstranten gemischt. Sie ist gerade dabei, mit einigen Einheimischen dafür zu sorgen, dass die ihre Vermummung ablegen. Das Letzte, was sie will, ist eine durch Gewalt eskalierende Demo. Sie ist nämlich auch engagierte Pazifistin, wie sie sagte."

„Gut, dass du Frau Betel schon gekannt hast. Ich werde sofort unsere Bereitschaft in Marsch setzen. Sie sollen sich aber erst einmal außer Sichtweite bereithalten. Wenn die Demo angemeldet gewesen wäre, hätten wir wenigstens schon Vorsorge treffen können."

„Ja, das hat Frau Betel jetzt auch bedauert. Allerdings hat sie das auch auf die Kürze der Zeit geschoben. Diese Veranstaltung, gegen die sie demonstriert, sei sehr kurzfristig anberaumt worden. Was sie als eine gezielte Taktik der Investorengesellschaft betrachtet."

Bert gab über sein Handy entsprechende Anweisungen. Er hatte gerade seine Gespräche beendet, da führte die Hotelangestellte eine Dame zu ihnen. „Frau Brink, das ist der Herr von der Kriminalpolizei."

„Ah, hallo. Wir kennen uns ja bereits." Nachdem sie sich begrüßt hatten, schlug Ellen vor, in den von ihr angemieteten Tagungsraum zu gehen. „Da sind wir ungestört. Meine Kollegen sind gerade noch beim Essen. Bei mir übernimmt die Regie über das Mittagessen die Figur", sagte sie dann schmunzelnd.

„Was tut man nicht alles", erklärte sich Nina solidarisch und nickte ihr mitfühlend zu.

Im Tagungsraum suchten sie sich einen Tisch am Fenster. Auf dem Tisch standen bereits Getränke für das Meeting. „Bitte bedienen Sie sich", sagte Ellen. „Sie sind wegen der Demonstration gekommen? Demos dieser Art sind wir eigentlich gewöhnt. Meistens sind die Umweltschützer ja friedliche Leute, die nur ihre legitimen Rechte als Bürger wahrnehmen wollen. Aber leider haben meine Kollegen bereits einige Vermummte unter den Demonstranten entdeckt. Das macht uns doch sehr besorgt."

„Uns auch", sagte Bert. „Das Hotel hat deswegen unsere Dienststelle in Esens bereits informiert. Leider war die Demonstration nicht angemeldet. Unsere Bereitschaft ist aber schon unterwegs, wird sich allerdings außer Sichtweite aufhalten, um jede Eskalation zu vermeiden."

„Ich habe gerade mit der Initiatorin der Demo gesprochen", fügte Nina hinzu. „Sie versuchen mit einheimischen Teilnehmern der Demonstration dafür zu sorgen, dass die Demo friedlich bleibt."

„Na, hoffentlich gelingt ihnen das", antwortete Ellen. Dann umriss sie kurz ihr Vorhaben für den heutigen Tag. Nina und Bert behielten für sich, dass sie den Grund und den Ablaufplan für diesen Tag bereits kannten. „Jedenfalls bin ich froh, dass die Polizei hier so schnell vor Ort ist. Daher bin ich auch zuversichtlich, dass wir heute alles erfolgreich auf den Weg bringen werden."

„Da haben Sie für heute ja noch ein volles Programm", sagte Bert. „Aber vielleicht könnten wir die Gelegenheit nutzen, dass Sie uns über einige Hintergründe aufklären. Das wäre für uns sicher auch hilfreich in unserer Argumentation gegenüber den Umweltaktivisten."

„Natürlich, gerne. Sie wissen ja bereits, wir kooperieren immer mit den Behörden. Getreu unserer Geschäftsphilosophie, miteinander erreicht man mehr als gegeneinander. Eigentlich hätte ich auch kein Problem gehabt, mich selbst den Fragen der Demonstranten zu stellen. Wir haben ja noch Zeit, bis die Grundstücksverkäufer kommen. Unsere Anwälte haben mir aber angesichts der Vermummten davon abgeraten."

„Sicher ein guter Rat", sagte Nina. „In diesem Zusammenhang - die Demonstranten haben nach eigenem Bekunden, die Demo nicht angemeldet, weil Ihre Veranstaltung hier sehr kurzfristig anberaumt worden sei. Dies werten die Demonstranten als eine gezielte Taktik, um Demonstrationen zu verhindern. Daher hätten sie sich auch auf allen verfügbaren Kanälen der sozialen

Netzwerke schnell für heute verabreden müssen, was wohl auch einige Autonome auf den Plan gerufen hat."

„Wir haben es ja nicht zum ersten Mal mit Umweltschützern zu tun, wie ich schon sagte. Das haben wir bei fast allen unserer Projekte im Küstenbereich und nicht nur dort. Wenn möglich, versuchen wir bereits im Vorfeld Kontakt aufzunehmen und Konfrontationen zu vermeiden. Aber bisher hatten wir leider keine Ahnung, dass sich hier bereits eine solche Gruppe formiert hat. Auch ist erst vor kurzem die letzte Hürde für konkrete Entscheidungen genommen worden. Im Vorfeld hatten wir daher auch lediglich prophylaktische Zustimmungen der zuständigen Behörden einholen können. Vermutlich ist aber über diesen Weg vorab etwas an die Öffentlichkeit gedrungen. Aber taktische Spielchen sind eigentlich nicht unsere Sache."

„Die Umweltaktivistin, die die Demo hier organisiert hat, sitzt im Stadtrat der Gemeinde Esens", klärte Nina sie auf. „Aber sie ist auch absolut gegen jegliche Gewalt."

„Beruhigend zu hören", erwiderte Ellen. „Aber das erklärt auch, wie die Information über unser Vorhaben bekannt wurde."

„Mal eine ganz andere Frage, Frau Brink. Sagt Ihnen der Name Jan de Groot etwas?"

„Ja, das ist unser Projektentwickler. Warum?"

„Und was hat Herr de Groot mit einem Finanzkontor B.V. Den Haag zu tun?"

„Er ist der Geschäftsführer. Diese Gesellschaft arbeitet mit uns zusammen. Aber um was geht es denn bei Ihrer Frage?"

„Was bedeutet denn das B.V. eigentlich, wenn ich fragen darf", wollte Nina wissen.

„In Deutschland nennt man das eine GmbH. B.V. ist also die niederländische Bezeichnung für eine ähnliche Gesellschaft mit beschränkter Haftung. Aber noch mal, um was geht es denn bei Herrn de Groot?"

„Es geht um die Klärung einiger Fragen im Zusammenhang mit bestimmten Zeitabläufen", antwortete Bert.

„Verstehe ich nicht." Ellen schaute sichtlich irritiert.

„Gerrit Dirksen hat ja wohl bereits vor über einem Jahr vorgehabt, sein Anwesen an Ihre Gesellschaft zu verkaufen, weil er keinen Pächter für den Hof fand."

„Das ist richtig", sagte Ellen. „Und auch seine Nachbarn waren bei unseren ersten Gesprächen durchaus bereit, auf unsere Angebote einzugehen. Leider waren aber auf allen Höfen noch die Eltern mit Nießbrauch im Grundbuch eingetragen."

„Richtig", bestätigte Bert, „Auslöser für den Verkauf des Dirksen-Hofes war aber das schreckliche Schwefelgasunglück mit fünf Toten."

„Eine furchtbare Verkettung unglücklicher Umstände, soweit ich das gehört habe", ging Ellen darauf ein.

„Die genauen Umstände sind leider bis heute noch nicht abschließend geklärt. Unabhängig davon sind wir auf einen Schriftwechsel des Finanzkontors mit Mattes Dirksen gestoßen. Dieser stammt aber bereits aus dem Jahr vor dem Unglück auf dem Dirksen-Hof. Danach hat es wohl auch ein Treffen hier zwischen Jan de Groot und Mattes Dirksen gegeben."

„Um was ging es denn in dem Schriftverkehr?", eine wohl eher rhetorische Frage, denn Ellen schien nicht sehr überrascht.

„Herrn Dirksen sollte ein Konzept vorgestellt werden, wie er als Landwirt für sich einen vorzeitigen, attraktiven Ruhestand realisieren könnte."

„Ja, das ist tatsächlich Teil unserer Strategie. Jan de Groot sucht für unsere Projekte geeignete Küstenlandstriche aus und nimmt dann mit den dort ansässigen Eigentümern einen ersten Kontakt auf. So lukrativ ist die Landwirtschaft in manchen Bereichen heute auch nicht mehr. Und mancher Landwirt ist sicher froh, wenn man ihm eine Möglichkeit aufzeigt, wie er - statt sich weiter zu plagen – sich mit dem Geld aus einem guten Verkauf seiner Ländereien einen wunderschönen vorgezogenen Lebensabend - zum Beispiel auf einer kleinen Finca im Süden - gönnen kann. Aber was soll das mit dem Unglück auf dem Dirksen-Hof zu tun haben? Wollen Sie damit etwa andeuten, dass da nachgeholfen worden ist?"

„Auszuschließen ist das leider nicht, Frau Brink", antwortete Nina. „Sagt Ihnen der Name Jabowski irgendetwas?"

„Nein, der sagt mir nichts. Wer soll das sein?"

„Aber über eine Motorradgang aus Ihrem Land, die hier für Unruhe gesorgt hat, sind Sie informiert?", schaltete Bert sich ein.

„Ja, da habe ich sogar über unsere Kontakte herausbekommen, dass die aus Groningen kamen. Unsere Gesellschaft hat mit denen aber nichts zu tun."

„Aber dieser Jabowski", klärte Nina Ellen auf. „Und der hatte sich erst relativ kurz vor dem Unglück dort auf dem Hof als Vorarbeiter beworben und diese Stelle auch bekommen."

„Trotzdem verstehe ich Ihre Fragen und die Zusammenhänge nicht", zeigte sich Ellen irritiert. „Und vor allem, was das mit unserer Gesellschaft und unseren Planungen zu tun hat. Das klingt mir alles ein wenig nebulös."

„Würden Sie meine Kollegin und mich einen Moment entschuldigen? Ich müsste mit ihr ganz kurz unter vier Augen sprechen."

„Gerne, ich bestelle derweil frischen Kaffee."

Bert ging mit Nina vor die Tür. „Nina, wie ist dein Eindruck von dieser Frau?"

„Mir erscheint sie vertrauenswürdig und auch glaubwürdig. Ihre Irritationen sind angesichts unserer Andeutungen durchaus verständlich. Ich glaube nicht, dass sie - falls unsere Vermutungen zutreffen sollten – persönlich darin verstrickt ist."

„Das sehe ich auch so. Wir sollten das Risiko eingehen und ihr reinen Wein einschenken."

„Okay. Bin gespannt, wie sie reagieren wird. Das wird für uns sicher sehr aufschlussreich."

Als Nina und Bert wieder zurück in den Tagungsraum gingen, kam auch schon frischer Kaffee. Nachdem sich die drei versorgt hatten, übernahm Bert wieder das Wort.

„Nun, Frau Brink, meine Kollegin und ich haben uns entschlossen, Ihnen ganz offen unsere derzeitigen Erkenntnisse und Vermutungen über die Abläufe und Zusammenhänge darzulegen."

Ellen hörte aufmerksam zu. Sie wechselte dabei mehrmals die Gesichtsfarbe und die Betroffenheit war ihr anzumerken. Bert war mit seinem Vortrag fast am Ende, als kurz an die Tür geklopft wurde. Zwei Männer in dunklen Anzügen betraten den Raum.

„Guten Tag", sagte der eine mit niederländischem Akzent, „entschuldigen Sie bitte die Störung. Ellen, wir haben gerade an der Rezeption erfahren, dass hier die Polizei bei dir ist. Brauchst du unsere Unterstützung? ... Was ist los, du siehst nicht gut aus."

„Doch, doch. Alles okay. Ich komme gleich. Wartet bitte solange draußen."

Bert beendete seinen Vortrag. Ellen war sichtlich geschockt und kreidebleich im Gesicht und man sah, wie es in ihrem Kopf arbeitete.

„Entschuldigen Sie, ich brauche einen Moment. Das muss ich alles erst einmal verarbeiten."

„Ich müsste mal telefonieren", sagte sie dann. „Sie können aber dableiben. Haben Sie aber bitte Verständnis dafür, dass ich das Gespräch in meiner Muttersprache führen werde."

„Kein Problem", sagte Nina.

Während Ellen Brink das Telefonat führte, nutzten Nina und Bert die Zeit, um am Fenster die Demonstranten zu beobachten.

„Siehst du da noch irgendeinen Vermummten?", fragte Bert leise.

„Nein. Was hat das zu bedeuten? Die räumen doch normalerweise nicht freiwillig das Feld. Einer unserer Kollegen in Zivil spricht gerade mit Frau Betel."

„Ja, sehe ich auch. Es scheint aber alles friedlich zu sein. Wir lassen unsere Leute aber trotzdem noch in Bereitschaft. Könnte ja sein, dass die Krawallbrüder doch noch wiederauftauchen."

Aber so wie es aussah, blieb draußen alles friedlich. Die Demonstranten hatten auch ein Megafon dabei, es aber bisher nicht zum Einsatz gebracht. Wahrscheinlich warteten sie jetzt auf die Grundstückseigentümer. Manche Sommerferiengäste nahmen neugierig Anteil an dem Geschehen. Einige diskutierten auch mit Demonstranten.

Das Telefonat der Niederländerin hatte fast eine halbe Stunde gedauert.

„Können wir noch mal kurz?" Ellen zeigte auf die Stühle am Tisch. „Ich habe mit unserem ersten Geschäftsführer gesprochen.

163

Ich hatte Glück, die Geschäftsführung hatte gerade ein Meeting im Büro, so dass ich auch gleich eine Entscheidung bekommen habe: Wir brechen ab!"

„Und was bedeutet das jetzt?", Bert war erstaunt.

„Wir werden die Grundstückseigentümer nachher kurz informieren und sie dann wieder nach Hause schicken. Es müssen erst einmal intern einige Dinge geklärt werden, bevor dann eine endgültige Entscheidung über das gesamte Projekt getroffen wird."

„Jetzt sprechen Sie in Rätseln. Geht das auch etwas konkreter?" Nina war ungeduldig. „Wir haben schließlich auch alle unsere Karten auf den Tisch gelegt."

„Ja, das haben Sie. Und ich soll Ihnen dafür, auch im Namen der Geschäftsführung, danken. Anscheinend hat es schon seit einiger Zeit Ungereimtheiten gegeben, die unter anderem auch mit den Geschäftspraktiken des Finanzkontors zu tun haben. Durch Sie haben wir jetzt einige konkrete Hinweise erhalten, denen wir nachgehen möchten."

„Heißt das etwa, dass das ganze Projekt eingestellt werden könnte?", wollte es Bert genau wissen.

„Wenn sich das bestätigen sollte, was Sie aufgrund ihrer Recherchen vermuten, ja! So etwas widerspricht nicht nur unserer Geschäftsphilosophie. Es zerstört auch unsern guten Ruf in der Branche. Die Verantwortlichen müssen in diesem Fall zur Rechenschaft gezogen werden, ohne Rücksicht auf Position oder Stand. Unsere Geschäftsführung wird wahrscheinlich jetzt gerade bereits mit unserer Polizei in Den Haag Kontakt aufgenommen haben. Da wird man sicher noch im Zuge der Amtshilfe auf Sie zukommen."

Für den Moment waren Bert und Nina sprachlos. Sie hatten mit vielem gerechnet, aber damit nicht. Also schien es ja doch noch so etwas wie Gerechtigkeit in dieser Welt zu geben.

„Sie können den Demonstranten draußen ruhig sagen, dass wir die Veranstaltung hier gleich abbrechen werden", sagte Ellen noch.

Nina und Bert bedankten und verabschiedeten sich von Ellen. Man beschloss, in Kontakt zu bleiben, bis die Angelegenheit ihren Abschluss gefunden hatte.

Als sie aus dem Hotel traten, traf gerade Werner Oltmann mit seiner Mutter ein. Jetzt kam auch das Megafon zum Einsatz. Der Satz von den Plakaten wurde von dem jungen Mann am Megafon skandiert, die Menge stimmte ein und ihre Forderung verfolgte die Oltmanns, bis sie im Hoteleingang verschwunden waren.

Juliette Betel kam mit dem Kollegen in Zivil auf Nina und Bert zu.

„Die Chaoten sind weg."

„Wie haben Sie das denn geschafft?", freute sich Nina.

„Zwei unserer Aktivisten sind bei der freiwilligen Feuerwehr. Und die hatten bereits ihre Kameraden über Handy alarmiert, als die Vermummten hier aufgetaucht sind. Mich hatten sie aber darüber nicht informiert, weil sie mich kennen. Dem hätte ich natürlich nicht zugestimmt."

„Ich enthalte mich jetzt mal eines Kommentares", warf Bert ein.

„Jedenfalls haben die Feuerwehrleute den Vermummten unmissverständlich klargemacht, dass sie von uns keine Deckung zu erwarten hätten, wie das vielleicht bei anderen Demos manchmal der Fall ist. Da die nicht bereit gewesen sind, ihre Vermummung abzulegen, hat es dann eine kurze Rangelei gegeben, wie ich gesehen habe. Da aber auch andere Teilnehmer unserer Demonstration Anstalten machten, die Feuerwehrleute zu unterstützen, haben sich die Chaoten angesichts der Übermacht verzogen."

„Die Kollegen sind denen noch gefolgt und haben die Kennzeichen ihrer Motorräder", ergänzte der Beamte in Zivil.

„Die kamen sicher aus den Niederlanden?", mutmaßte Nina.

„Ja, woher wissen Sie das?"

„Intuition!"

„Übrigens, wir sollen Ihnen sagen, dass die Veranstaltung der Fondsgesellschaft abgebrochen wird. Die eingeladenen Teilnehmer werden wieder nach Hause geschickt, sobald sie hier eingetroffen sind. Es haben sich Aspekte ergeben, die gesamten

Planungen nochmals auf den Prüfstand zu stellen", informierte Bert Juliette Betel.

„Aber wir werden die doch nicht mit unserer Demonstration so beeindruckt haben?", zweifelte die Umweltaktivistin.

„Wer weiß, Frau Betel?", erwiderte Nina. „Die Wege des Herrn sind manchmal unergründlich."

„Du wirst doch nicht deine Berufung wechseln und Pastorin werden wollen?", fragte Bert, als sie auf dem Weg zurück nach Wittmund waren.

„Nein, nein, keine Sorge", beruhigte ihn Nina, „aber das heute, da kann man schon an höhere Mächte glauben."

***

Das Gespräch am Samstag mit der Finanzchefin der Golf&More Real Estate B.V. hatte eine Menge Bewegung in die Ermittlungen gebracht. Ellen Brink hatte sich in einer E-Mail, auch im Namen der Geschäftsführung, nochmals für die Informationen bedankt und mitgeteilt, dass bereits die niederländische Polizei ermittele.

Am Nachmittag war dann eine E-Mail von der Polizei aus Den Haag eingegangen, worin um detaillierte Informationen gebeten wurde. Ferner wurde mitgeteilt, dass inzwischen auch Europol eingeschaltet worden sei. Darüber hinaus habe man Jan de Groot am Montagmorgen mit seiner Lebensgefährtin in seiner Villa tot aufgefunden. Der Tod sei bei beiden durch eine Überdosis Heroin eingetreten. Ob es sich dabei um Suizid oder Mord handle, werde noch durch die Rechtsmedizin untersucht. Jedenfalls seien weder in der Villa noch in der Firma irgendwelche Hinweise gefunden worden. So wie es aussehe, seien auch persönliche Notebooks und Handys der Toten sowie etliche Akten aus der Firma verschwunden.

Karin Sanders hatte mit allen Mitteln versucht, einen gemeinsamen Gesprächstermin mit ihr und ihrem Mann zu umgehen. Persönliche Arztbesuche, Termine bei Pflegebedürftigen und freie Zeitfenster ihres Mannes schienen auf einmal unvereinbar zu sein. Sie hatte aber mehrmals angeboten, alleine zu einem Gespräch nach Wittmund zu kommen. Nina und

Bert glaubten, den Grund dafür zu kennen. Dabei hatten sie nicht vor, sie in irgendeiner Weise zu kompromittieren. Aber je mehr sich Karin Sanders sträubte und Ausflüchte erfand, umso mehr bestanden die Beamten auf einem gemeinsamen Termin mit ihrem Mann. Schließlich ging es ja zunächst nur um die Befragung von Zeugen.

So war inzwischen fast eine ganze Woche ins Land gegangen. Zwei Termine hatten bereits wegen kurzfristiger Absagen von Karin Sanders verschoben werden müssen. Jetzt waren Nina und Bert auf dem Weg nach Esens. Das Gespräch sollte in den Geschäftsräumen des Pflegedienstes stattfinden. Nils Sanders hatte sich dazu vom Dienst freigenommen.

Schließlich saßen sie jetzt zu viert am Besprechungstisch im Büro von Karin Sanders vor einer Tasse Kaffee. Vor ihnen stand eine offene Dose mit Gebäck, deren Herkunft Nina und Bert sofort erkannt hatten.

„Die schmecken ja nicht nur zu Tee, sondern auch zu Kaffee genauso gut", stellte Nina fest. „Imke Oltmann hat unsere Dienststelle auch schon mit so einer Dose beglückt."

„Ja", sagte Karin, „die liebe Imke." Man merkte ihr die Anspannung an. „Ich habe nicht viel Zeit, das hatte ich Ihnen ja schon gesagt. Bei mir ist Personal ausgefallen, so dass ich einspringen muss."

„Ich denke, es wird nicht lange dauern", versuchte Bert, sie zu beruhigen. „Uns ist aber wichtig, dass Sie beide zusammen an dem Gespräch teilnehmen, weil man sich zu zweit doch oft besser an bestimmte Details erinnert. Das ist dann wie bei einem Brainstorming. Aber ich will mich nicht lange mit Vorreden aufhalten."

„Es ist mir eigentlich bis jetzt immer noch nicht ganz klar, warum unbedingt die Grabesruhe meiner Eltern gestört werden musste", meldete sich Nils Sanders zu Wort. „Zwei Notärzte hatten doch einen ganz normalen Herzstillstand festgestellt. Beide hatten altersbedingte gesundheitliche Probleme. Deswegen waren beide schon bei meiner Frau in der Teilpflege und mussten wegen Herzrhythmusstörungen Beta-Blocker nehmen. So bitter das für

167

mich als Sohn auch war und ist, ich musste eigentlich schon lange damit rechnen, dass so etwas passiert."

„Trotzdem hat unsere Forensik aber einen Wirkstoff nachgewiesen, der den Rückschluss zulässt, dass Fremdeinwirkung bei dem Tod Ihrer Eltern im Spiel gewesen sein könnte", klärte Bert ihn auf. „Und genau das wollen wir mit Ihrer Hilfe in diesem Gespräch klären. In diesem Zusammenhang ist es für uns wichtig zu wissen: Wer hatte mit Ihren Eltern vor ihrem Tod regelmäßigen oder auch unregelmäßigen Kontakt? Gab es vielleicht ungewöhnliche Ereignisse oder Besucher bei Ihren Eltern?"

„Regelmäßige Kontakte hatten meine Frau und ich natürlich, denn wir wohnten zwar in zwei Häusern, aber sozusagen unter einem Dach. Unregelmäßig bekamen meine Eltern auch Besuch von unseren Nachbarn, mit denen sie auch befreundet waren. Gelegentlich kam auch mal Personal meiner Frau zur Pflege, wenn Karin gerade keine Zeit hatte. Sonst wüsste ich eigentlich niemand."

„Warte mal", griff Karin in das Gespräch ein, „mir haben sie mal erzählt, dass da jemand aus Holland bei ihnen gewesen wäre. Das muss kurz vor ihrem Tod gewesen sein. Wahrscheinlich war der von der Fondsgesellschaft gewesen."

„Mir haben sie davon aber nichts erzählt."

„Das kann schon sein. Du weißt doch, dass die beiden schon etwas vergesslich waren."

„Aber davon hast du mir bisher auch nichts erzählt."

„Ich hielt das nicht für so wichtig. Außerdem hatte ich da ziemlichen Stress und dann das mit den Beerdigungen … Mich hat das alles unheimlich belastet." Karin zog ein Taschentuch heraus und wischte sich über die Augen. Nachdem sie sich wieder gefangen hatte, fragte sie: „Um was für einen Wirkstoff geht es denn da eigentlich?"

„Das ist ein Wirkstoff, wie er in bestimmten Antidepressiva vorhanden ist und der bei einer Überdosierung zum Herzstillstand führen kann", erklärte Nina.

„Manchmal hatten meine Schwiegereltern schon Depressionen gehabt. Gerade auch kurz vor ihrem Tod. Dagegen haben sie auch

Medikamente bekommen. Das müsste auch in unseren Unterlagen stehen. Medikamente werden von uns in eine Medikamentenbox mit Wochentag-Beschriftung einsortiert. Genommen haben sie diese dann aber alleine. Dazu brauchten sie noch keine Hilfe." Karin hatte offensichtlich zu ihrer Selbstsicherheit zurückgefunden.

„Ja, aber das mit den Depressionen, das ist doch schon vor einigen Jahren gewesen. Da hatten sie Panik gekriegt, als das mit den Herzrhythmusstörungen anfing. Damals haben sie sich auch gegenseitig verrückt gemacht."

„Nein, Nils. Da irrst du dich! Deine Eltern hatten immer wieder mal so Phasen. Du weißt doch, wie sie sich immer gegenseitig aufschaukeln konnten, wenn es um so was ging."

„Mir ist aber in der letzten Zeit vor ihrem Tod nichts aufgefallen. Außer, dass sie sich über unsere Verkaufspläne aufgeregt haben. Aber da waren sie richtig wütend und alles andere als depressiv."

„Wer hat sich denn um die Pflege deiner Eltern gekümmert? Du oder ich? Aber ich kann ja in unseren Unterlagen nachschauen und dir das gerne beweisen!" Karin hatte sich in Rage geredet, rannte wutentbrannt raus und schmiss die Tür hinter sich zu.

„Sie ist ja sonst immer ganz lieb. Aber wenn man ihre Kompetenz anzweifelt, dann rastet sie aus", sagte Nils entschuldigend zu den Beamten. „Kann ich Ihnen noch einen Kaffee nachschenken?"

Beide nickten und Nils goss Kaffee nach.

„Es ist ja gut, dass bei den Pflegediensten heute alles dokumentiert wird. Da werden wir gleich sicher mehr wissen", sagte Nina.

In dem Moment kam Karin wieder zurück. „Ich kann jetzt leider nicht weitersuchen. Ich habe gerade die traurige Mitteilung bekommen, dass eine langjährige Patientin von uns im Sterben liegt und unbedingt noch mal mit mir sprechen möchte. Wenn Sie mich bitte entschuldigen würden." Und schon hatte sie die Tür auch schon wieder hinter sich zugemacht. Das Läuten der Glocke an der Eingangstür zeigte, dass sie offensichtlich auch sofort das Gebäude verlassen hatte.

169

Die Kommissare setzten das Gespräch mit Nils Sanders noch eine Weile alleine fort. Er bedauerte, dass am Samstag in Bezug auf den Verkauf nun doch keine Entscheidung gefallen war. Ja, dass möglicherweise sogar auf einmal alles in Frage gestellt sei. Ihre Ermittlungen betreffend ergaben sich aber keine neuen verwertbaren Erkenntnisse, so dass sich Nina und Bert auch bald auf den Rückweg machten.

Kapitel 12

Im Auto sagte Nina: „Merkwürdig, ich habe mit dem Arzt von den alten Sanders telefoniert und habe ihn ausdrücklich nach der Verordnung von Antidepressiva gefragt. Das hat er verneint. Jetzt sagt Karin Sanders, dass ihre Schwiegereltern Antidepressiva bekommen haben. Ich werde nachher noch mal bei dem Arzt nachfragen. Vielleicht hat er nicht richtig nachgeschaut."

„Das wird sich sicher klären lassen. Das ist aber doch nicht der Weg nach Wittmund", stellte Bert dann auf einmal erstaunt fest.

„Nein", sagte Nina, „ich habe da so eine Eingebung."

Kurz darauf bog sie auf die Zufahrt zum Gehöft von Werner Oltmann ein. Als sie um das Gulfhaus herumbogen, sahen sie den Wagen von Karin Sanders auf der Parkfläche vor Werners Haus stehen.

„Das habe ich geahnt", sagte Nina.

„Du und deine weibliche Intuition!", sagte Bert anerkennend. „Na, dann wollen wir die beiden mal überraschen."

Vermutlich war ihre Ankunft aber nicht unbemerkt geblieben, denn Karin Sanders kam ihnen schon auf dem Weg zur Haustür entgegen.

„Bin auf dem Sprung." Und schon war sie in ihrem Auto verschwunden und hatte es offensichtlich eilig, vom Hof zu kommen.

„Sie muss zu einem dringenden Termin", begrüßte sie Werner an der Haustür. „Moin. Was kann ich denn diesmal für Sie tun?" Damit bezog er sich wohl auf seine Information über das Meeting mit der Fondsgesellschaft.

„Wir haben noch ein paar Fragen", sagte Bert.

„Kommen Sie rein."

Auf dem Küchentisch standen zwei noch mehr als halb volle Tassen Kaffee. „Einen Kaffee?", fragte Werner. „Ich hatte gerade frischen Kaffee aufgesetzt. Jetzt hat Karin ihren noch nicht einmal ausgetrunken." Er stellte zwei neue Tassen auf den Tisch und goss ein.

„Sieht ja fast so aus, als wäre Frau Sanders auf der Flucht?", rutschte es Nina raus.

171

„Ich weiß auch nicht, was sie heute hat", rätselte Werner. „Na, vielleicht ist sie ja auch in Sorge, dass sie das Haus, in dem sie ihr Geschäft hat, nun doch nicht kaufen kann."

„Schon möglich", sagte Bert. „Aber sagen Sie mal, Herr Oltmann, sagt Ihnen der Name Jan de Groot etwas?"

„Hmm", Werner runzelte die Stirn und wirkte auf einmal sehr nervös, „irgendwie sagt mir der Name was. Aber im Moment weiß ich nicht, wo ich den hinstecken soll."

Bert hatte das Gefühl, dass er ins Schwarze getroffen hatte und dass Werner Oltmann mit seiner Antwort versuchte, Zeit zu gewinnen. „Vielleicht im Zusammenhang mit einem Finanzkontor Den Haag?"

„Ah ja, jetzt erinnere ich mich. Das ist schon so lange her. Das war einige Zeit nach dem Auszug von meiner Claudia. Da wollte der mir eine Finca auf Mallorca schmackhaft machen."

„Das ist ihm ja wohl auch gelungen, wenn ich an die Prospekte vom letzten Mal denke", merkte Nina an.

„Wo sie das sagen, das kann schon sein, dass der mir mit seinem Besuch damals den Floh ins Ohr gesetzt hat."

„Na, Herr Oltmann, jetzt stapeln Sie aber in Bezug auf Ihr Gedächtnis gerade ganz tief. Wenn ich das richtig einschätze, dann sind Sie doch eigentlich schon mehr in ihrer Finca auf Mallorca als noch hier. Und das könnte ich mir auch bei Frau Sanders gut vorstellen", schob Nina einer Eingebung folgend noch nach.

Werner wirkte verdutzt und brauchte offensichtlich einen Moment, um das Gesagte zu verarbeiten.

„Ach so, Sie kamen ja gerade von ihr. Dann wird sie es Ihnen wohl schon gesagt haben", schien Werner laut nachzudenken.

„Ja", antwortete Nina und dachte bei sich: Richtig, wir kamen gerade von ihr.

„Na, wenn Sie es schon wissen, dann kann ich ja auch offen darüber sprechen. Karin und ich wollen nämlich gemeinsam nach Mallorca. Karin hat von einer Tante in Essen etwas Geld geerbt und will sich mit mir zusammen einen vorzeitigen Ruhestand gönnen. Noch sind wir jung genug, dass wir das auch noch richtig in vollen Zügen genießen können. Da müssen wir doch nicht erst warten, bis wir am Rollator gehen."

„Und wie war das jetzt mit dem Jan de Groot?", blieb Bert hartnäckig.

„Jetzt fällt es mir wieder ein, wie das war. Der ist hier nicht nur bei mir gewesen. Der war auch bei Mattes Dirksen. Das war noch vor dem Unglück dort. Nachdem meine Claudia weg war, hatte ich sowieso keine rechte Lust mehr auf den Hof hier. Das hätte mir schon gefallen, eine Finca auf Malle. Aber Mattes dachte gar nicht daran, seinen Hof aufzugeben."

„Hat Herr de Groot Ihnen denn gesagt, was er mit Ihrem, beziehungsweise dem Dirksen-Hof vorhatte?", wollte Nina wissen.

„Nein, darüber hat er nichts gesagt. Das war mir in dem Moment auch völlig egal. Hauptsache, der Preis hätte gestimmt. Allerdings war mir damals schon klar, dass das vor allem mit meinem Vater Ärger geben würde. Aber de Groot hat mich beruhigt und mir gesagt, dass seine Gesellschaft bisher auch für solche schwierigen Fälle immer eine Lösung gefunden habe. Da solle ich mir keinen Kopf machen."

Bert und Nina warfen sich vielsagende Blicke zu.

„Haben sie danach noch mal Kontakt mit Jan de Groot gehabt?", fragte Bert nach.

„Nein, kurz nach dem Tod vom Mattes und seiner Familie kam sein Bruder Gerrit mit einem Makler und Frau Brink mit einem interessanten Angebot. Leider liegt das jetzt seit Samstag auch schon wieder auf Eis."

„Auch wenn es mich eigentlich nichts angeht, aber bisher hat es doch geheißen, dass Karin Sanders glücklich mit ihrem Mann verheiratet sei?", konnte sich Nina die Frage nicht verkneifen.

„Das ist der Unterschied zwischen Schein und Sein", antwortete Werner. „Was soll man da sonst zu sagen. Zu meiner Entschuldigung kann ich nur sagen: Wo die Liebe hinfällt. Und dann tut man etwas, obwohl man es eigentlich gar nicht will."

Wieder wechselten Nina und Bert bedeutungsvolle Blicke. Wobei Werner nicht ahnen konnte, dass beide in dem Moment ganz genau wussten, wovon er gerade gesprochen hatte.

173

Nachdem Nina und Bert ihren Kaffee ausgetrunken, sich verabschiedet hatten und auf dem Rückweg zur Dienststelle waren, sagte Bert: „Ich glaube, der Karin Sanders sollten wir doch etwas mehr auf den Zahn fühlen. Irgendwie kann ich das Gefühl nicht loswerden, dass sie noch irgendetwas anderes zu verheimlichen hat."

„Genau das sagt mir auch mein Gefühl. Aber ich bin sicher, mit Fragen kommen wir bei der nicht weiter. Die hat immer für alles eine Erklärung oder Ausrede. Das fällt mir jedes Mal auf, wenn ich ihr begegne. Ich bezweifle inzwischen auch, dass sich der Arzt in Bezug auf die Antidepressiva ihrer Schwiegereltern geirrt hat."

„Dann stellt sich aber doch die Frage, warum sie uns dann glauben machen will, dass ihre Schwiegereltern Antidepressiva verordnet bekommen hätten? Und die nächste Frage ist, wie wir ihr da beikommen?"

„Ersten Aufschluss könnten ja vielleicht die Aufzeichnungen im Pflegeprotokoll geben. Und dann befragen wir noch mal Dr. Kemker."

Nina trat auf die Bremse, fuhr in einen Wirtschaftsweg hinein und wendete dort. Dann fuhr sie in Richtung Esens zurück.

„Was ist denn jetzt los?", Bert musste grinsen. „Wieder eine Intuition?"

„Und was für eine. Das Pflegeprotokoll! Offensichtlich hatte sie es nicht finden können, oder nicht finden wollen und musste deshalb plötzlich ganz dringend weg. Aber statt zu der Sterbenden zu fahren, erwischen wir sie bei Werner Oltmann. Ich wette, die sitzt jetzt schon wieder in ihrem Büro."

„Wie ich dich kenne, würdest du die Wette gewinnen, also halte ich besser gar nicht erst dagegen", sagte Bert lachend.

Als sie bei der Pflegestation ankamen, stand das Auto von Karin Sanders tatsächlich vor der Tür.

Bert und Nina hielten sich gar nicht lange mit Erklärungen auf.

„Wir hätten gerne noch einen Blick in das Pflegeprotokoll Ihrer Schwiegereltern geworfen. Das konnten wir vorhin ja nicht mehr, weil Sie so dringend wegmussten", sagte Bert.

Karin Sanders saß hinter ihrem Schreibtisch am PC. Sie schien im Moment nach einer Antwort zu suchen.

„Warten Sie ..." Karin wirkte wieder äußerst nervös. „Ich glaube, die Unterlagen habe ich schon in die Altablage gegeben, weil meine Schwiegereltern ja verstorben sind."

„Und wo befindet sich die Altablage?", bohrte Nina nach.

„Darum kümmert sich eine Mitarbeiterin. Die ist aber im Moment im Urlaub und kommt erst in drei Wochen wieder zum Dienst."

„Frau Sanders, wenn man das hier alles so sieht, dann machen Sie den Eindruck, als wenn Sie ihren Laden voll im Griff hätten", schmeichelte Bert.

„Davon können Sie ausgehen. Schlamperei dulde ich nicht!"

„Eben, dann werden Sie doch auch wissen, wo Ihre Mitarbeiterin die Altablage hat."

„Natürlich, aber ich will ihr da nicht in ihrer Arbeit rumwühlen."

„Wir können Ihnen das auch gerne abnehmen. Unsere Spurensicherung ist da sehr versiert", provozierte Nina sie.

„Dafür brauchen Sie aber einen Durchsuchungsbeschluss!", gab Karin patzig zur Antwort. „Und jetzt wäre ich Ihnen dankbar, wenn Sie mich weiterarbeiten lassen würden, ich habe nachher einen Termin und muss noch etwas vorbereiten."

Kühl verabschiedeten sich die Beamten.

„Keine Antwort ist auch eine Antwort und ein verweigerter Beleg sagt fast genauso viel aus wie ein Beleg", sinnierte Nina, als sie sich jetzt endgültig auf den Rückweg machten.

***

Es war nicht einfach gewesen, einen Durchsuchungsbeschluss für die Geschäftsräume von Karin Sanders und das Wohnhaus der Eheleute Sanders zu erhalten. Aber schließlich hatten sie ihn doch bekommen. Die schriftliche Bestätigung durch den behandelnden Arzt mit Kopien aus der Krankenakte, aus der hervorging, dass keine Antidepressiva verordnet worden waren, hatten schließlich den Ausschlag gegeben.

Als Nina und Bert mit der Spurensicherung die Geschäftsräume des Pflegedienstes betraten und Karin Sanders den

175

Durchsuchungsbeschluss aushändigten, sagte sie: „Den Aufwand hätten Sie sich sparen können. Ich habe extra für Sie das Pflegeprotokoll meiner Schwiegereltern schon rausgesucht."

Sie hielt Bert die Unterlagen hin, die dieser nahm und sich kommentarlos anschaute. Schließlich fand er, wonach er gesucht hatte.

„Hier ist vermerkt, dass vom behandelnden Arzt Antidepressiva verordnet worden sind", sagte er dann. Dass sie vom behandelnden Arzt andere Informationen hatten, behielt Bert an dieser Stelle noch für sich.

„Hab ich doch gesagt. Und die sind von mir auch in die Medikamentenbox einsortiert und meinen Schwiegereltern übergeben worden. Das habe ich immer montags als Erstes gemacht. Eingenommen haben sie sie dann selbständig, wie ich ja schon gesagt habe."

„Wo wurden die Medikamente Ihrer Schwiegereltern aufbewahrt?", wollte Bert wissen.

„Sie hatten im Badezimmer einen kleinen Medikamentenschrank. Ursprünglich hatte die Schwiegermutter die Medikamente selbst in ihre und in die Medikamentenbox von ihrem Mann einsortiert. Dann hatte sie sich aber mal vertan, was wir aber Gott sei Dank bemerkt haben. Seitdem habe ich das dann übernommen. Aber die Medikamente blieben weiterhin dort im Schränkchen."

„Dann wäre es also nicht auszuschließen, dass Ihre Schwiegereltern die Medikamente nicht richtig eingenommen, oder sogar selbst Medikamente aus dem Schrank geholt haben", stellte Nina fest.

„Wenn Sie das so sagen, kann ich dem leider nicht widersprechen. Ich war ja nicht rund um die Uhr bei meinen Schwiegereltern. Und es kam auch schon mal vor, dass sie die Einnahme vergessen hatten."

„Haben Sie denn die Medikamentenbox täglich kontrolliert?", Bert sah sie eindringlich an.

„Normalerweise schon. Aber einen Eid würde ich darauf jetzt nicht schwören. Wenn Sie sich den Pflegeplan anschauen, dann werden Sie sehen, dass für die einzelnen Verrichtungen nur ganz wenig Zeit kalkuliert ist. Auch wenn ich gerade bei meinen Schwiegereltern nicht auf die Uhr geschaut habe, war man manchmal trotzdem ganz schön unter Zeitdruck."

„Das heißt, dass es auch möglich wäre, dass Ihre Schwiegereltern die Tabletten an einem Tag vergessen haben und am nächsten die doppelte Dosis genommen haben könnten?", fragte Nina nach.

„Das muss ich leider zugeben. Theoretisch wäre das denkbar."

„Und praktisch?", blieb Nina hartnäckig.

„Praktisch leider auch nicht auszuschließen."

Bert hatte derweil weiter in der Akte geblättert. Müssten da nicht entsprechende Rezepte vom Arzt in der Akte sein?", insistierte er.

„Normalerweise machen wir uns eine Kopie, zumindest für die Medikamente, die hier bei uns aufbewahrt werden. Manchmal sind da auch Hinweise vom Arzt zur Einnahme drauf. Sind da keine Rezeptkopien?"

„Nein."

„Dann sind sie wahrscheinlich in der Apotheke geblieben. Keine Ahnung. Aber Sie haben doch jetzt das, was Sie suchten, dann können Sie Ihre Leute doch wieder abziehen."

„Nein", sagte Bert, „wir überprüfen unter anderem auch Ihren Medikamentenbestand und das werden wir auch noch bei Ihnen zuhause und im Haus Ihrer verstorbenen Schwiegereltern tun."

„Was soll denn dieser Blödsinn? Haben Sie nichts Wichtigeres zu tun? Und dafür müssen dann auch noch meine Steuergelder herhalten?", erboste sich Karin.

„Und wenn Sie sich noch so aufregen, Frau Sanders, es wird Ihnen nichts nützen", klärte Nina sie auf. „Und dann fangen wir auch gleich bei Ihnen an. Würden Sie bitte den Inhalt Ihrer Handtasche hier auf dem Tisch ausbreiten."

Voller Wut entleerte Karin ihre Handtasche. Nina hatte sich Handschuhe übergestreift und sortierte den für Frauen durchaus typischen Inhalt. „An dem Schlüsselbund hier, sind das Ihre Haustür- und Büroschlüssel?"

„Ja."

Nina nahm die Handtasche in die Hand und tastet von innen das Futter ab. „Da ist noch ein einzelner Schlüssel drin. Würden Sie den bitte rausholen."

Widerwillig fummelte Karin einen Schlüssel mit besonderem Bart heraus und gab ihn Nina wortlos.

„Der sieht aus wie ein Schließfachschlüssel einer Bank", stellte diese fest. „Zu welcher Bank gehört der?"

„Das geht Sie nichts an!", wurde Karin wieder patzig.

„Frau Sanders, ich glaube, Sie verkennen Ihre Lage", sagte Bert. „Wenn Sie nichts zu verbergen haben, dann sollten Sie kooperieren. Tatsache ist, dass nach dem Ergebnis der Obduktion Ihrer Schwiegereltern bei beiden mit einer an Sicherheit grenzenden Wahrscheinlichkeit eine erhöhte Dosis von Antidepressiva zum Tod geführt hat. Darauf hatten wir schon einmal hingewiesen. Wenn Sie sich den Durchsuchungsbeschluss durchgelesen hätten, dann wüssten Sie das. Wie meine Kollegin schon mit ihren Fragen an Sie angedeutet hat, können wir natürlich auch nicht ausschließen, dass Ihre Schwiegereltern selbst für die Einnahme einer tödlichen Dosis dieser Medikamente verantwortlich waren. Andererseits ist aber Fremdeinwirkung auch nicht auszuschließen. Dafür kämen dann alle Personen in Betracht, mit denen Ihre Schwiegereltern vor ihrem Tod in Kontakt waren. Also auch Sie! Auch darüber hatten wir Sie schon einmal aufgeklärt. Daher sollten Sie, schon in Ihrem eigenen Interesse, alles tun, was zur Aufklärung des tatsächlichen Sachverhaltes beitragen könnte."

„Das will ich ja gerne tun", antwortete Karin kleinlaut. „Aber was hat dann dieser Schlüssel damit zu tun?"

„Das genau wollen wir gerade herausfinden. Und sei es, dass wir einen Zusammenhang mit unserer Untersuchung ausschließen können", erläuterte Nina ihr geduldig. „Anderseits könnte es ja auch sein, dass Sie dort Medikamente gelagert haben, die für unsere Ermittlungen von Interesse sind."

Karin beugte sich zu Nina hin und raunte ihr zu: „Man hat ja als Frau auch so seine kleinen Geheimnisse. Auch dem eigenen Mann gegenüber. Sie verstehen das sicher. Ich hoffe, dass Ihnen diese Erklärung reicht."

„Nein", antwortete Nina. „Daher noch einmal, zu welcher Bank gehört dieser Schlüssel?" Nina war nicht entgangen, dass Karins Gemüt zwischen Wut und Besorgnis zu schwanken schien, sie aber offensichtlich nicht zu einer Antwort bereit war. Ihr Gesichtsausdruck erinnerte sie an den eines trotzigen Kindes, dem man sein Spielzeug wegnehmen will. Daher klärte sie Karin an dieser Stelle über ihre Rechte auf, falls diese befürchten müsste, sich selbst zu belasten.

„Dann will ich jetzt meinen Anwalt anrufen", sagte sie schließlich.

„Tun Sie das", antwortete Bert. „Ist Ihr Mann jetzt zuhause?"

„Ja, der müsste inzwischen da sein."

„Gut", sagte Bert, „Sie können noch so lange hierbleiben, bis unsere Leute von der Spurensicherung ihre Arbeit beendet haben. Meine Kollegin und ich werden dann schon zu Ihrem Wohnhaus fahren. Bis Sie dann nachkommen, ist Ihr Anwalt vielleicht auch schon da."

Nina hatte inzwischen die von ihr gesichteten Sachen an die Kollegen der Spurensicherung übergeben. Dann machten sich Bert und sie auf den Weg nach Bensersiel zum Wohnhaus der Sanders.

***

Nils Sanders war wohl schon per Telefon von seiner Frau vorgewarnt worden. Er begrüßte Nina und Bert zwar höflich, aber reserviert, als er sie ins Haus ließ. Bert übergab ihm den Durchsuchungsbeschluss für beide Wohnhausteile. Im Gegensatz zu seiner Frau las er sich den gerichtlichen Beschluss sehr genau durch.

„Da steht, dass bei der Obduktion meiner Eltern bei beiden eine tödliche Dosis eines Wirkstoffes nachgewiesen werden konnte, der in bestimmten Antidepressiva vorhanden ist. Das hatten Sie bei unserem Gespräch letzte Woche auch schon angedeutet. Jetzt dieser Durchsuchungsbeschluss - soll das etwa heißen, dass meine Frau oder ich verdächtigt werden, diese meinen Eltern verabreicht zu haben?"

179

„Unsere Aufgabe ist es, einen Sachverhalt ohne Vorverurteilungen aufzuklären. Nach dem Pflegeprotokoll Ihrer Frau, welches sie letzte Woche nicht finden konnte, hat sie die wöchentliche Medikamentenbox für Ihre Eltern vorbereitet und jeweils montags übergeben. Und danach haben Ihre Eltern Antidepressiva von Ihrer Frau erhalten. Ihre Frau konnte allerdings nicht ausschließen, dass Ihre Eltern zum Beispiel einen Tag mal vergessen und am nächsten Tag die doppelte Menge eingenommen haben. Dann wäre das im Grunde Selbstverschulden", klärte Bert ihn auf.

„Also, wozu dann diese Durchsuchung?"

„Wir hoffen, dabei Hinweise zu finden, die unter Umständen auch Ihre Frau und Sie zweifelsfrei entlasten", antwortete Nina. Dass auch das merkwürdige und widersprüchliche Verhalten von Karin Sanders im Zusammenhang mit einer fehlenden ärztlichen Verordnung Grund für die Durchsuchung war, behielt Nina an dieser Stelle für sich.

„Fangen wir in dem Haus Ihrer Eltern an", bestimmte Bert.

Einmal abgesehen von der abgestandenen Luft, war alles sehr sauber und gepflegt. „Meine Frau hat hier nach der Beerdigung meiner Eltern alles von ihrer Reinigungskraft auf Vordermann bringen lassen", sagte Nils. „Da ist sie sehr pingelig."

Für Nina und Bert stand in diesem Moment bereits fest, dass sich hier kaum noch irgendwelche Spuren finden lassen würden.

„Ihre Frau sagte, dass Ihre Eltern die Medikamente in einem Schränkchen im Bad aufbewahrt haben. Würden Sie uns das bitte zeigen?", bat Nina.

Nils führte sie in das Bad. „Da meine Eltern beide am Rollator gingen, haben wir alles hier unten im Erdgeschoss untergebracht."

Auch im Bad war alles sehr sauber und aufgeräumt. Spiegel, Waschbecken, Armaturen blitzten, als seien sie gerade eben erst poliert worden.

„Das Haus steht doch jetzt schon einige Monate leer. Hier blitzt aber alles, als wäre hier gestern erst geputzt worden", stellte Nina fest. „Nicht einmal Spinnenweben."

„Ja, meine Frau schaut auch hier im Haus immer nach dem Rechten. Unordnung kann sie in ihrem Leben und ihrem Umfeld nicht ertragen. Ordnung ist das halbe Leben, sagt sie immer. Von Zeit zu Zeit lässt sie unsere Putzhilfe deshalb auch hier noch einmal durchgehen. Sie suchten den Medikamentenschrank meiner Eltern?" Nils zeigt auf einen schon etwas älteren Spiegelschrank zwischen Dusche und Waschbecken.

Nina hatte wieder ihre Handschuhe übergestreift und öffnete den Schrank. Bis auf zwei leere Medikamentenboxen war der Schrank leer. Nina nahm die beiden Boxen kommentarlos und steckte sie in einen Plastikbeutel.

„Sonst haben Ihre Eltern nirgendwo Medikamente aufbewahrt?", wollte Bert wissen.

„Nicht, dass ich wüsste. Aber da müssten Sie meine Frau fragen. Die war ja täglich hier, um meine Eltern zu pflegen."

Als sie zum Wohnhaus von Karin und Nils Sanders zurückkamen, waren Karin, ihr Rechtsanwalt, Peter Bruns aus Esens, und die Spurensicherung bereits eingetroffen. Bert wies seine Leute ein. Nina übergab den Beutel mit den Medikamentenboxen an die Kollegen. „Alles geputzt und blitzblank da drüben", sagte sie mit einem vielsagenden Blick.

Nachdem sich der Anwalt vorgestellt hatte, machte er aus seinem Missfallen über die Polizeiaktion keinen Hehl. „Mir erscheint das alles sehr an den Haaren herbeigezogen! Im Übrigen hätten Sie meine Mandantin von Anfang an über ihre Rechte aufklären müssen. So wie sie mir den Verlauf Ihrer Gespräche geschildert hat, haben Sie versucht, sie in Widersprüche zu verstricken. Wahrscheinlich, um einen Haftgrund zu provozieren. Vorerst wird meine Mandantin daher keine Aussagen mehr machen."

„Wir haben die Gespräche mit Frau Sanders nicht als Beschuldigte geführt. Als meine Kollegin allerdings plötzlich das Gefühl hatte, dass Frau Sanders sich selbst belasten könnte, hat sie sie auch sofort über ihre Rechte aufgeklärt. Worauf Frau Sanders Sie eingeschaltet hat", stellte Bert klar.

„Könnte ich Sie gerade mal unter vier Augen sprechen, Herr Kommissar?", fragte der Anwalt dann.

„Unter sechs Augen gerne. Meine Kollegin und ich sind ein Team."

„Auch das. Von mir aus."

„Sie können in das Wohnzimmer gehen", sagte Nils und führte die drei dorthin.

„Frau Sanders hat mich ins Vertrauen gezogen", begann der Anwalt. „Sie hat in der Tat ein Verhältnis mit Werner Oltmann. Wahrscheinlich haben Sie das sogar schon vermutet. Das ist aber weder von ihr noch von ihm so geplant gewesen. Das hat sich einfach so entwickelt, wie sie sagt. Werner Oltmann will gerne mit ihr gemeinsam nach Mallorca ziehen. Frau Sanders hat selbst auch eine ganze Weile mit diesem Gedanken gespielt. Dazu hat sie dann unter anderem entsprechendes Informationsmaterial gesammelt. Und damit ihrem Mann das nicht in die Hände fällt, bewahrt sie es in einem Bankschließfach auf und hat den Schlüssel dazu im Futter ihrer Handtasche versteckt. Außerdem hat sie dafür auch schon ein wenig Geld gespart, was ebenfalls dort deponiert ist. Inzwischen ist sie sich aber nicht mehr so sicher, ob sie das auch wirklich will. Denn sie meint, dass sie ihren Mann doch auch immer noch liebt. Deswegen bittet sie, dass Sie mir den Schlüssel für dieses Schließfach wieder aushändigen. Sie möchte nämlich, dass ihr Mann auf gar keinen Fall etwas davon erfährt."

„Unser Durchsuchungsbeschluss schließt auch dieses Schließfach mit ein. Sobald wir uns dort davon überzeugen konnten, dass tatsächlich kein Zusammenhang zu unseren Ermittlungen besteht, händigen wir Ihrer Mandantin diesen Schlüssel wieder aus, natürlich diskret", sagte Bert.

„Ich glaube nicht, dass Frau Sanders bereit sein wird, Ihnen den Namen der Bank zu nennen. Das gilt übrigens auch für das Passwort zu ihrem Notebook."

„Dann sollten Sie Ihre Mandantin darauf hinweisen, dass sie sich damit erst verdächtig macht. Denn wenn sie nichts zu verbergen hat, außer vielleicht einem außerehelichen Verhältnis, dann sollte sie besser kooperieren. Das habe ich ihr auch schon persönlich gesagt", sagte Nina.

„Ich werde noch mal mit ihr sprechen", sagte der Anwalt, bevor er sich in der Küche zu den Eheleuten gesellte.

Bert und Nina gingen zu ihren Kollegen von der Spurensicherung.

„Na, wie sieht es aus?", fragte Bert.

„In den Geschäftsräumen haben wir keine Auffälligkeiten festgestellt. Die Medikamente werden vorbildlich geführt und aufbewahrt. Dies gilt auch für die Pflegeakten. Da gibt es nichts zu beanstanden. Und hier ist, wie Frau Jürgens das schon andeutete, in beiden Haushalten alles blitzsauber und poliert. Spuren, Fingerabdrücke, die uns weiterbringen würden, Fehlanzeige. Selbst wenn es da was gegeben haben sollte, dann wurden diese gründlich beseitigt."

„Wobei Sauberkeit und Ordnung an sich nun auch nicht gerade die klassischen Verdachtsmomente sind", kommentierte Nina den Bericht der Kollegen.

In diesem Moment kam der Anwalt noch mal zu Nina und Bert.

„Das Passwort für das Notebook hat Frau Sanders hier auf diesem Zettel notiert. Den Namen der Bank ist sie aber nicht bereit zu nennen. Dann bittet sie um die Rückgabe ihres Handys, da sie dieses für ihr Geschäft dringend braucht."

„Das haben wir im Auto. Ich bringe es gleich Ihrer Klientin. Muss nur vorher noch ein paar Dinge überprüfen", sagte einer der Männer von der Spurensicherung.

Kurze Zeit später kam er zu Nina und Bert.

„Alles sauber", sagte er, als er Bert das Handy übergab.

„Was heißt ‚alles sauber'?"

„Alle Speicher gelöscht, bis auf die Kontakte. Keine SMS, keine eingehenden oder ausgehenden Telefonate. Wurde offensichtlich alles gelöscht. Wir sollten ja unter anderem auch auf Hinweise zu einem Jan de Groot und einem Jabowski achten. Im Telefonbuch ist ein J.d.G. vermerkt, mit einer niederländischen Vorwahl. Die Nummer habe ich für Sie notiert", berichtete der Spezialist. „Die Verbindungsnachweise werden wir übrigens bei der Telefongesellschaft anfordern."

„Danke", sagte Bert, „das wird sicher sehr aufschlussreich sein.

„Ach ja, da ist noch etwas. Der Schlüssel zu dem Bankschließfach, den uns Frau Jürgens übergeben hat, der gehört zur Sparkasse in Aurich. Wir haben dort im letzten Jahr eine Ermittlung durchgeführt."

„Gute Arbeit!", lobte Bert. „Wir werden ihr das Handy zurückbringen."

Nina und Bert gingen in die Küche zurück, wo die Eheleute Sanders mit ihrem Anwalt am Küchentisch saßen.

„Bitte schön", sage Bert, als er Karin ihr Handy wiedergab. „Aber wieso haben Sie denn alle Speicher gelöscht?"

„Das mache ich immer so", antwortete Karin. „Ich kann es nicht haben, wenn man den ganzen alten Müll immer mit sich herumschleppt."

„Das ist einzig und allein Sache meiner Mandantin! Darüber ist sie Ihnen keine Rechenschaft schuldig! Auf solche Fragen brauchst du nicht zu antworten", belehrte der Anwalt seine Klientin.

„Wir sind dann fertig", sagte Bert. „Meine Leute haben schon zusammengepackt und rücken bereits ab. Wir melden uns, sobald wir Ergebnisse vorliegen haben."

„Ich möchte aber in jedem Fall vor einem Gespräch mit meinen Klienten informiert werden und Akteneinsicht haben!", verlangte der Anwalt.

„Das werden wir sicherstellen. Ihre Kontaktdaten haben wir ja."

Nina und Bert verabschiedeten sich und folgten ihren Kollegen.

Kapitel 13

Bert stand mit zufriedener Miene an seinem Flipchart.

„Es gibt eine Menge guter neuer Nachrichten. Leider aber auch eine weniger gute", eröffnete er das Morgenmeeting. „Wir haben Nachricht von Europol. Danach wurden Jan de Groot und seiner Lebensgefährtin vor der tödlichen Menge Heroin K.-o.-Tropfen verabreicht. Das heißt, Suizid oder Versehen scheidet aus. Sie wurden ermordet. Dass der Tatort gesäubert wurde, das wussten wir ja schon. Der Einzelgesprächsnachweis des Festnetzanschlusses ergab für uns aber einen interessanten Hinweis. Danach wurde in der letzten Zeit mehrmals von und mit einer deutschen Handynummer telefoniert, die uns sogar bekannt ist.

„Dann haben wir doch unseren Täter. Wer ist es denn?", fragte Bernd gespannt.

„Kommt gleich, Bernd. Noch ein wenig Geduld", spannte Bert sein Team auf die Folter. „In de Groots Villa wurden im Tresor unter anderem auch mehrere Millionen Euro Bargeld gefunden. Da die Herkunft bislang nicht ermittelt werden konnte, geht Europol davon aus, dass das Geld einen kriminellen Hintergrund hat."

„Vielleicht besteht da ein Zusammenhang mit einem Drogenkartell", merkte Nina an. „Da fällt mir zum Beispiel Jabowskis Anwalt aus Köln ein, der mit dem quietschgelben Ferrari."

„Könnte durchaus sein, dass du recht hast, Nina. Und damit komme ich jetzt auch zu der weniger guten Nachricht. Europol nimmt an, dass unter den Investoren der Fondsgesellschaft Golf&More Real Estate B.V. nicht nur seriöse Geldgeber sind. Es wird vermutet, dass unter ihnen auch der oder die Auftraggeber für das Finanzkontor Den Haag von Jan de Groot sind. Wobei man aber davon ausgeht, dass die Geschäftsführer der Fondsgesellschaft von den kriminellen Machenschaften des Finanzkontors tatsächlich keine Ahnung hatten. Scheinbar bestand die einzige Verbindung zu diesen Hintermännern über

Jan de Groot, der ja nun tot ist und nicht mehr befragt werden kann."

„Das heißt in diesem Fall mal wieder, man knipst nur eine Verbindung aus und schon kommen die Drahtzieher von etlichen Morden ungeschoren davon", erboste sich Nina.

„So jedenfalls schätzt es Europol ein. Man geht auch davon aus, dass der Motorradrocker in Groningen und Jabowski von demselben Auftragskiller ermordet worden sind, wie de Groot und seine Lebensgefährtin. Jedenfalls besteht in den Tatumständen eine auffällige Übereinstimmung."

„Dann können wir doch auch davon ausgehen, dass de Groot der Auftraggeber für die Aktivitäten der Motorradgang und des Jabowski war", vermutete Nina.

„Auch damit dürftest du recht haben. Denn Europol hatte bereits früher schon einmal gegen das Finanzkontor und de Groot ermittelt. Da ging es um andere, aber ähnliche Projekte wie hier. Auch da waren einzelne Grundstückseigentümer nicht bereit gewesen, ihre Liegenschaften zu verkaufen. Diese kamen dann zum Teil unter mysteriösen Umständen oder durch tragische Unfälle ums Leben. Oder sie verschwanden einfach spurlos, wie zum Beispiel der ehemalige Vorarbeiter vom Dirksen-Hof. Leider konnte man de Groot aber damals nichts gerichtsverwertbar nachweisen. Und da gilt nun mal der alte Grundsatz: im Zweifel für den Angeklagten."

„Da könnte man wirklich das Kotzen kriegen", regte sich Bernd auf.

„Damit könnte man dann aber auch nur belegen, was du vorher gegessen hast", brach es aus Silke heraus. Was sehr zur Erheiterung des Teams beitrug, zumal gerade Silke sonst eigentlich eher nicht für solche Spontanäußerungen stand.

„Silke, das war eine absolut zutreffende Bemerkung", kommentierte Bert grinsend. „Und damit komme ich zu weiteren guten Nachrichten. Zu deiner Frage, Bernd, nach der uns bekannten Handynummer. Die betreffende Person dürfte wahrscheinlich schon in einem unserer Vernehmungsräume sitzen und der Anwalt wird sich gerade in die Ermittlungsakten einlesen."

„Und wer ist es nun?", bohrte Bernd weiter ungeduldig nach.

„Du wirst es schon noch rechtzeitig erfahren." Bert machte es offensichtlich Spaß, ihn auf die Folter zu spannen. „Aber ich habe noch weitere interessante Neuigkeiten. Wir konnten bisher nur vermuten, dass auch die Eheleute Freese vor einem Jahr durch eine Überdosis Antidepressiva zu Tode gekommen sind. Unser Verdacht hat sich jetzt, zumindest für den Ehemann Hinnerk Freese, bestätigt."

„Wie war das denn nach so langer Zeit noch möglich?", Silke runzelte die Stirn.

„Manchmal hilft der Zufall. Der Sohn und die Schwiegertochter hatten im Haus der Eltern nach dem Tod des Vaters alles so gelassen, wie es zum Zeitpunkt seines Todes gewesen war." Bert informierte sein Team über die Details vom Freese-Hof.

„Aber Antidepressiva haben wir dort doch gar nicht gefunden", warf Nina ein.

„Das stimmt. Aber unsere Kollegen von der SpuSi haben in der Spülmaschine noch zwei Teetassen gefunden, die der Verstorbene wohl kurz vor seinem Tod dort hineingestellt hatte. An beiden Tassen befanden sich Fingerabdrücke und DNA-Spuren. Aber der Hammer ist, dass in der einen Tasse eindeutig der besagte Wirkstoff nachgewiesen werden konnte. Damit können wir davon ausgehen, dass auch der Herzstillstand von Hinnerk Freese durch eine Überdosis eingetreten ist. Auch wenn wir das jetzt nicht gerichtsverwertbar beweisen können, müssen wir davon ausgehen, dass auch seine Frau auf die gleiche Weise zu Tode gekommen ist. Das heißt, wir haben es hier mit einem Serientäter oder einer Täterin zu tun, der oder die für fünf heimtückisch geplante Morde verantwortlich ist!"

Für einen Moment herrschte betretenes Schweigen.

„Jetzt will ich es aber endlich wissen", unterbrach Bernd die Stille.

Im selben Moment erschien ein uniformierter Kollege. „Alles vorbereitet. Karin und Nils Sanders sitzen in getrennten Vernehmungsräumen und der Anwalt ist mit der Akte jetzt fertig."

Bernd und Silke schauten sich überrascht an.

Bert ging zur Tür. „Okay, dann los, Nina. Wir nehmen uns erst die Frau vor."

***

„Moin, Herr Bruns, Sie sind mit Ihrer Akteneinsichtnahme durch, wurde mir gemeldet?", sprach Bert den Anwalt von Karin Sanders auf dem Flur an. „Meine Kollegin und ich sind auf dem Weg zu Ihrer Klientin. Da können Sie uns gleich folgen."

„Moin", erwiderte der Anwalt. „Ja, ich habe die Akten eingesehen. Aber ich hatte noch keine Zeit, in Ruhe mit meiner Klientin darüber zu sprechen.

„Dann tun Sie das, wir warten solange draußen", sagte Nina.

Nina und Bert hatten sich einen Kaffee besorgt und beobachteten Anwalt und Klientin im Nebenraum durch die Spiegelglasscheibe.

„Einvernehmlichkeit sieht anders aus", stellte Bert nach einer Weile fest. Offensichtlich war Karin Sanders sehr erregt und ihr Anwalt bemühte sich, sie wieder zu beruhigen. Auch wenn die Mithöranlage ausgeschaltet war, glaubten die beiden Kommissare das jedenfalls aus der Körpersprache des Anwalts und seiner Klientin herauslesen zu können.

„Sie scheint ganz schön in Rage zu sein", bemerkte Nina.

„Wir haben ja auch schon erleben dürfen, dass sie ziemlich pampig werden kann, wenn ihr irgendetwas gegen den Strich geht."

„Ich will einen anderen Anwalt", empfing Karin die Kommissare, nachdem Herr Bruns sie hereingewinkt hatte.

„Was ist passiert?"

„Das muss Ihnen Frau Sanders nicht begründen", belehrte der Anwalt Bert.

„Ich brauche mein Handy, da habe ich die Telefonnummer von einem anderen Anwalt gespeichert", sagte Karin.

„Okay, ich hole es Ihnen", antwortete Nina und verließ den Raum.

Nach kurzer Zeit kam sie mit dem Handy zurück. „Wir warten wieder draußen", sagte sie, nachdem sie Karin das Handy gegeben hatte.

„Du kannst auch gehen", raunzte Karin ihren Anwalt an.

„Okay, wenn du meinst. Deine Entscheidung."

Die Kommissare und der Anwalt verließen den Raum und warteten vor der Scheibe. Karin versuchte mehrfach, offensichtlich vergeblich, jemanden zu erreichen. Die zunehmende Nervosität war ihr deutlich anzusehen.

„Ich gehe jetzt rein und frage sie, wie lange sie das noch versuchen will", sagte Nina. „Wir können ihr ja auch einen Anwalt besorgen."

Nina ging wieder in den Vernehmungsraum zurück.

„Erreichen Sie Ihren Anwalt nicht?

„Nein! Immer, wenn man mal jemanden dringend braucht!", schimpfte Karin.

„Wie lange wollen Sie es denn noch versuchen? Konnten Sie wenigstens in seinem Büro eine Nachricht hinterlassen, dass er zurückrufen kann? Wir können Ihnen aber auch einen Anwalt besorgen."

„Nein. Da meldet sich überhaupt niemand. Ich verstehe das nicht. Da müsste doch wenigstens das Büro besetzt sein, oder ein Anrufbeantworter angehen. Aber nichts ... Auf Ihren Anwalt kann ich verzichten! Dann bleibe ich doch lieber bei Peter Bruns."

„Okay", sagte Nina, „der ist noch nebenan. Dann darf ich Sie wieder um Ihr Handy bitten."

„Moment, ich muss das gerade noch löschen."

Nina griff zu und hatte im Nu Karin das Handy aus der Hand genommen.

„Was fällt Ihnen ein! Geben Sie mir sofort mein Handy zurück! Das ist ein Eingriff in meine Intimsphäre!"

„Sorry, Jan de Groot ist aber kein Anwalt", stellte Nina unbeirrt fest. Sie hatte bereits gesehen, was sie sehen wollte, und was Karin wahrscheinlich hatte löschen wollen. Nina hatte sich das schon fast gedacht und der Inhaftierten nur deswegen auch ihr Handy geholt.

„Das geht Sie einen Scheißdreck an!", wurde Karin ärgerlich.

„Der hat aber einen Anwalt für mich!"

„Jan de Groot wird keinen Anwalt mehr für Sie haben."

„Wieso? Woher wollen Sie denn das wissen?"

„Jan de Groot ist tot! Wahrscheinlich haben ihn seine Auftraggeber ermorden lassen, wenn Sie verstehen, was ich damit sagen will!"

Karin wurde blass im Gesicht. Das hatte sie offensichtlich tief getroffen.

„Sie sollten vielleicht einen Schluck Wasser trinken." Nina winkte Bert und den Anwalt wieder rein.

„Was war denn das mit dem Handy da gerade?", fragte der Anwalt.

„Wieso? Frau Sanders wollte gerade wieder den Speicher löschen!", tat Nina unschuldig.

„Das ist ihr gutes Recht!", belehrte sie der Anwalt.

„Sorry, das wusste ich nicht. Immerhin versuchen wir hier mehrere Morde aufzuklären."

„Das gibt Ihnen aber nicht das Recht, gegen die Persönlichkeitsrechte meiner Mandantin zu verstoßen! ... Ach so, entschuldige Karin, ich bin ja nicht mehr dein Anwalt."

„Doch, Peter. Ich glaube, ich habe vorhin einfach überreagiert. Tut mir leid."

„Aber ein Gutes hatte es doch, dass ich einen Blick auf die Anrufliste werfen konnte", klärte Nina den Anwalt auf. „So konnte ich Ihrer Mandantin mitteilen, dass der von ihr angerufene Jan de Groot vom Finanzkontor Den Haag ermordet worden ist. Daraufhin hat sie sich erneut für Sie als ihren Rechtsbeistand entschieden."

„Können wir denn jetzt mal langsam zur Sache kommen?", äußerte sich Bert ungeduldig und forderte die Anwesenden mit einer Handbewegung auf Platz zu nehmen.

Nachdem die Formalitäten erledigt waren, klärte Bert Karin Sanders darüber auf, dass die Spurensicherung an einer Teetasse in der Spülmaschine der Freeses ihre Fingerabdrücke und an einer zweiten den Wirkstoff aus einem Antidepressivum in einer tödlichen Konzentration nachweisen konnte. Die Fingerabdrücke auf dieser Teetasse stimmten mit den Fingerabdrücken auf dem gesamten anderen Geschirr in der Spülmaschine überein, so dass man mit an Sicherheit grenzender Wahrscheinlichkeit davon ausgehen könne, dass es sich um die des Opfers handelte. Zumal man diese auch im ganzen Haus gefunden hatte.

„Fingerabdrücke vom verstorbenen Hinnerk Freese selbst haben Sie aber nicht abnehmen können", vergewisserte sich der Anwalt.

„Nein, er wurde ja nach seinem Tod eingeäschert", antwortete Bert.

„Meinen Sie nicht, dass Ihre Rückschlüsse etwas an den Haaren herbeigezogen sind? Glauben Sie etwa, damit einen Richter überzeugen zu können?", fragte der Anwalt. „Damit steht doch lediglich fest, dass meine Mandantin als eine der Letzten bei dem Verstorbenen Tee getrunken hat. Ob sie aber wirklich die Letzte war, ist damit noch lange nicht bewiesen. Es hätte doch auch jemand anders gewesen sein können, der das Antidepressivum in der Teetasse des Toten aufgelöst hat. Der dann aber vielleicht keine Spuren hinterlassen, oder diese beseitigt hat. Was meine Mandantin natürlich nicht getan hat, da sie nichts damit zu tun hat."

„Bezüglich der Fingerabdrücke des Opfers kann ich Sie beruhigen. An der Teetasse von Hinnerk Freese haben wir auch seine DNA-Spuren nachweisen können. Und das gilt auch für die Tasse von Frau Sanders. Wie Sie der Akte entnehmen können, kommt unsere Forensik jedenfalls nach Auswertung aller Erkenntnisse in diesem Zusammenhang zu dem Schluss, dass Karin Sanders auch tatsächlich die letzte Teetrinkerin bei dem Verstorbenen gewesen ist."

„Diese Bewertung überlassen wir besser einem Richter und lassen das jetzt so im Raum stehen", antwortete der Anwalt. „Aber meine Mandantin beklagt sich, dass Sie das Bankschließfach haben sperren lassen, so dass sie keine Möglichkeit mehr hatte, an dieses heranzukommen."

„Das können wir gut verstehen", sagte Nina. „Wie wir von der Bank erfahren haben, hat sie, sogar mit Nachdruck und großem Theaterdonner, versucht, an das Schließfach zu kommen. Der Grund liegt auf der Hand, nämlich um alles, was sie belasten könnte, aus diesem Schließfach zu entfernen. Genau das konnte mit unserer Sperrung erfolgreich verhindert werden."

„Wollen Sie damit sagen, dass der Zweck die Mittel heiligt?", monierte der Anwalt.

„Wir wollen damit sagen, dass wir in dem Schließfach einen Bargeldbetrag in Höhe von 500.000 Euro vorgefunden haben", ging Bert darauf ein. „Diese befanden sich, in weißes Papier eingewickelt, in einer neutralen, weißen Plastik-Einkaufstasche."

„Das Geld stammt aus einer Erbschaft einer Tante und geht Sie gar nichts an", warf Karin ärgerlich in den Raum.

„Danach hatten wir bereits geforscht", informierte sie Nina, „denn wir hatten schon von einem Zeugen gehört, dass Sie eine Erbschaft gemacht haben sollen."

„Dass Männer nichts für sich behalten können!", schimpfte Karin.

„Über eine Erbschaft gibt es keine Nachweise. Das hätte bei einem solchen Verwandtschaftsverhältnis und der Höhe des Betrages zudem auch zu einer entsprechenden Erbschaftsteuerforderung des Finanzamtes geführt."

„Das Geld hatte meine Tante im Keller versteckt gehabt. Ich habe gar nicht gewusst, dass ich das versteuern muss", versuchte Karin sich zu rechtfertigen.

„Das ist aus unserer Sicht jetzt auch nicht von entscheidender Bedeutung. Jedenfalls können wir uns auch die Suche nach Ihrer angeblichen Erbtante sparen", klärte Bert auf. „Wir wissen nämlich, von wem das Geld stammt."

„Und woher wollen Sie das wissen?", schrie Karin aufgebracht. Sie war aufgesprungen und der Stuhl war nach hinten geflogen. Worauf ihr Anwalt sie zur Mäßigung mahnte.

„Nun", fuhr Bert ungerührt fort, „auf der Einkaufstüte sind nicht nur Ihre Fingerabdrücke, sondern auch die von Jan de Groot. Wir haben das durch Europol prüfen lassen. Daher gehen wir davon aus, dass Jan de Groot Ihnen für jeden der von Ihnen ermordeten alten Menschen 100.000 Euro gezahlt hat. Darüber hinaus hat eine Ihrer Mitarbeiterinnen Jan de Groot auf einem Foto als den Mann identifiziert, der kurz nach dem Tod von Hans Oltmann bei Ihnen im Büro gewesen ist. Sie hat sich noch gewundert, dass er mit einer großen weißen Einkaufstüte gekommen und ohne diese wieder gegangen ist."

„Da ist niemand bei mir im Büro gewesen. Meinen Sie, ich wäre so blöd und würde mir so viel Geld in einer Einkaufstüte ins Büro bringen lassen? Das haben Sie doch nur erfunden, weil Sie einen Schuldigen brauchen und nicht als Versager dastehen wollen!"

„In der Tat, mir fehlt immer noch der schlüssige Beweis, dass meine Klientin für den Tod der von Ihnen angesprochenen alten Leute tatsächlich verantwortlich ist", versuchte der Anwalt, seine Klientin zu verteidigen.

„Den Beweis hat sie uns selbst geliefert", sagte Nina. „Zwar nicht ganz freiwillig, denn für unsere Spezialisten war es schon eine Herausforderung, die gelöschten Daten auf dem Notebook von Frau Sanders wiederherzustellen. Jedenfalls haben wir die E-Mail mit der Bestellung von Antidepressiva bei einer ausländischen Versand-Apotheke gefunden. Ferner die dazugehörige Bestätigung und Rechnung der Apotheke, sowie den entsprechenden Buchungsnachweis über die Bezahlung durch PayPal. Über Letzteres liegt uns inzwischen auch der Kontoauszug vor. Die bestellten Antidepressiva enthalten genau den durch die Rechtsmedizin nachgewiesenen Wirkstoff."

„Könnte ich kurz mit meiner Klientin alleine sprechen?"

Bert unterbrach die Vernehmung. Die Kommissare verließen den Vernehmungsraum. Durch die Glasscheibe im Nebenraum konnten sie beobachten, dass der Anwalt eindringlich auf seine Klientin einredete. Diese schien aber wieder stinksauer zu sein, denn sie schrie ihn an und deutete unmissverständlich zur Tür.

Als sie den Raum wieder betraten, kam ihnen Peter Bruns bereits entgegen und eröffnete ihnen, dass er das Mandat für Karin Sanders endgültig niederlegen werde. Er werde aber weiterhin seinen Freund Nils Sanders vertreten.

„Diese Flachpfeife von einem Anwalt hat doch tatsächlich keinen anderen Vorschlag für mich, als dass ich gestehen soll!", schrie Karin voller Zorn. „Hat sich denn die ganze Welt gegen mich verschworen!? Da gibt es nichts zu gestehen! Ich habe mir nichts vorzuwerfen! Aber so ist die Welt. Da opfert man sich persönlich und selbstlos für das Wohlbefinden seiner

Mitmenschen mit ganzem Einsatz körperlich und seelisch auf! Allen versucht man es recht zu machen und jeden zufriedenzustellen und allen nur sein Bestes zu geben! Und dann wird man auch noch zu Unrecht in einer ungeheuerlichen Art und Weise beschuldigt!"

„Die Beweise sagen etwas anderes", hielt ihr Bert entgegen.

„Beweise! Was für Beweise denn!? Die haben Ihre angeblichen Spezialisten doch gefaked! Heutzutage ist doch alles möglich! Hauptsache man hat einen Schuldigen gefunden! Ich jedenfalls bin absolut unschuldig!", ereiferte sich Karin weiter.

„Was ist jetzt mit einem Anwalt?", wollte Nina wissen.

„Ihr könnt Euch euren Scheißanwalt in die Haare schmieren!"

„Wir beenden die Vernehmung an dieser Stelle. Es wird Ihnen ein Pflichtverteidiger zur Seite gestellt. Sie bleiben ab sofort bis auf Weiteres in Untersuchungshaft", schloss Bert die Vernehmung ab und ließ Karin Sanders abführen.

Kapitel 14

„Unglaublich, man könnte zu dem Schluss kommen, dass sie wirklich glaubt, was sie da sagt", resümierte Bert, als er mit Nina zur Vernehmung von Nils Sanders ging.

„Nach dem, was ich im Profiling-Seminar vor kurzem gehört habe, tut sie das wohl auch wirklich", führte Nina aus. „Danach glauben krankhafte Lügner, dass alles, was sie sagen, immer die Wahrheit ist. Deshalb weicht ihre Körpersprache auch häufig nicht von ihren Worten ab. Ja, sogar den Lügendetektortest können solche Menschen unter Umständen bestehen, weil sie nach der eigenen krankhaften Wahrnehmung ja die Wahrheit sagen."

„Ich sollte mich vielleicht auch mal wieder zu einem solchen Seminar anmelden", meinte Bert, als sie bei dem anderen Vernehmungsraum angekommen waren.

„Können wir?", fragte Bert den Anwalt, nachdem er und Nina den Raum betreten hatten. Peter Bruns nickte.

Nils Sanders saß zusammengesunken und kreidebleich auf seinem Stuhl.

„Sollen wir nach einem Arzt schicken?", Nina legte ihm besorgt die Hand auf die Schulter.

„Nein danke, aber ich hätte gern einen Kaffee", antwortete Nils tonlos.

„Milch, Zucker?"

„Schwarz."

Nina veranlasste das Gewünschte, während Bert die Formalitäten erledigte.

„Herr Sanders, wir vernehmen Sie als Zeugen. Das heißt, Sie sind zur Wahrheit verpflichtet! Allerdings müssen Sie nicht gegen Ihre Frau aussagen", klärt Bert ihn dann auf.

Nils nickte nur und sein Anwalt bestätigte, dass sein Mandant verstanden habe und diesbezüglich bereits informiert sei.

Bert ging dann Punkt für Punkt die Ermittlungsergebnisse durch. Nils beteuerte immer wieder, dass er von alledem keine Ahnung gehabt hätte.

Als Bert geendet hatte, brach es aus ihm heraus: „Ich kann das alles gar nicht glauben. Sie ist doch so ein liebreizender Mensch, hat immer für alle und jeden ein offenes Ohr, kümmert sich liebevoll um die alten und gebrechlichen Menschen. Und dann so was? Ich verstehe es nicht! Und da besteht auch überhaupt gar kein Zweifel, dass sie mich schon seit langem regelmäßig mit dem Werner betrogen hat?"

„Leider nein, Nils. Absolut kein Zweifel!", übernahm der Anwalt die Antwort. „Werner hat das selbst ausgesagt. Und wahrscheinlich war es nicht nur mit dem."

„Um Gottes willen, wie kommst du denn auf so etwas? Wir haben uns doch immer noch von ganzem Herzen geliebt, selbst nach so vielen Jahren. Da waren wir beide sogar immer ganz stolz drauf. Auch unser Liebesleben war für uns beide immer noch sehr erfüllend, jedenfalls habe ich das so empfunden!"

„Nils, ich glaube inzwischen, dass Karin eine Nymphomanin ist. Auch ich habe wohl schon einmal bei ihr auf der Agenda gestanden."

„Was!? Du!? Du hast auch mit ihr …!?"

„Nein, natürlich nicht!"

„Aber du bist doch mein Freund! Wir sind doch schon zusammen zur Schule gegangen. Mensch, Peter, da hättest du mir doch was sagen können!"

„Was hätte ich dir denn sagen sollen? Deine Karin ist kein dummer Mensch, die mit plumper Anmache einen Mann anbaggert. Bei ihr reichen ein paar kleine zweideutige Bemerkungen. Den Rest erledigt dann ihre Körpersprache. Und dann steigt bei einem gesunden Mann automatisch der Testosteronspiegel."

„Und übernimmt dann ab sofort bei vielen Männern die Regie", konnte sich Nina nicht verkneifen einzuwerfen.

„Normalerweise ja. Bei mir hat aber der Gedanke an meine über alles geliebte Frau und an dich, meinen Freund, Gott sei Dank rechtzeitig den Schalter umgelegt und das Gehirn und die Vernunft wieder eingeschaltet."

„Aber so etwas hättest du mir doch sagen müssen!", wiederholte Nils.

„Und wie hätte ich das glaubhaft machen sollen? Deine Frau hätte doch ganz leicht den Spieß umdrehen können und mich vielleicht sogar noch als notgeilen Bock dastehen lassen, der selbst vor der Frau seines Freundes nicht Halt macht und diese anmacht. Wem hättest du dann im Zweifel geglaubt!?"

„Leider dürften Sie mit Ihrer Vermutung recht haben", bestätigte Nina. „So wie sich Karin Sanders vorhin aufgeführt hat, fehlt ihr nicht nur ein gesundes Rechtsempfinden, sondern auch jegliches Schuldbewusstsein. Sie sieht sich selbst sogar als das Opfer. Sie scheint davon überzeugt zu sein, dass sich die ganze Welt gegen sie verschworen hat. Denn sie hätte ja allen nur Gutes tun wollen. Aber die forensischen Ergebnisse sprechen eine eindeutige Sprache. Sie bezeichnet aber selbst diese Fakten als einen Fake unserer Spezialisten!"

„Oh mein Gott", stöhnte Nils, „sagen Sie, dass ich das nur träume. Ich war doch so glücklich mit ihr!"

In diesem Moment klopfte es an der Tür und Silke trat ein. Sie übergab Bert ein DIN-A4-Blatt. „Das ist gerade per E-Mail gekommen", sagte sie und verschwand wieder.

Bert las sich das Blatt durch. Dann informierte er die Anwesenden: „Die Golf&More Real Estate B.V. aus Den Haag teilt uns mit, dass sie die Planung einer Feriengolfanlage hier in unserer Region eingestellt und das ganze Projekt endgültig gestoppt hat. Als Grund werden die Ermittlungsergebnisse der niederländischen Polizei genannt, wonach ihr Projektentwickler Jan de Groot und sein Finanzkontor B.V. Den Haag wohl in hochkriminelle Machenschaften bis hin zur Anstiftung zu mehreren Morden verstrickt gewesen ist. Um nicht mit diesen in Verbindung gebracht zu werden, hat sich die Investorengruppe dazu entschlossen, alle betroffenen Projekte mit sofortiger Wirkung einzustellen. So wie es zu lesen ist, gab es da wohl noch andere ähnlich gelagerte Vorhaben."

„Und was wird aus den Hintermännern?", fragte Nina mit Bitterkeit in der Stimme.

„Wenn sie nicht gestorben sind, dann morden sie noch heute!", stöhnte Bert voller Sarkasmus.

197

Klarant Verlag

Lernen Sie die Ostfrieslandkrimi-Titel des Klarant Verlages kennen und besuchen Sie uns im Internet unter:

www.ostfrieslandkrimi.de
und
www.klarant.de

Wir schenken Ihnen einen kostenlosen Kurz-Ostfrieslandkrimi. Einfach den QR-Code scannen:

www.ostfrieslandkrimi-lesen.de

Einfach QR-Code nutzen und uns direkt auf www.ostfrieslandkrimi.de besuchen! Wir freuen uns auf Sie!

Besuchen Sie uns auf Facebook:

www.facebook.com/groups/ostfrieslandkrimifreunde